Cinzas da Meia-Noite

LARA
ADRIAN

São Paulo
2013

UNIVERSO DOS LIVROS

1ª edição - 2013

Diretor editorial
Luis Matos

Assistentes editoriais
Ana Luiza Candido
Raíça Augusto
Raquel Nakasone

Tradução
Luís Protásio

Preparação
Bárbara Prince

Revisão
Geisa Oliveira
Louise Bonassi

Arte
Francine C. Silva
Valdinei Gomes

Capa
Zuleika Iamashita

Dados Internacionais de Catalogação na Publicação (CIP)
Angélica Ilacqua CRB-8/7057

A186c Adrian, Lara.

Cinzas da meia-noite / Lara Adrian; tradução de [Luís Protásio]. – São Paulo: Universo dos Livros, 2013.
336 p. – (Midnight Breed, 6)

ISBN 978-85-7930-479-8

Título original: Ashes of Midnight

1. Vampiros 2. Ficção 3. Romance

I. Título II. Protásio, Luís III. Série

13-0384 CDD 813.6

Universo dos Livros Editora Ltda.
Rua do Bosque, 1589 - Bloco 2 - Conj. 603/606
Barra Funda - São Paulo/SP - CEP 01136-001
Telefone/Fax: (11) 3392-3336
www.universodoslivros.com.br
e-mail: editor@universodoslivros.com.br
Siga-nos no Twitter: @univdoslivros

À fênix que vive em cada um de
nós: forte, gloriosa, indestrutível.

Agradecimentos

Agradeço imensamente à minha editora, Shauna Summers, a todos da equipe de edição da Bantam Dell e à minha agente, Karen Solem: tem sido realmente uma alegria trabalhar com todos vocês!

Um grande abraço para Zazoo, Picky, Gem, Jules, Pebbles, Sly, Rangi, Mandy e aos demais participantes incríveis do fórum de fãs da série *Midnight Breed* – obrigada a todos pela amizade, amor e apoio (para não mencionar o colírio para os olhos!). Com tudo o que fazem, vocês me incentivam a continuar!

Uma dívida de gratidão para com minhas amigas escritoras Kayla Gray, Patricia Rasey, Elizabeth Boyle, Larissa Ione, Jaci Burton e Stephanie Tyler por entenderem quando eu preciso me desconectar do mundo – às vezes, por semanas –, mas ainda assim me esperam, prontas para retomarem exatamente de onde paramos ou fazerem uma leitura rápida. Vocês são as melhores!

Capítulo 1

Berlim, Alemanha

O vampiro não tinha ideia de que a morte o esperava na escuridão.

Seus sentidos estavam carregados de carência, suas mãos e braços tomados por uma mulher ruiva que, em trajes curtos, roçava-se nele com um desejo incontido. Muito febril para perceber que não estavam sozinhos em seu quarto no Refúgio, ele abriu as portas e conduziu sua impaciente e ofegante presa ao interior. A mulher oscilava sobre um par de saltos altos e, rindo, afastou-se dele e colocou um dedo diante do próprio rosto.

– Hans, você me deu muito champanhe – disse com voz arrastada, tropeçando no quarto escuro. – Minha cabeça está girando.

– Isso vai passar – as palavras do vampiro alemão também soaram arrastadas, embora não em virtude do álcool que havia embriagado sua nada desconfiada companheira americana. Sem sombra de dúvida, as presas dele estavam enchendo a boca carnuda, provocando o transbordamento da saliva que derramava-se de sua língua em nítida antecipação da refeição que viria a seguir.

Ele seguiu-a com movimentos deliberados, fechando em seguida as portas atrás de si e virando-se para ela. Seus olhos brilhavam como fogo, e logo a cor natural deles transformou-se em algo de outro mundo. Embora a mulher parecesse inadvertida da mudança que recaía sobre ele, o vampiro mantinha a cabeça baixa enquanto aproximava-se dela, tentando a todo custo ocultar o calor que lhe recobria o olhar sanguinário. À exceção de um espectro âmbar escuro e do sutil brilho das estrelas além das grandes janelas com vista para os jardins privados da propriedade do Refúgio, não havia luz alguma no quarto. Entretanto, sendo ele um membro da Raça, era capaz de enxergar muito bem sem a necessidade de quaisquer outros aparatos.

Assim como aquele que estava lá para matá-lo.

Envolto nas sombras do enorme aposento, um olhar escuro observava o vampiro agarrar sua Anfitriã de Sangue por trás e inclinar-se para começar o ritual de alimentação. O primeiro cheiro forte de cobre da veia humana perfurada fez as presas do observador brotarem eretas de suas gengivas, um reflexo instintivo. Ele também estava faminto, mais do que queria admitir, mas tinha ido até lá por um propósito maior que o de simplesmente obedecer a suas necessidades básicas.

Fora até lá por vingança.

Por justiça.

Era aquela missão primordial que mantinha os pés de Andreas Reichen firmes no chão enquanto o outro vampiro bebia avidamente, cegamente, do outro lado do quarto. E Andreas esperou, paciente, pois sabia que a morte daquele macho o deixaria um passo mais perto de cumprir a promessa que ele tinha feito cerca de doze semanas atrás, na noite em que seu mundo havia se desintegrado em uma pilha de cinzas e escombros.

O autocontrole de Reichen era mantido por uma coleira puída. Em seu interior, ele queimava com o calor de sua ira. Seus ossos pareciam barras de ferro fervendo debaixo da pele; seu sangue, líquido fervente, corria-lhe pelo corpo, queimando-lhe do couro cabeludo aos calcanhares. Cada músculo e célula dentro dele gritava por vingança – gritava com uma fúria que beirava uma explosão nuclear.

Não aqui, advertiu a si mesmo. *Isso não.*

O preço seria demasiado alto se cedesse à intensidade de sua raiva e, por Deus, aquele maldito filho da mãe não valia a pena.

Reichen conteve aquele sentimento explosivo, mas seu esforço chegou uma fração de segundo atrasado. O fogo já estava aceso, já queimava as frágeis amarras de seu autocontrole...

De repente, o outro vampiro levantou a cabeça do ponto em que se alimentava no pescoço da mulher. Inspirou profundamente e então grunhiu, selvagem... alarmado.

- Há alguém aqui.

- O que disse? - murmurou a mulher, ainda sonolenta por causa da mordida enquanto ele selava a ferida com a língua e a empurrava para longe. Ela cambaleou para frente, murmurando seletos xingamentos sob sua respiração fraca. No instante em que seu olhar arrastado recaiu sobre Reichen, um grito desprevenido furtou-se de sua garganta. - Ah, meu Deus!

Reichen sentiu os olhos arderem com o fogo âmbar de sua fúria e suas presas irromperem através de suas gengivas, antecipando a luta que estava por vir. Um passo apenas e já estava desprotegido das sombras.

A mulher gritou novamente, a histeria crescendo e crescendo em seus olhos selvagens e aterrados. Ela olhou em direção ao companheiro, nitidamente pedindo-lhe proteção. O vampiro, todavia, não se importava mais com ela. Com um único movimento insensível, ele a golpeou, arremessando-a no chão e tirando-a de seu caminho. Então, ele seguiu adiante, lentamente.

- Hans! - gritou ela. - Ah, Santo Deus, o que está acontecendo?

Silenciando a companheira com um sussurro sombrio, o vampiro encarou seu inesperado intruso, agachando-se em posição de ataque. Reichen teve somente um momento para lançar um olhar lânguido à confusa e aterrorizada humana.

– Fora daqui! – Reichen enviou uma ordem mental que escancarou as portas do quarto e manteve-as abertas. – Saia, mulher. Agora!

Enquanto ela se arrastava pelo mármore polido e saía do quarto, o vampiro do Refúgio saltou no ar em um arco fluido de movimento. Antes de seus pés terem a oportunidade de tocar o chão, Reichen se lançou contra o bastardo.

Os corpos deles colidiram e a explosão de velocidade de Reichen lançou-os através do aposento. Enormes presas chiaram, ferozes olhos âmbar recaíram uns sobre os outros, carregados das mais mortais primeiras e segundas intenções conforme os corpos grandes chocavam-se como uma máquina de demolição contra a parede.

Ossos estalaram com o impacto, mas não o suficiente para Reichen.

Nem de perto o suficiente.

Ele atirou o furioso macho da Raça no chão, imobilizando-o com um joelho e esmagando-lhe a garganta.

– Bastardo maldito! – bramiu o vampiro, arrogante apesar de toda a sua dor. – Tem alguma ideia de quem sou eu?

– Sei quem é você, agente Hans Friedrich Waldemar – Reichen despiu seus dentes e presas em um sorriso blasfemador, fulminando o outro macho com o olhar. – Não me diga que já esqueceu quem eu sou!

Não, ele não havia esquecido. O reconhecimento cintilava por trás da dor e do medo que pintavam as pupilas semicerradas de Waldemar.

– Filho da puta... Andreas Reichen.

– Exatamente – Reichen disse, lançando ao bastardo um olhar mortalmente furioso que deve tê-lo queimado. – Qual o problema, agente Waldemar? Parece surpreso em me ver.

– Eu... eu não entendo. O ataque ao Refúgio no verão passado... – o vampiro engoliu uma lufada profunda de oxigênio. – Disseram-me que ninguém sobreviveu.

– *Quase* ninguém – Reichen corrigiu-o com firmeza.

E agora Waldemar finalmente entendia o motivo daquela visita tão inesperada. Não restava dúvida alguma dessa sombria constatação no olhar inerte do outro homem. Mas um medo gritante, sim.

Quando falou, sua voz tremeu um pouco:

– Não tive nada a ver com isso, Andreas. Você precisa acreditar em mim...

Reichen bufou.

– Isso foi o que os outros disseram também.

Waldemar começou a se contorcer, mas Reichen pressionou mais forte o joelho plantado contra sua garganta. Waldemar ofegou e tentou levantar as mãos quando o peso começou a bloquear a passagem de oxigênio.

– Por favor... diga o que quer de mim.

– Justiça.

Sem satisfação nem remorso, Reichen agarrou a cabeça de Waldemar em suas mãos e deu um forte empurrão. O pescoço quebrou e logo a cabeça do macho da Raça caiu no chão com um pesado golpe.

Reichen exalou uma profunda lufada de ar que pouco fez para acalmar a angústia ou a dor que sentia por estar vivo e sozinho. O único sobrevivente. O último de sua linhagem familiar.

Enquanto se colocava em pé e se preparava para deixar para trás aquela última morte, um brilho cristalino sobre uma das prateleiras de mogno do quarto chamou-lhe a atenção. Aproximou-se, seus pés movendo-se quase automaticamente, seu olhar estreitando-se, fixando-se sobre o rosto de seu inimigo que o olhava de dentro da fotografia emoldurada em prata. Agarrou o retrato e observou-o, seus dedos quentes onde pressionavam o metal da moldura. Os olhos de Reichen ardiam conforme miravam aquele rosto que ele odiava. Um grunhido baixo escapou-lhe da garganta, uma raiva crua, instintiva e latente pulsava dentro de seu corpo.

Wilhelm Roth estava parado no meio de um pequeno grupo de machos da Raça, usando um traje de gala da Agência. Todos estavam elegantemente vestidos em smokings pretos e camisas brancas engomadas, os peitos adornados com gravatas de seda pura e reluzentes medalhões que se dependuravam, um brilho que concorria com o das espadas douradas repousando embainhadas nas laterais dos corpos fortes. Reichen bufou – o poder faminto e arrogante imprimia-se em cada um daqueles rostos satisfeitos e sorridentes.

Agora todos estavam mortos... todos exceto um.

Ele havia deixado Roth para o final, depois de ter trabalhado meticulosamente pela cadeia de comando. Primeiro, os membros do esquadrão da morte da Agência que haviam emboscado seu Refúgio e abriram fogo contra todos lá dentro – inclusive as mulheres, inclusive as crianças dormindo em seus berços. Depois, tinha mirado nos membros da Agência que não faziam segredo de sua lealdade ao poderoso líder do Refúgio responsável por ordenar a matança.

Um por um, ao longo das últimas semanas, os culpados tinham encontrado seu fim. O vampiro morto no chão daquele quarto era o último membro conhecido do círculo privado e corrupto de Wilhelm Roth que havia na Alemanha – o que deixava Roth sozinho.

O bastardo iria queimar pelo que havia feito.

Mas, primeiro, ele iria sofrer.

O olhar de Reichen percorreu novamente a fotografia emoldurada em suas mãos e de repente paralisou. Ao primeiro olhar, não havia notado a mulher. Toda a sua concentração, toda a sua fúria fixava-se apenas em Roth. Todavia, agora que a havia encontrado, não podia mais tirar os olhos dela.

Claire.

Ela, afastada, ao lado do grupo de machos da Raça, pequena embora suntuosa em um vestido sem mangas cinza-claro que fazia sua pele morena clara parecer tão suave e luxuriante quanto um cetim aveludado. Seus delicados cabelos negros estavam presos em um cuidadoso coque que não deixava sequer um fio fora do lugar.

O tempo não a envelhecera mais que um ano desde que ele a havia conhecido – e não envelheceria, já que ela mantinha-se jovem e forte em virtude do vínculo de sangue que compartilhava com seu companheiro, escolhido há mais de trinta anos. Ela estava olhando Wilhelm Roth e seus amigos criminosos, um sorriso estampado em uma expressão perfeitamente treinada, totalmente ilegível.

Uma companheira perfeitamente apropriada para o vampiro que havia provado ser o adversário mais traiçoeiro de Reichen.

Claire.

Depois de todo esse tempo.

Minha Claire, pensou sombriamente.

Não, não dele.

Havia sido, talvez. Há muito tempo. E apenas por uns poucos meses. Um breve punhado de tempo.

História passada.

Reichen olhou a imagem dela perpetrada atrás do vidro emoldurado em prata, surpreso com a facilidade com que sua fúria por Wilhelm Roth fazia respingar gotículas de sangue amargo na doce companheira do maldito. A doce e encantadora Claire... na cama com seu pior inimigo. Será que ela sabia da corrupção de Roth? Será que ela o havia perdoado por isso?

Pouco importava.

Reichen tinha uma missão a cumprir. Justiça a reclamar. Uma última e letal vingança para executar.

E nada atrapalharia seu caminho... nem mesmo ela.

O olhar de Reichen vagueou uma vez mais pela fotografia, a fúria ardendo em uma chama âmbar que iluminava o vidro da moldura. Seus dedos queimavam onde sua pele encontrava o metal. Tentou controlar a tempestade ácida que formava redemoinhos em seu estômago, mas era tarde demais para esperar que mesmo uma pequena parte daquele turbilhão finalmente se tornasse calmaria. Com um grunhido, atirou o porta-retratos na lareira e virou-se para longe. Aproximou-se de uma das grandes janelas que separavam o mundo escuro de dentro da luz débil das estrelas lá fora. Tentou abrir o painel, embora soubesse que não podia confiar em seu tato agora que a fúria estava tão perto de governá-lo.

Caminhou para a soleira e se agachou, escutando o quente chiado da prata derretendo e o som do vidro estilhaçando enquanto a fotografia emoldurada ardia em chamas por trás dele.

Em seguida, pulou rumo à densa noite de outono para terminar o que Wilhelm Roth havia começado.

Capítulo 2

Os lábios de Claire Roth franziram-se em contemplação enquanto ela olhava a maquete da propriedade, estendida sobre a mesa de sua biblioteca.

– O que acha de tirarmos a banqueta daqui e colocá-la perto do aquário, do outro lado da estufa de rosas?

– Uma excelente ideia – disse uma resplandecente voz feminina nos alto-falantes do telefone ali perto.

A jovem ao telefone estava ligando de um Refúgio da região. Havia uma semana que prestava consultoria a Claire para a montagem de um pequeno jardim.

– Decidiu o material para os passeios, Frau Roth? Acredito que inicialmente tinha mencionado paralelepípedos ou pedra rústica...

– Seria possível mantê-los naturais? – perguntou Claire enquanto movia-se para o outro lado da mesa, examinando atentamente o resto da maquete. – Estou pensando em passeios de terra batida, cercados com algo singelo, mas acolhedor. Miosótis, talvez?

– Perfeitamente. Ficaria encantador.

– Bem – disse Claire, sorrindo enquanto considerava a mudança de planos. – Obrigada, Martina. Você fez um trabalho maravilhoso. Na verdade, eu não poderia estar mais agradecida pela forma como transformou minhas ideias malucas em algo muito melhor do que eu poderia imaginar.

No outro lado da linha, a voz da jovem Companheira de Raça iluminou-se.

– O jardim ficará maravilhoso, Frau Roth. Está claro que você empenhou muito tempo e cuidado projetando o que gostaria.

Claire registrou o elogio silenciosamente, sentindo-se menos orgulhosa que aliviada. Ela queria que aquele pedaço de terra se transformasse em algo belo. Queria que fosse perfeito. Cada planta, cada escultura cuidadosamente escolhida e disposta, cada banco e passeio, todo aquele lugar era destinado a ser um lugar de paz e tranquilidade completas. Um santuário para inspirar a mente, o coração e a alma. Ela não era uma pessoa de se empenhar demais – bem, há muito tempo não se sentia assim, em todo caso –, mas tinha de admitir que aquele projeto havia se tornado uma espécie de obsessão para ela.

– Só quero que fique bonito – ela murmurou, piscando em virtude das repentinas lágrimas que lhe brotaram nos olhos. Estava muito emotiva ultimamente e alegrava-lhe não haver ninguém na biblioteca para assisti-la em sua fragilidade.

– Não se preocupe – acalmou-a a alegre voz de Martina do outro lado da linha. – Tenho certeza de que ele vai adorar.

Claire engoliu em seco, nitidamente pega de surpresa.

– C-como?

– Herr Roth – respondeu a jovem Companheira de Raça. Um silêncio incômodo estendeu-se por longos segundos. – Eu, hum... sinto muito se fui indiscreta. Você me pediu para manter o jardim e seu desenho em segredo, de modo que presumi que quer que seja um presente para ele.

Um presente para Wilhelm? Claire teve de se esforçar para conter sua reação de desconcerto diante daquela ideia. Há um ano e meio ela sequer via seu companheiro. Ele voltava ao país somente porque o sangue o obrigava. Claire começou a temer aquelas visitas, quando seu companheiro alimentava-se de suas veias e oferecia-lhe seu sangue em troca. Wilhelm mal fingia sentir algo em virtude daquele mórbido acordo obrigatório. Eles discretamente haviam vivido separados quase todos os dias daquelas três décadas desde a união – ele em sua mansão no Refúgio na cidade, ela e um batalhão de seguranças ali na casa de campo, a algumas horas de distância.

Não, o jardim não era um presente para seu companheiro cronicamente ausente. Na verdade, Claire estava certa de que ele ficaria furioso se soubesse que ela havia empreendido o projeto por conta própria. Felizmente para ela, Wilhelm Roth, já havia algum tempo, não demonstrava interesse em nada que ela pensasse, sentisse ou fizesse. Estava mais do que satisfeito em deixá-la prosseguir com suas diversas atividades filantrópicas e sociais; seus negócios com a Agência eram tudo o que lhe importava, sobretudo ultimamente. Essa sim era, de fato, sua obsessão, e em um silencioso rincão de seu coração, Claire alegrava-se em sua solidão. Especialmente naquelas últimas e difíceis semanas.

Martina deixou escapar um pequeno suspiro pelo telefone.

– Por favor, Frau Roth... Perdoe-me se, de alguma maneira, eu ultrapassei os limites.

– Não, não... De maneira nenhuma – assegurou-lhe Claire. Antes que ela oferecesse a Martina uma mentira piedosa a respeito de suas motivações para a construção do jardim ou explicasse seu afastamento dos machos da Raça, os quais via com pouca frequência, um forte golpe ecoou na porta da biblioteca. – Agradeço novamente pelo seu encantador desenho, Martina. Diga-me se tiver alguma outra pergunta antes de procedermos com o projeto.

– Perfeitamente. Boa noite, Frau Roth.

Claire desligou o telefone e saiu da sala. Quando fechou a porta atrás de si, sentia-se ainda apreensiva por conta de sua tarefa confidencial e não via qualquer razão para aumentar as perguntas dos fiéis cães de guarda de Wilhelm. No entanto, agora que estava sozinha com um dos agentes que Wilhelm havia encarregado de vigiá-la, assim como à propriedade que ela ocupava, a jovem finalmente compreendeu que seu pequeno projeto era a menor das preocupações do segurança. O guarda parecia inquieto, extremamente nervoso.

– Pois não? O que está acontecendo?

– Preciso que venha comigo, Frau Roth.

– Para quê?

Ela podia agora ver que o enorme homem estava visivelmente nervoso. Considerando que se tratava de um macho da Raça, além de estar armado até os dentes com armas de fogo e equipamentos de combate, provocar alguém como ele não era pouca coisa. Algo estava terrivelmente errado.

O dispositivo de comunicação oculto em seu colete negro à prova de balas emitia fragmentos entrecortados de conversas urgentes entre os outros seguranças da casa de campo.

– Vamos evacuar a área imediatamente. Por aqui, siga-me por favor.

– Evacuar? Por quê? O que está acontecendo?

– Temo que não há tempo a perder – mais vozes fragmentadas soavam. Mais vozes emitiam ordens entrecortadas ao fundo. – Já preparamos um veículo para levá-la. Por favor, você precisa vir comigo.

Ele ameaçou um gesto de pegá-la pelo braço, mas Claire deu um passo para fora de seu alcance.

– Não entendo. Por que tenho de ir? Exijo que me diga o que está acontecendo.

– Tivemos uma ocorrência no Refúgio de Hamburgo há pouco...

– Uma *ocorrência*?

O segurança não explicou, simplesmente continuou falando:

– Por precaução, estamos limpando aqui e levando-a para outro lugar. Uma casa segura, em Mecklenburg.

– Espere um pouco... Não estou entendendo sequer uma palavra do que você está falando. Que ocorrência em Hamburgo? Por que tenho de ser levada para uma casa segura? O que exatamente significa isso tudo?

O segurança lançou um olhar impaciente para ela enquanto ladrava a própria posição pelo dispositivo de comunicação.

– Sim, estou com ela agora. Tragam os veículos pela frente e preparem-se para partir. Estamos indo ao seu encontro.

O macho insinuou outra tentativa de segurá-la, o que fez a paciência de Claire explodir.

– Maldição, fale comigo! Que diabos está acontecendo aqui? E onde está Wilhelm? Coloque-o na linha. Quero falar com ele antes que vocês me arrastem para fora de minha própria casa sem uma explicação decente.

– O diretor Roth está fora do país desde julho – disse-lhe o segurança. Sua adestrada expressão sugeria que ele não havia percebido a vergonha de Claire pelo fato de que um simples segurança sabia mais que ela própria sobre o paradeiro de seu companheiro. Ele então limpou a garganta. – Estamos tentando entrar em contato com ele agora para informar sobre o ataque...

– Ataque?! – replicou Claire, esquecendo-se do constrangimento, conforme sua pele macia ficava mais e mais fria, mais e mais enrijecida pela tensão. – Santo Deus! Alguém foi atacado no Refúgio? Alguém foi ferido?

O segurança olhou-a pelo que pareceram minutos intermináveis antes de finalmente soltar uma maldição e deixar escapar os detalhes todos em um derrame insurgente de palavras.

– O Refúgio de Hamburgo foi invadido há menos de uma hora. Acabamos de receber um chamado de um dos seguranças que conseguiram escapar. O *único* segurança que conseguiu escapar – emendou, inquieto. – Foi um extermínio completo. Todos os que estavam na mansão esta noite estão mortos.

– Ah, Deus... – sussurrou Claire, recostando-se nas portas fechadas da biblioteca. – Não entendo... Quem poderia fazer algo assim?

O segurança sacudiu a cabeça.

– Não sabemos ao certo quantas pessoas estiveram envolvidas no ataque, mas o agente que sobreviveu disse que o assalto não foi igual a nada que ele tenha visto antes. Havia fogo por todos os lados, como se o próprio inferno tivesse derrubado as portas e varrido o lugar. Não restou nada além de cinzas.

Claire permaneceu de pé, atordoada e muda, tentando processar tudo o que estava escutando. Era impossível... inacreditável. Simplesmente não fazia sentido. Santo Deus, muito do que estava acontecendo ultimamente não fazia sentido algum.

Tanta violência gratuita.

Tanta morte sem sentido.

Tanta dor e perda...

– Não podemos demorar – era o que dizia então o segurança. – Temos de evacuar este local antes que sejamos atacados também.

– Você acha mesmo que quem fez isso virá aqui? Por quê?

Desta vez, o segurança não esperou para lhe dizer nenhuma palavra a mais. Seus dedos envolveram fortemente o braço feminino de Claire e ele começou a caminhar. Rapidamente. A mensagem em seus passos longos e rápidos era bastante clara: Claire teria de se apressar para acompanhar o ritmo dele ou seria arrastada dali. De qualquer modo, ela estava deixando o local. E sob segurança fortemente armada.

Não houve tempo para apanhar uma jaqueta ou uma bolsa. Ela fugiu com o segurança, saiu da casa no frio da noite de fins de outubro. A brisa fria de outono penetrava as fibras de seu suéter de caxemira vinho e suas calças de lã cinza enquanto ela corria junto ao segurança rumo à estrada. As solas de seus sapatos de camurça arrastavam-se devido ao esforço de Claire para manter-se no ritmo dos longos passos do macho que a arrastava pelo braço.

Claire chegou à porta aberta do Mercedes estacionado no centro de uma comitiva de outros quatro veículos.

– Entre – o segurança disse, enquanto, com gentileza urgente, guiou-a ao interior.

Enquanto ele deslizava para ficar ao lado dela no assento de couro e fechava a porta, Claire esfregou as mãos nos braços para espantar o frio que parecia vir de dentro de seu corpo e não de fora. Tudo estava acontecendo tão rápido. Ela ainda estava tentando compreender as terríveis notícias sobre o ataque ao Refúgio em Hamburgo. E pensar que há poucos minutos sua maior preocupação era saber a localização apropriada para um banco no jardim ou qual tipo de flor plantar. Agora, vários parentes e seguranças pessoais de Wilhelm que moravam no Refúgio estavam mortos e ela estava sendo levada para longe de sua casa, no meio da noite, fugindo de um mal desconhecido e misterioso.

Por quê?

A pergunta ecoou na mente de Claire; a mesma pergunta que lhe havia ocorrido há cerca de três meses, quando outro Refúgio caíra em desgraça – uma tragédia que também deixara para trás apenas cinzas e fumaça. Um acidente, segundo os agentes que fizeram a investigação. Uma enorme explosão, tão feroz e destruidora que provavelmente matou todos os residentes do Refúgio imediatamente.

E, mesmo assim, a pergunta a assombrava, tão dolorosamente como quando tinha ouvido pela primeira vez aquela notícia atordoante...

Por quê?

– Estamos no carro – disse o guarda sentado atrás do volante, via rádio, para os outros veículos. Pisou no acelerador e, como uma serpente veloz, a frota de sedãs pretos avançou, começando a acelerar enquanto desciam a entrada de automóveis larga e ladeada por árvores.

No banco traseiro, Claire tentava não sentir a ansiedade que flutuava no ar esvaziado do carro. Os bosques ao redor deles pareciam mais escuros do que o usual, demasiadamente tranquilos. No alto, a luz sutil da lua era ocultada pelas densas copas dos pinheiros imponentes. A comitiva havia feito a primeira curva do caminho, a cerca de um quilômetro da passagem privativa. Aceleraram na reta, mais e mais, à medida que avançavam pela estrada principal.

Não houve nenhum aviso do ataque que, no instante seguinte, atingiu o automóvel que ia na dianteira.

De dentro do bosque apareceu uma cegante esfera de fogo alaranjado, que atingiu o primeiro Mercedes da comitiva e explodiu-o com o impacto.

Claire gritou, sentindo a forte vibração da explosão nas solas de seus pés.

– Que porra é essa?! – gritou o guarda ao lado dela no assento traseiro. – Jesus Cristo, pise nos malditos freios!

Lanternas vermelhas brilharam diante deles, e não havia nada que o motorista pudesse fazer para evitar bater na traseira do outro sedã, que patinava para frear. Como um trem de brinquedo que de repente saiu dos trilhos, a caravana de veículos se desfez bruscamente, tornando-se uma linha enviesada e quebrada.

Mais adiante, o primeiro automóvel estava tomado por chamas que elevavam-se rumo ao céu escurecido.

E foi então que outra esfera de fogo foi lançada da floresta. Voou veloz, um arco resplandecente como um cometa, seu trajeto esboçado diretamente rumo aos automóveis parados. E, então, outra esfera de chamas acompanhou a segunda rapidamente, ameaças impressionantes em sua macabra beleza ardente.

O segurança sentado junto a Claire inclinou-se para frente, os dedos agarrados à cabeceira do assento dianteiro.

– Dê marcha a ré! Rápido, merda! – gritou ao condutor totalmente paralisado. – Dê marcha a ré nesta coisa e nos tire de uma vez desse inferno, porra!

Os pneus chiaram e o Mercedes deu uma violenta ré. Enquanto o automóvel girava sobre a estreita pista de asfalto, seu para-choque colidindo com o veículo de trás, Claire observou os agentes nos automóveis restantes abrirem com golpes violentos as portas e empenharem-se em uma fuga a pé. Um deles saltou para dentro do bosque.

O outro se atrasou por apenas alguns segundos. Foi atingido pela primeira esfera de fogo, que arrebentou-se na capota do automóvel, consumindo homem e metal, em um rugido cruelmente doentio que se erguia conforme os escombros voavam por todos os lados.

Claire gritou, virando o rosto da carnificina assim que a segunda esfera de fogo caiu sobre o automóvel vazio diante deles na estrada. O trovejar da explosão sacudiu a terra e criou uma profunda cratera fumegante no chão.

O segurança a seu lado fez o sinal da cruz sobre o peito e, em seguida, empurrou as costas do assento do condutor, amaldiçoando de forma febril.

– Vai, idiota! Ligue o maldito carro! Tire-nos daqui! Agora!

Tarde demais.

De alguma parte, muito provavelmente do céu, veio uma esfera ardente de fogo, elevando-se diante do para-brisas do veículo, em resplendor tão intenso que encheu o interior do Mercedes com uma luz branca cegante. Fosse o que fosse, tinha uma potência de dez sóis, tão elétrico como um raio, concentrado em uma esfera do tamanho de uma bola de boliche. Todos os pelos do braço e do pescoço de Claire arrepiaram-se quando aquela coisa enorme e extraordinária rompeu-se na terra a poucos passos do capô do automóvel. Em seguida, outra bola de fogo colidiu na parte de trás, estremecendo Claire e os dois homens que a acompanhavam, mandando os três para frente em seus assentos. A cabeça do condutor golpeou o volante com um rangido veloz e doentio.

O impacto acionou o sistema de segurança do automóvel, ativando o air bag. Em meio ao alarme e à baforada de fumaça química que vinha da esfera, Claire também percebeu o aroma do rastro de sangue. Limpou a testa e engoliu com dificuldade quando percebeu seus dedos finos mancharem-se de vermelho.

Merda.

Nunca era uma boa ideia sangrar na frente de vampiros, mesmo vampiros disciplinados pelo treinamento da Agência e dedicados a servir o implacável e muito, muito poderoso companheiro de Claire. Não que ela realmente esperasse viver muito mais naquela noite para se preocupar com a potencial sede de sangue de seus seguranças. Não parecia provável que ela ou algum deles pudessem sobreviver aos próximos momentos.

– Corra – grunhiu o homem que estava no banco de trás com ela. Ele tinha uma arma em cada mão, suas pupilas estavam contraídas e havia ranhuras verticais no centro de suas íris âmbar enquanto ele olhava furiosamente a maçaneta da porta do lado dela. O painel se abriu com a força de sua mente de macho da Raça. – Corra para o mais longe que puder. Essa é sua única esperança.

Claire saiu do automóvel e golpeou a terra em um torpe cambaleio. Suas pernas estavam débeis, frouxas; sua cabeça latejava, seu coração martelava dentro do peito. Escutou o segurança sair do veículo à espera de qualquer luta que viesse.

A jovem caminhou rumo às altas sombras negras do bosque enquanto o caos continuava engolindo os arredores. Alguns seguranças correram, ultrapassando-a, com suas armas postas, como se algum deles pudesse enfrentar o inferno que havia chegado ali naquela noite. Ela não era capaz de sequer imaginar o tipo de exército que havia cometido ataque tão brutal. Lançou um olhar aterrador por cima do ombro enquanto caminhava para o bosque.

Quem quer que fossem aqueles ferozes atacantes, eles estavam certamente se aproximando mais e mais. O resplendor sobrenatural do bosque atrás dela era mais intenso, marcando suntuosamente, terrivelmente o progresso do inimigo. Os passos dela reduziram a marcha enquanto o resplendor laranja alcançava as árvores como raios de sol abrasando em meio à mais fria escuridão. Ela olhou fixamente, paralisada, incapaz sequer de desviar a atenção daquele ou daquilo que provavelmente trazia-lhe a morte.

Uma silhueta começou a tomar forma.

O exército era um homem só.

Um homem cujo ser estava inteiramente aceso em chamas.

Por um instante, um instante de delírio e de dor, Claire acreditou reconhecer o desenho largo daqueles ombros, a arrogância fluida daqueles passos. Impossível, é óbvio. Entretanto, um lampejo de familiaridade acendeu-se no fundo de sua mente. Poderia de algum jeito conhecê-lo?

Mas aquele não era um homem, certamente nenhum que conhecesse, agora ou em qualquer outro momento. Não, a criatura era algo saído diretamente de um pesadelo feroz.

A morte encarnada, isso é o que ele era.

O som do disparo de uma arma chamou a atenção de Claire ao grupo de Agentes reunido ali perto. Outro tiro, e logo em seguida outro e mais outro, até que o ar se encheu com o som. Som de regozijo, som de alívio.

O homem de chamas seguiu caminhando, imperturbável e indômito. As balas estalavam como traques quando se aproximavam dele, explodindo inofensivamente quando se encontravam com a parede de calor que rodeava seu grande corpo.

Quando o último projétil foi disparado, ele se deteve.

Levantou as mãos diante de si, embora não se tratasse de forma alguma de redenção. Com pouco mais que um segundo de aviso, soltou uma rajada de fogo sobre os seguranças que restavam. Claire não pôde afogar seu grito de horror ao ver as chamas envolverem-nos, incinerando-os ali mesmo.

Ela percebeu o instante em que o homem concentrou-se nela. Sentia o calor de seus olhos atravessando-a à distância, e cada terminação nervosa de seu corpo retesou-se, tomada pelo medo.

– Ah, Santo Deus! – ela sussurrou, tropeçando conforme esboçava passos vis para trás.

O homem de chamas deu um passo em sua direção, toda a sua terrível fúria agora concentrada completa e irrefreavelmente sobre ela.

Claire começou a correr, sequer ousando olhar para trás novamente enquanto mergulhava no bosque noturno e corria o mais rapidamente, o mais freneticamente que seu frágil e delicado corpo feminino era capaz de aguentar.

Capítulo 3

Ele caminhou imperturbável por entre as cinzas e destroços fumegantes na pista. Suas botas rangiam sobre vidros estilhaçados e metal distorcido, poças de gasolina em chamas e restos queimados dos machos da Raça que ingenuamente tinham atirado contra ele com suas armas desprezíveis.

Mas as balas não o pararam.

Nada poderia detê-lo, não quando ele estava naquele estado.

A terra chiava debaixo das solas pesadas de suas botas – não por causa dos destroços, mas por causa do calor que seus membros continuavam emitindo –, um chiado elétrico que viajava por cada centímetro de seu corpo em ondas pulsantes de energia letal, pura, viva.

Ele tinha permitido que sua fúria saísse de controle esta noite e sabia disso. Compreendia muito bem a importância de conter o fogo dentro de si, mas seu ódio por Wilhelm Roth o havia feito descuidar-se – primeiro, na cidade, agora, ali. Sua sede de completar a vingança o havia empurrado por um precipício e ele agora estava caindo.

Falhando, quando a justiça estava tão, tão próxima.

Roth não estava no Refúgio de Hamburgo. Nem foi um dos muitos que haviam, em vão, tentado fugir e acabaram mortos naquela noite. Com a visão inundada de vermelho e de calor, Reichen lançou um olhar implacável sobre os restos desmantelados ali. Não, na verdade, não via sinal algum daquele bastardo.

Mas a companheira de Roth estava lá.

Ela saberia onde encontrá-lo. E, caso os lábios dela se negassem a confessar, seu sangue logo o diria.

Claire.

O nome dela oscilou como um curto-circuito na mente dele, opaco, obscuro e sombrio até finalmente ser devorado pela raiva. Naquele momento, para ele, ela não era ninguém que ele jamais conhecera. Não era aquela mulher que ele havia tido em seus braços, que havia certa vez amado.

Naquele momento, sua fúria apenas sabia que ela era a mulher que pertencia a Wilhelm Roth.

E aquilo a tornava tão inimiga quanto Roth.

Ele caminhou até o limite do bosque, onde assistiu à Companheira de Raça correr. Vagamente registrou o aroma da resina de pinheiro derretendo e queimando as folhas por onde ele passava. Os ramos das árvores dobravam-se diante de seu calor, saindo de seu caminho a cada passo.

Ele sabia exatamente para onde a mulher corria. Podia ouvir a acelerada e ofegante respiração dela penetrando mais e mais nas profundezas do bosque. Ela estava com medo e o aroma de seu terror era como uma nota fresca e vívida que a fumaça não podia ocultar.

Já mais adiante, a jovem silenciou: ela tinha encontrado um lugar para se esconder dele – ou, pelo menos, era isso que ela achava. As botas de Reichen, todavia, seguiram em direção a ela. Sua visão estava bloqueada por uma enorme pilha de terra e pelas raízes mortas e retorcidas de uma árvore caída, atrás da qual Claire escondia-se, agachada.

Reichen escutava os batimentos do coração da mulher, mais e mais rápidos à medida que ele se aproximava, e uma velha corrente de fogo e luxúria imediatamente atravessou as profundezas mais recônditas de seu corpo masculino. Era uma questão de instantes até que tudo nele finalmente se acendesse. O calor dele era muito forte agora e escapava-lhe pelos poros em turbulentas ondas frenéticas. Ele certamente não seria capaz de deter a explosão que se aproximava, mesmo *se* tentasse.

– Saia daí, mulher – sua voz soava-lhe áspera, rouca e estranha e o sabor era tão seco quanto cinzas na garganta. – Você não tem muito tempo. Saia daí enquanto pode.

Mas ela não obedeceu. Uma parte longínqua dele, todavia, não estava exatamente surpresa diante daquela teimosia insolente, e ele poderia dizer até mesmo que, em certo sentido, já esperava tal reação. Outra parte dele, no entanto, a parte que se iluminava com fúria pirocinética e impaciência fatal, soltou um rugido que fez tremer a terra.

Tal advertência mostrou-se eficaz.

Ele observou um súbito movimento e escutou passos rápidos sobre o chão coberto de folhas, um instante antes de as raízes da árvore explodirem. Faíscas dispararam em todas as direções, disparando chamas de cor laranja para o alto. Reichen viu a mulher de Roth fugir para mais fundo no bosque enquanto restos fumegantes caíam como gotas pesadas de orvalho ao redor da cratera que agora havia no lugar onde antes a mulher estava escondida.

Xingando furiosamente, ele a perseguiu. Ela corria rápido, mas ele era mais veloz. Não havia nenhum lugar aonde ela pudesse ir, e Claire não demorou para chegar a essa conclusão. Seus passos desaceleraram, desaceleraram, até que ela finalmente parou. Reichen imitou-a, detendo-se onde estava. Dez passos agora os separavam. As folhas rangeram e murcharam por sobre a cabeça do macho da Raça. Tudo, absolutamente tudo ao redor dele se incinerava quase que instantaneamente diante de seu calor abrasador, transformando-se em cinzas.

Com as mãos levemente flexionadas e fechadas em punhos tensos ao lado do corpo, os pés intercalando alucinados a guarda do peso do corpo esguio, Claire parecia avaliar suas possibilidades – ínfimas? – de escapar.

– Se for me matar agora, então o faça.

Sua voz era contida, mas não tinha um traço sequer de hesitação e, de repente, aquele som aveludado despertou lembranças dispersas na cabeça de Reichen, memórias ancestrais que irromperam em uma corrente de imagens fugidias: Claire e ele nus na cama, apanhados em um emaranhado enlouquecido de lençóis amarrotados, rindo, beijando-se; o profundo olhar castanho dela dançando à luz dourada das velas enquanto ele colocava em sua boca as doces framboesas que tinham apanhado em um piquenique à meia-noite, no lago; seus braços fortes enredando-a pela cintura fina, a pele macia do rosto dela, delicada e infantilmente apoiada em seu peito nu enquanto confessava-lhe que se apaixonara perdidamente por ele.

Claire...

Demorou um longo momento para Reichen se esquecer daquele passado, e ele teve de se obrigar a trazer à tona outras memórias, lembranças mais recentes, ainda carregadas de um sabor amargo de fel, um sabor que ele podia até sentir na fumaça que inundava o ar viciado do bosque; lembranças embebidas pelo sangue de muitas vidas, inclusive inocentes.

– Não vim para matá-la, Claire Roth.

Ela ficou imóvel à menção de seu nome. Reichen observou sua rígida postura: os ombros quadrados, delicados e desafiantes quase impediam a companheira de seu inimigo de encará-lo de frente. Os olhos grandes e escuros dela sustentavam um olhar hermético e nitidamente distante. Por um segundo o macho da Raça pôde ver ali um traço de reconhecimento, mas que logo desapareceu, engolido pela descrença. Ela sacudiu a cabeça em silêncio, olhando-o como se ele fosse um fantasma ou, talvez melhor, algum tipo de monstro.

Reichen sabia que de fato o era, sobretudo depois daquela noite, mas ver tal constatação nos olhos de outra pessoa – nos olhos *dela* – fez a ira dentro dele sacudi-lo.

- Diga-me onde ele está - exigiu Reichen.

Ela não parecia, todavia, ouvi-lo. Observou-o pelo que pareceu uma eternidade, investigando-o com aquele olhar fixo, penetrante e definitivamente inquisidor. Em seguida, balançou lentamente a cabeça.

- Não entendo como isso é possível... – murmurou por fim. Deu um passo adiante apenas para retroceder um segundo depois, quando folhas caídas dos pinheiros transformaram-se em cinzas brancas aos pés dele.

- Santo Deus, Andreas. Isso é algum tipo de sonho? Quer dizer, devo estar sonhando, não é mesmo? Isso não é real. Isso tudo não pode ser...

As palavras escapavam-lhe pela boca com dificuldade, um som débil afogado na garganta. Apesar do intenso calor que dele emanava, ela ergueu a mão como se quisesse tocá-lo.

- Pensei que você estivesse morto, Andreas. Durante esses três meses após o incêndio que destruiu seu Refúgio... achei que você estivesse morto.

Reichen grunhiu ante a ameaça de um contato com ela. Em meio a um grito afogado de sobressalto, Claire retraiu o braço, esfregando os dedos que teriam sido queimados se ela o tivesse tocado – uma verdade que agora ela sem dúvida sentia na pele macia e desprotegida.

Estava evidentemente confusa. E evidentemente aterrorizada.

- Meu Deus, o que aconteceu com você?

Mas é claro que ela não saberia. Ele era diferente quando Claire o conheceu. Jesus, tudo havia sido diferente naquela época. O calor que agora o possuía fora então frio e latente, espreitando-o das profundezas de sua própria consciência – até o momento, trinta anos atrás, em que esse poder infernal havia encontrado uma saída.

Reichen havia pego todo o seu maldito poder e o mantido oprimido dentro de si. Havia se passado tanto tempo desde que aquele calor tinha aumentado dentro dele que, por um tempo, o vampiro foi tolo o suficiente para acreditar que o havia vencido para sempre. Mas o fato é que ainda estava ali, acumulado e latente, esperando pela mínima chance de acender outra vez enquanto ele se esforçava, em vão, para negar sua existência.

Ele tinha vivido uma mentira nas últimas três décadas e, agora, ela irrompia diante dele.

Agora ele nunca mais seria o mesmo. Agora, a traição de Wilhelm Roth havia despertado aquele seu lado monstruoso. Agora, a aflição e a fúria haviam convidado aquela habilidade terrível de volta para a sua vida, e o fogo estava sempre queimando dentro dele.

Estavam começando a dominá-lo.

Para destruí-lo.

E, por causa das ações impiedosas de seu companheiro, Claire estava agora assistindo àquela verdade terrível com seus próprios olhos.

Não, ele nunca seria o mesmo novamente.

E não descansaria até ter sua vingança.

Através das chamas, os olhos de Claire procuravam os dele, um misto de aflição e pena.

– Não entendo o que está acontecendo, Andre. Por que você está assim? Diga-me o que aconteceu com você.

Ele odiava a preocupação que ecoava na voz dela. Não queria escutar aquilo, não da companheira de Roth.

– Por favor, fale comigo, Andre.

Andre. Ela era a única que o havia chamado assim. Depois dela, ele não o permitira a mais ninguém. Depois dela, houve muitas coisas mais que não se atreveu a permitir, a si mesmo ou aos outros.

O som de seu nome nos lábios de Claire era uma dor que ele não tinha previsto. Reichen mostrou os dentes e presas em uma expressão que deveria alarmá-la, mas a mulher não abrandou sua reclamação por respostas.

– Quem, Andre... quem fez isso com você?

Ele permitiu que o fogo de sua ira respondesse por si e sua voz saiu tão áspera que era como se houvesse cascalho moído em sua garganta.

– O bastardo que enviou seu esquadrão da morte até a minha casa para matar a minha família a sangue frio. Wilhelm Roth.

– Impossível – Claire se ouviu dizer, embora nem mesmo ela tivesse certeza se estava se referindo à acusação terrível contra Wilhelm ou ao fato de que Andreas Reichen estava vivo, bem vivo, impenetrável e letal.

– Você precisa de ajuda, Andre. O que aconteceu... não importa o que fez essa noite... você precisa de ajuda.

Ele deu um sorriso de escárnio, sombrio e ameaçador. Era um som bestial que concordava com a expressão selvagem em seus olhos. Sua fúria era evidente, uma força tão grande que seu corpo sequer parecia capaz de contê-la. Claire olhava a corrente de calor que rodeava os membros e o torso de Reichen, deformando-lhe os traços faciais em uma figura monstruosa e inumana.

Deus do céu.

Aquele calor infernal *era* a raiva dele.

– Ah, Andre – ela sussurrou, com o coração apertado apesar da nítida confusão de emoções que percorriam seu corpo esguio. – Sei como deve doer. Sofri por você quando soube o que aconteceu no seu Refúgio.

– Quinze vidas – rosnou ele. – Todos mortos, até mesmo as crianças.

Não conseguindo esconder a dor diante da simples lembrança, Claire fechou os olhos.

– Eu sei, Andre. Eu soube, é claro. Todos ficamos muito chocados quando a notícia nos chegou de Berlim. Foi uma tragédia terrível e inimaginável...

– Foi um maldito banho de sangue! – ele latiu. – Quinze vidas inocentes exterminadas por ordem de Roth. Todos assassinados como cães, por ordem dele!

– Não, Andre – Claire negou com a cabeça, confusa. Estava consternada pelo fato de tal ideia ocorrer a Reichen. – Houve uma explosão. Os investigadores da Agência avaliaram que houve uma ruptura do duto principal do gás. Concluíram que foi um acidente, Andreas. Não sei de onde você tirou a ideia de que Wilhelm...

– Basta! – grunhiu. – Não pode proteger seu companheiro com mentiras. Nada pode protegê-lo da justiça que merece. Eu *vou* cobrar cada vida que se perdeu naquele dia.

Claire engoliu em seco. Ela não era ingênua a ponto de acreditar que a honra de Wilhelm Roth não tivesse uma ou duas manchas. Ele era um homem frio, distante, mas não cruel. Um político implacável que nunca fizera segredo de suas ambições. Mas um assassino? Alguém que fosse capaz do tipo de crueldade de que Andreas o acusava? Não, ela definitivamente não podia acreditar.

O simples fato de considerar tal pensamento era tão difícil que Claire se perguntou se não seria Andreas, e não Wilhelm, o verdadeiro monstro. Ela precisava apenas olhar por sobre os ombros largos do macho à sua frente para ver a fumaça e o fogo emanando do massacre que ele deixara pelo caminho. E ainda houvera mais morte e destruição em Hamburgo, onde certa vez haviam vivido Wilhelm Roth e um punhado de familiares.

A morte e a destruição não eram tão diferentes do que havia ocorrido no próprio Refúgio de Andreas, três meses atrás. O fogo em Berlim tinha sido imenso. A destruição, inumana e completa. Quando a fumaça finalmente se apagou, nada havia restado da casa ou de seus habitantes. As chamas tinham consumido tudo e todos, tinham reduzido tudo a cinzas.

Ah, Deus...

Claire encarou Andreas e uma moléstia mórbida surgiu em seu coração, conforme o calor que flanqueava o corpo dele deturpava mais e mais o ar ao seu redor. Talvez houvesse uma explicação para o que havia acontecido no Refúgio dele. Talvez ele tivesse explodido. Teria acontecido algo que o levasse ao limite, fazendo eclodir aquele seu lado tão aterrador?

– Andre, ouça-me... – ela deu um passo para mais perto, as mãos estendidas em um gesto de paz, de calma. – Não sei o que aconteceu, mas quero te ajudar... se eu puder.

Ele grunhiu um xingamento. A onda de calor que lhe cobria o corpo pareceu ficar ainda mais intensa, salpicando um sabor elétrico e agudo no ar.

Claire continuou, esperando ser capaz de vencer qualquer que fosse aquela loucura que tinha se apoderado dele.

– Fale comigo, por favor. Diga-me como posso ajudar você. Vamos resolver isso juntos. Estou disposta, se você...

Apesar de forçar sua voz a não demonstrar medo, Claire não pôde conter o leve tremor que lhe abalou o corpo. Reichen propagou um grunhido que atravessou incontido os dentes e as presas brancas. Suas pupilas, já contidas, reduziram-se a elementares frestas verticais cortando o centro dos olhos flamejantes em âmbar. Ele era um macho da Raça, um predador por natureza, mas nunca tinha assustado Claire. Era esse outro lado dele – um lado que ela nunca soube que existia ou tampouco tinha visto antes – que fazia o sangue da mulher correr gélido nas veias.

Insegura, horrorizada por tudo o que havia ocorrido naquela noite e desconfiada daquele estranho que já não mais conhecia, Claire deu outro passo em direção a ele.

– Por favor, você precisa saber que pode confiar em mim. Vai deixar eu te ajudar, Andre?

– Maldição, pare de me chamar assim!

Ante aquele bramido, uma árvore à direita de Claire explodiu em chamas. Ela lançou um olhar nervoso para o fogo, que repentinamente escalou o tronco do alto pinheiro. O maldito calor golpeava seu rosto, como se de repente ela estivesse aprisionada em um forno.

Aquilo era uma advertência ou uma ameaça?

Será que ele, de alguma forma, era capaz de controlar aquela parte obscura?

Ela não estava certa de que ele pudesse. Afastou-se das chamas, sempre mantendo os olhos em Andreas. Ele, por sua vez, acompanhou seus movimentos com um olhar agudo. Ela procurou nos olhos dele um pouco de razão, algum fio, diminuto que fosse, de sanidade, mas tudo o que viu foi raiva. E dor. Santo Deus, quanta dor havia naqueles olhos.

– Diga-me onde ele está, Claire.

Ela balançou a cabeça debilmente.

– Não sei.

– *Diga-me.*

Ela balançou a cabeça novamente enquanto seus pés a distanciavam alguns passos daquela criatura que uma vez fora seu amigo... seu amante. Houve um tempo em que ela pensava que Andreas Reichen era tudo em sua vida. Agora, no entanto, estava segura de que ele procurava sua morte. Sua e de Wilhelm.

–Não vejo Wilhelm há muito tempo. Ele não me fala sobre seus negócios ou viagens. Mas ele não está aqui. E não sei onde está. É verdade, Andre. Você tem de acreditar em mim.

Outro rugido escapou dele quando seu nome deslizou pelos lábios de Claire. Perto dali, outra árvore acendeu-se como fogos de artifício, e em seguida outra e depois outra. O calor explodiu em ambos os lados, labaredas de fogo gemiam alto no céu noturno. Claire não pôde conter um grito, tampouco refrear o instinto de sobrevivência que a fez colocar as pernas em movimento quando o bosque ao seu redor começou a arder em chamas.

Ela correu na única direção que podia, para longe de Andreas. Seu sentido de orientação se perdeu em meio ao caos de seu pavor - não que ela *realmente* esperasse escapar. Correu, esperando sentir o fogo infernal queimar sua pele, certa de que a fúria de Andreas não lhe permitiria viver mais um segundo sequer.

Mas, mesmo assim, ela correu.

Ficou sem fôlego no momento em que alcançou o fim do bosque. Sem fôlego e trêmula, os pés tropeçando nas ervas rasteiras que recobriam o terreno acidentado. Levantou a cabeça e quase chorou de alívio ao ver a casa familiar à sua frente. Atrás, à distância, estavam a escuridão e o resplendor das chamas. Uma descarga de adrenalina inundou-lhe a corrente sanguínea e Claire correu pelo gramado aberto até alcançar a porta da entrada da propriedade que lembrava uma fortaleza.

O lugar estava aberto, fora abandonado assim por causa da pressa dos seguranças em evacuá-lo. Claire voou para dentro e fechou a porta, passando todas as trancas e fechaduras. Pegou um telefone sem fio e fugiu pelas escadarias até o terceiro andar, rezando para que o santuário que acabara de encontrar não se tornasse em breve seu túmulo. Já tinha digitado metade do número do secretário de Wilhelm quando se deu conta de que o telefone estava sem linha. Estava mudo, completamente mudo.

- Merda!

Claire atirou o telefone no chão e aproximou-se das grandes janelas fechadas que cobriam quase toda a parede dos fundos. Ela já tinha uma ideia ínfima do que veria do outro lado do vidro, mas, ainda assim, ficou sem fôlego quando abriu a janela e olhou para os amplos jardins da propriedade.

Um caminho de fumaça negra desenhava-se de dentro do bosque. O fogo vermelho-alaranjado dançava macabro ao longo das copas das árvores, lambendo o céu quase despido de estrelas. E no centro do bosque, uma intensa luz brilhava mais forte – um calor branco pulsando quase ao ponto de ferir os olhos.

Andreas. Ele era a fonte daquela luz indefinível.

Viria atrás dela agora? Se o fizesse, ela não teria onde se esconder ou para onde correr.

Mas a luz que lhe preenchia o corpo não se moveu. Tampouco o fez Claire. Ela ficou com os pés cravados no chão perto da janela, observando aquele pulsar sobrenatural – e simplesmente não pôde desviar os olhos.

Ela observou enquanto as horas passavam e o fogo no caminho e no bosque finalmente começavam a se apagar.

Observou conforme a noite se arrastava uniformemente rumo ao amanhecer e o resplendor da fúria de Andreas continuava ardendo.

Capítulo 4

Ela não percebeu o que a despertou.

De supetão, Claire levantou a cabeça, que estava pressionada contra o vidro frio da janela. Não sabia por quanto tempo tinha dormido – fora, no entanto, tempo suficiente para que o rosa pálido do amanhecer tivesse percorrido todo o caminho sobre o horizonte, trazendo consigo um véu de garoa e névoa, que cobria o bosque e o chão.

Ah, Deus... *Manhã.*

A luz do dia brilhava mais forte a cada minuto. E não havia sinal de Andreas em lugar algum.

A respiração de Claire embaçou o vidro da janela enquanto ela observava o rastro sem vida de grama, estrada e pinheiros. Ele tinha ido embora enquanto ela dormia?

Estaria morto?

Depois do que ela o vira fazer na noite anterior, não sabia o motivo de tal pensamento criar um nó de medo em seu peito. Mas antes que Claire pudesse dizer a si mesma que devia estar agradecida pelo fato de ter sobrevivido, ela já estava na escada, descendo rapidamente pelo coração da casa. Ela destrancou as fechaduras e abriu a porta principal, não se esquecendo de apanhar um dos vários casacos pendurados em um cabide no vestíbulo e envolvê-lo nos ombros para se proteger do frio úmido enquanto caminhava para fora.

O que primeiro chamou-lhe a atenção foi a surpreendente tranquilidade. Nenhum som, exceto o tamborilar intermitente de uma ligeira chuva. A tranquilidade e o silêncio eram tão grandes que ela poderia ter tido a tentação de pensar que a noite anterior fora apenas um sonho terrível. Mas então o fedor pungente dos incêndios agora já apagados atravessou o terreno.

Tudo tinha sido real, pior do que o pior dos pesadelos. A lembrança crua da violência presenciada queimava-lhe as narinas.

Claire caminhou pela grama queimada, evitando a larga entrada para não encarar o massacre de sua escolta. Ela não queria ver o que o fogo havia feito aos machos da Raça que tinham morrido na noite anterior; tampouco queria saber o quão rápido o sol consumiria tudo que eventualmente restasse deles. Foi esse pensamento - a compreensão do que a exposição prolongada aos raios ultravioletas fazia à pele hipersensível da Raça – que levou Claire a aprofundar-se no bosque.

Para o último lugar onde ela vira Andreas.

Era difícil dizer onde terminava a névoa e começava a fumaça que se arrastava das árvores queimadas. Tudo parecia envolto em abundante neblina cinza. A pele de Claire ficava mais úmida a cada passo, os pés moviam-se pela névoa baixa, seguindo um atalho enegrecido que continuava bosque adentro. O silêncio a envolveu quando ela passou por um chamuscado pé de amoras pretas, que a arranhou como dedos esqueléticos de mortos. O aroma de fumaça velha e da vegetação queimada era mais forte aqui, apoderando-se do fundo da garganta seca da mulher.

E, de repente, outro aroma muito forte surgiu - não era o cheiro frio das chamas extintas, nem da carga elétrica que emanara do corpo de Andreas na noite anterior. Havia algo no ar. Um calor forte e crescente; um enjoativo odor de carne queimada.

Ah, não.

Ela deu uns passos ansiosos, vacilando um pouco onde a terra formava um declive acentuado, cerca de trinta centímetros para baixo. Era o buraco onde a raiz da velha árvore esteve, ela registrou. O buraco que se converteu em uma cratera quando Andreas o explodira com o furor de sua raiva.

Fora naquele ponto do bosque que ele estivera ontem à noite. Não a havia seguido; nem saíra antes de o sol nascer.

Ele ainda estava aqui.

Cautelosamente, Claire aproximou-se da grande forma escura encolhida no chão envolto em névoa. Não se movia, mal respirava. O fogo que esteve queimando ao seu redor e em seu interior era agora apenas uma lembrança. Suas roupas estavam queimadas e rasgadas. Sua pele brilhava sob os raios do sol filtrados pela bruma, e bolhas começavam a se formar nas partes que estavam expostas.

Visto assim, ele não parecia tão perigoso. Não era o monstro que Claire havia encontrado ali na escuridão; não, agora ele não passava de um homem. Um homem tornado mortalmente vulnerável exatamente pela sua parte mais que humana.

Daquela maneira, não era difícil se lembrar que ela uma vez o amara como a nenhum outro. E ela ficou surpresa com o fato de a dor da abrupta separação voltar-lhe tão facilmente.

Aqueles dias há muito haviam passado mas, sem se importar com o que sentia por ele, no passado ou agora, ela não podia deixá-lo sofrer. Não, ela não o abandonaria ao sol, independentemente do que ele fizera na noite anterior ou no que se transformara desde o seu tempo juntos.

– Andre – ela sussurrou, sua voz ficando entrecortada conforme ela se aproximava dele e via a gravidade das queimaduras. – Ah, Santo Deus... Andreas... você me ouve?

Ele gemeu algo inaudível, mas desagradável. Quando ela se agachou e estendeu a mão para tocar o seu ombro, ele escancarou as presas e grunhiu como um animal apanhado em uma armadilha.

– Você precisa se levantar – Claire despiu-se do enorme casaco e o levantou para que Reichen o visse. – Vou cobrir você para proteger do sol. Você não pode ficar aqui ou vai morrer. Tem de se levantar e vir comigo, tudo bem?

Ele não respondeu, mas tampouco a atacou quando ela colocou brandamente o casaco sobre sua pele exposta.

– Consegue se levantar?

Ele a encarou, os lábios ainda mostrando as presas expostas. Algo estava muito mal com ele, apesar de já não estar tomado pelo fogo: as pupilas elípticas ainda não haviam voltado ao normal e as íris ainda estavam âmbar brilhante, e não avelã como Claire as conhecia tão bem.

Todos os membros da Raça transformavam-se daquela maneira quando tinham fome ou em ocasiões extremamente emocionais, mas aquilo parecia diferente, de algum modo. Mais grave. Claire não podia ver muitos dos dermoglifos dele – os complexos padrões que cobriam a pele de cada membro da Raça –, os poucos que estavam visíveis, em seus braços e através dos rasgos de sua roupa, estavam quase apagados. As cores pulsavam rapidamente, como se uma parte dele estivesse em curto-circuito.

– Levante – ela disse, desta vez com mais intensidade. – Preciso que caminhe, Andreas.

Para sua surpresa, ele obedeceu. Lentamente, arrastou-se do chão. Claire estendeu-lhe a mão quando os joelhos dele bambearam. Mas logo ele ficou de pé, elevando-se sobre ela apesar da coluna inclinada e da cabeça caída sobre o peito. Claire puxou a gola do casaco para proteger a cabeça do homem, evitando mais danos pelos raios ultravioletas.

– Isso, assim – disse. – Pode se segurar em mim se precisar.

Ela percebeu que ele sequer tentou assumir o controle. Com um grunhido de dor, cambaleou a seu lado. Avançaram em um ritmo lento, caminhando com dificuldade e em silêncio para fora do bosque, de volta à casa. Quando chegaram à porta de entrada, os pés de Andreas arrastavam-se como se fossem enormes pesos de chumbo.

Claire tentou ajudá-lo a subir os poucos degraus até a porta, mas ele se afastou com um leve tapa, como se aquele contato lhe queimasse ainda mais do que os raios do sol, que agora surgiam fortes e indômitos conforme a neblina se dissipava. Claire então adiantou-se e segurou a porta aberta enquanto ele subia os degraus. No saguão, todavia, ele finalmente desabou: caiu sobre um joelho e logo cambaleou para trás com um gemido ardente.

- Maldita seja - ele grunhiu com a respiração entrecortada entre os lábios ressecados. Olhou para ela, o rosto empapado em suor e maculado pelas cruas queimaduras. – Para onde vamos agora?

Claire assinalou o outro lado do saguão.

- Você ficaria mais confortável no porão. Wilhelm instalou um quarto lá quando a casa foi construída, mas nunca o usamos...

Ele começou a se mover antes mesmo que ela terminasse de falar. Claire o seguiu, mantendo-se perto caso ele tivesse problemas para descer a velha escada de pedra. A mulher ouviu um suspiro aliviado quando a fria escuridão os envolveu completamente. Ele não precisava de luz artificial para enxergar, mas os olhos de Claire levavam mais tempo para se adaptar à tonalidade negra do ambiente. Ela acendeu a luz e observou como Andreas cambaleou no último degrau e se sentou no chão frio de pedra.

Ele não seguiu para o luxuoso quarto pessoal de Wilhelm, apenas tirou o casaco e o jogou de lado, encolhendo-se em uma desolada e desajeitada postura. Claire não disse nada enquanto descia para se sentar no terceiro degrau da escada. Olhou-o em silêncio durante um longo momento, sem saber o que fazer com ele.

– Por que fez isso? – a voz áspera dele chiou das sombras, mas seu olhar era feroz e tomado por uma luz âmbar sobrenatural. – Por que me ajudou?

Para Claire era difícil aguentar aquele olhar quente e mordaz.

– Porque você precisava de ajuda.

Ele deu um sorriso de escárnio, um som grosseiro de zombaria.

– Você nunca foi estúpida, Claire. E esse é um péssimo momento para começar a ser.

O ataque a ofendeu, mas ela apenas deu de ombros.

– E você nunca foi do tipo que pensaria em matar dezenas de pessoas no intervalo de algumas horas.

Ele piscou e manteve aquelas íris âmbares fechadas durante um longo tempo. Será que Andreas sabia o que fizera na noite anterior? Teria aquilo se registrado em algum lugar dentro dele enquanto ele estava naquele "estado"?

Ele murmurou uma maldição antes de voltar o rosto para longe dela.

– Andre – Claire murmurou brandamente. – O que quer que esteja acontecendo com você, estou segura de que há pessoas que podem ajudá-lo. Mas você não precisa pensar em nada disso agora. Tudo o que precisa fazer é descansar e se deixar curar. Você está a salvo aqui.

– Ninguém está a salvo agora – murmurou ele entre dentes. Girou o rosto uma vez mais para ela, encarando-a fixamente com os olhos, que mais pareciam dois lasers transformados. – Especialmente você, Claire.

Ela o olhou fixamente por uns longos momentos, insegura de como responder. Ela não podia fingir que não estava com medo, que não *tinha* medo. Mesmo debilitado pelos raios ultravioletas, ele ainda era muito perigoso. Ainda era um predador mortal, armado com um terrível poder de que ela sequer tivera conhecimento até então.

Assombrou-lhe o fato de que, durante os quatro meses em que foram inseparáveis, ela acreditara conhecê-lo tão bem, quando, na verdade, estivera alheia ao lado dele que vira na noite anterior. Por outro lado, ela também pensou que ele a amava, apenas para ser tomada de surpresa quando ele simplesmente desapareceu de sua vida sem lhe dar sequer uma palavra de explicação.

Agora ele estava de volta. Finalmente, depois de três décadas, ela o estava olhando uma vez mais. Mas aquele reencontro não era como ela havia imaginado. Agora ela não sabia quem era ele... ou *o que* era.

– Descanse um pouco – ela finalmente conseguiu dizer.

Ficou de pé e começou a subir de novo as escadas do porão, consciente de que os olhos ferinos de Andreas a seguiram todo o tempo. Apagou a luz, mergulhando o lugar novamente na escuridão antes de fechar a porta e apoiar as costas contra ela.

Suas mãos tremiam, seu coração golpeava, ecoando em toda a caixa torácica.

Santo Deus. Ela esperava que o que acabara de fazer não fosse um terrível engano. Uma coisa que sabia com certeza era que tinha de encontrar Wilhelm, e encontrá-lo rapidamente.

Atrás do volante de um Jaguar XKR, a 200 km/h em uma autoestrada, Wilhelm Roth estava sendo chupado quando percebeu que sua Companheira de Raça invadira seu sonho. Ela surgiu no espaço entre as duas vias da estrada e se deteve ao lado da pista iluminada pela lua, cerca de quatrocentos metros à frente dele.

Por um segundo, Roth manteve seu pé firme no acelerador, pensando em simplesmente voar por cima dela como se ela não estivesse ali – o que serviria, também, para lembrá-la do quanto ele odiava aquele talento único que há muito tempo a proibira de usar com ele. Mas quando o Jaguar rugiu pela via expressa e o rosto de Claire entrou na luz alta dos faróis, o macho da Raça deu-se conta de que ela estava transtornada por algum motivo. Visivelmente alterada, o que era atípico para aquela mulher tranquila, serena e contida.

Ela levantou uma mão para proteger os olhos da luz dos faróis e Roth aproveitou a oportunidade para, com apenas um pensamento, fazer desaparecer a loira nua que evocara do pornô barato. A dura ereção que despontava de suas calças Armani desabotoadas, todavia, não desapareceria com a mesma facilidade. Não que Claire fosse perguntar a respeito disso, mesmo que notasse. Ela tinha aprendido seu lugar anos atrás. Além disso, não era como se ele pudesse ser responsável pelo que sua mente fazia quando estava dormindo.

Fora justamente aquela a desculpa que ele dera para proibir Claire de perambular em seus sonhos.

Isso e o fato de que ter sua privacidade invadida, de qualquer forma, simplesmente enchia o saco.

Irritado, Roth fechou as calças enquanto parava suavemente o carro, bem na frente de sua ansiosa Companheira de Raça. Ela não esperou que ele se dirigisse a ela, tampouco desculpou-se pela interrupção.

– Wilhelm, algo terrível aconteceu – ela agarrou a extremidade da porta do lado do motorista, seus escuros olhos intensos pela preocupação. – Houve um ataque na casa de campo.

Roth sentiu a mandíbula ficar tensa, mais com raiva do que surpresa.

– Um ataque? Quando?

– Ontem à noite. Há algumas horas.

E ele estava sabendo disso apenas agora? Por meio dela e não de seus guardas? Roth franziu a testa.

– Conte o que aconteceu.

– Foi terrível – ela disse, fechando os olhos, como se a simples lembrança lhe causasse dor. – Havia fogo por toda parte... explosões no bosque perto de casa e na estrada. Tanta fumaça e cinzas. Tentamos partir, mas já era tarde demais.

A ira de Roth aumentou.

– Onde você está agora?

– Em casa... bom, na minha casa. Ainda estou na casa de campo.

– Muito bem – assentiu Roth vagamente. – O que aconteceu com os seguranças? Por que deixaram que você me contasse tudo isso quando são eles quem me devem uma explicação?

– Estão mortos, Wilhelm – a voz dela era quebradiça, desfalecendo em um sussurro quase inaudível. – Todos os outros que estavam aqui essa noite morreram.

Roth soltou uma maldição.

– Muito bem. Fique aí. Entrarei em contato com o Refúgio de Hamburgo e mandarei alguém te buscar e te levar de volta à cidade.

Claire estava sacudindo a cabeça antes que ele sequer completasse a ideia.

– Wilhelm... você não sabe? O Refúgio de Hamburgo também se foi.

– O quê?!

– O Refúgio de Hamburgo foi atacado primeiro. Não sobrou nada de lá. Nenhum sobrevivente além de um empregado da Agência que escapou do incêndio. Foi ele quem nos advertiu que provavelmente corríamos o mesmo perigo.

Roth assimilou aquela notícia em um silêncio lacônico e mal-humorado. Ele não tinha muitos familiares – nenhum filho para querer tirá-lo do poder, e nenhum irmão, de qualquer geração que fosse, conseguira viver tanto quanto ele. A comunidade Refúgio que servia de guia em Hamburgo consistia apenas em alguns sobrinhos, que nunca tinham sido muito bons, empregados da casa e um pequeno esquadrão de seguranças que ele tomara de empréstimo da Agência. Ele mal conhecia qualquer um deles e, francamente, tinha coisas mais importantes em que pensar do que perder tempo guardando luto pela perda daquelas pessoas.

– Sinto muito, Wilhelm – Claire disse agora, sentimento que ele dispensou com um movimento brusco de sua mão.

Ele supunha que deveria ter previsto um acontecimento desse tipo. Ele sabia, na realidade. Soube no momento em que foi informado da primeira morte na Agência no escritório de Berlim algumas semanas antes – a morte a queima-roupa de uma agente, que, em segredo, respondia diretamente a ele, participando frequentemente de operações não oficiais. Quando a segunda morte violenta de seu batalhão particular aconteceu, e em seguida a terceira e a quarta, havia poucas dúvidas de que alguém estava atrás de sangue.

O único problema com essa teoria era o fato de que esse *alguém* estava morto. Pelo menos esse tinha sido o relatório da Agência. Na época, Roth não teve a oportunidade ou a inclinação para duvidar da Agência; tinha negócios mais importantes, que o levaram para Montreal. Esses negócios ainda eram prioridade, mas o ataque a suas propriedades não podia passar em branco.

- Vou cuidar desse assunto - ele disse a Claire. - E não se preocupe, vou cobrar alguns favores e encontrar um refúgio temporário para você na região até que possa voltar.

- Onde você está exatamente, Wilhelm? Um de seus guardas me disse que não está na Alemanha - ela olhou para a paisagem do sonho ao seu redor. Seu olhar claramente reparava nos entalhes dos paredões de granito que flanqueavam algumas partes da estrada rural criada pela mente de Roth. - Está na Nova Inglaterra?

Muito inteligente, sua Companheira de Raça *yankee*[1]. E curiosa demais para o seu próprio bem. Roth, entretanto, não confirmou nem negou seu paradeiro.

- Fique aí, Claire. Você ficará bem.

- Wilhelm - ela disse lentamente. – Você não tem nem um pouco de curiosidade a respeito de quem nos atacou ontem à noite? Achei que gostaria de saber quem é o responsável... e por quê.

---

[1] *Yankee* é uma palavra usada por estadunidenses para se referir (às vezes de forma pejorativa) a um nativo da região da Nova Inglaterra (New England), que abrange os estados de Maine, New Hampshire, Massachusetts, Rhode Island e Connecticut. (N. T.)

Roth olhou-a fixamente.

– Andreas Reichen – disse ela, observando bem de perto a reação de seu companheiro.

Wilhelm tomou cuidado em não lhe oferecer nada em resposta, nem mesmo um abrir e fechar de olhos ou um ligeiro aumento na pulsação. Franziu a testa depois de um momento, fingindo confusão.

– Fala de um fantasma, Claire. Andreas Reichen morreu com o resto de seus parentes durante o verão passado, quando seu Refúgio queimou até os alicerces.

Aliás, Roth pensou, com decepção privada, o arrogante filho da puta deveria ter morrido muito antes.

Claire sacudiu sua cabeça.

– Ele está vivo. Ele mudou, Wilhelm. Tem uma raiva terrível dentro de si... um poder que mal sou capaz de compreender. Os incêndios e as explosões aqui e em Hamburgo são de responsabilidade dele. *Saíram* dele. Vi com meus próprios olhos.

Roth escutou, ao mesmo tempo incrédulo e preocupado.

– Wilhelm, ele diz que pretende matá-lo.

Ele soltou um sorriso de escárnio.

– O bastardo nunca vai conseguir se aproximar o suficiente para tentar.

– Ele está aqui, Wilhelm – Claire tinha o olhar suplicante. – Ele está aqui, na casa, desmaiado no porão. Não sei o que fazer.

O xingamento furioso de Roth foi interrompido por uma campainha eletrônica que atravessou a estrutura de seu sonho. O ambiente se distorceu e vibrou. O asfalto negro e o céu perfeito e estrelado acima tremeluziram, e a visão de Claire começou a se desvanecer, conforme as ondas de som o despertavam de seu sonho.

– Meu celular está tocando – ele disse, de todo modo preparado para terminar aquela conversa. Enquanto falava, o Jaguar em que estava sentado se evaporou, deixando-o de pé ao lado dela, no pavimento iluminado pela lua. – Tenho de atender.

A tênue imagem de Claire o alcançou.

– E quanto a Andreas?

Roth apertou os molares diante da evidente e cômoda familiaridade que Claire ainda sentia pelo outro macho, mesmo depois de décadas de separação.

– Mantenha o filho da puta preso na casa enquanto faço planos para cuidar dele.

– Quer que eu fique aqui com ele? – ela o olhou, insegura. – Por quanto tempo?

– Tanto quanto for necessário. Vou enviar outros agentes para apanhá-lo ao anoitecer.

– Quer dizer levá-lo para a Agência? Você não permitiria que seus homens o machucassem, não é mesmo?

A aparente preocupação da mulher estava enchendo o saco de Roth.

– Meus homens são profissionais, Claire. Eles sabem como conduzir uma situação como essa. Não precisa se preocupar com os detalhes.

O som estridente do timbre do telefone chegou de novo, puxando-o para mais longe dela, fazendo-o voltar ao estado de completa consciência.

– E quanto a mim, Wilhelm? – Claire murmurou. – Como espera que eu mantenha Andreas aqui até que seus homens cheguem?

– Faça o que for necessário – respondeu Roth, categoricamente. – Você o conhece melhor do que a maioria, afinal de contas. Intimamente, se for necessário. Estou certo de que vai pensar em alguma maneira de detê-lo.

Ele não esperou que ela dissesse mais nada. O telefone soou de novo e os olhos de Roth se abriram de repente, rompendo sua conexão com Claire.

Pegou o aparelho, que estava sobre a mesa junto à cama.

- Sim.

- Herr Roth - disse um nervoso macho da Raça, no outro extremo da linha. - Sou o agente Krieger, do escritório de Berlim, senhor. Houve um assassinato ontem à noite. O corpo do agente Waldemar foi encontrado em sua residência. Tinha o pescoço quebrado. E... há mais, senhor. Parece que houve um incidente em seu Refúgio em Hamburgo, também.

Roth sorriu, cheio de sarcasmo.

- Não me diga...

- Senhor?

- Prepare uma equipe de combate e a envie para minha casa de campo assim que o sol baixar. Os seguranças do lugar foram atacados e assassinados e agora minha Companheira de Raça está lá sem nenhum tipo de amparo. Ela está sozinha e está vigiando Andreas Reichen para você.

- Reichen?- perguntou o agente. - Não entendo, senhor. Ele não morreu naquele estranho acidente em seu Refúgio meses atrás?

Roth apertou os dedos sobre o fino aparelho.

- Ao que parece, o filho da puta está muito vivo... por enquanto. Diga à equipe que o quero fora de vista. Matem-no, agente Krieger.

- Sim, senhor.

Capítulo 5

Reichen estava em silêncio, com as mãos apoiadas nos braços da cadeira verde-musgo em uma das salas da propriedade, ao lado de Claire, que dormia. Por um momento, quando acordou sozinho no porão escuro, ele não tinha ideia de onde estava nem de como tinha chegado ali. Tampouco podia recordar imediatamente por que a maior parte de seu corpo estava se recuperando de queimaduras causadas por raios ultravioletas. Isso lhe acontecia às vezes, depois que a energia pirocinética se desvanecia: era difícil se recordar dos detalhes. Era difícil dar sentido às coisas ao seu redor.

Difícil saber de qualquer coisa, exceto da sede de sangue feroz que o acometia quando seu fogo interior tinha uma oportunidade de esfriar.

Ficara desorientado por um momento, mas então aspirou o rastro mais suave de baunilha e especiarias picantes.

Claire.

O aroma do sangue dela o tirou da escuridão e o levou pela escada de pedra, direto à sala onde ela agora dormia. Ele inclinou-se sobre ela e a cheirou, tentado a fechar os olhos e saborear a lembrança do que viveram um dia. Em vez disso, todavia, ele mal piscou. Observou o rápido movimento que os olhos dela faziam sob as pálpebras fechadas.

Ela estava sonhando.

Reichen se perguntou há quanto tempo ela dormia, se perguntou aonde seus sonhos a haviam levado para que seu pulso estivesse tão acelerado como uma lebre assustada. Seu olhar sedento deslizou-se para baixo da delicada beleza do rosto dela, para a suave pele dourada de sua garganta. Pulsando freneticamente no lado direito de seu pescoço, a artéria golpeava ao lado de uma pequena marca de nascimento de cor escarlate. As presas de Reichen já preenchiam toda a sua boca, palpitantes, e seus olhos estavam pousados naquela extensão sensível de carne, naquele símbolo de uma diminuta lágrima dentro de uma meia-lua, que ficava tão perto do pulso de Claire.

Jesus, ele estava sedento.

Seu ventre estava apertado e vazio; suas pernas, pesadas e fatigadas. Ele passou a língua pelos lábios grossos, mal conseguindo evitar inclinar-se um pouco mais até que o ritmo ligeiro de seu pulso golpeava em suas próprias veias tão forte e exigente como um tambor.

Deus, a sede... era tão profunda que chegava a ser uma necessidade primitiva, animal, impulsionando-o a penetrá-la e a beber dela até saciar o verdadeiro predador que ele era.

O fato de ser Claire quem estava debaixo dele foi a única coisa que o deteve. Por quanto tempo tinha se perguntado qual era o seu sabor? Quantas vezes tinha estado assim tão perto – inferno, ou até ainda mais perto –, de pressionar suas presas na pele cremosa e suave e beber de sua veia? Em uma época remota, ele tinha desejado isso mais que tudo. Mas era a única coisa que nunca tinha feito quando estiveram juntos, nem sequer em seus momentos mais febris.

Por mais que tivesse desejado prová-la, unir-se a ela pelo vínculo de sangue, ele nunca tinha levado sua necessidade por Claire tão longe. Ela era uma Companheira de Raça. Diferente da maioria das fêmeas *Homo sapiens* que andam pelo planeta, ela fazia parte de uma pequena porcentagem que possuía sangue e propriedades de DNA incomuns.

Claire também era excepcionalmente dotada de extraordinárias habilidades psíquicas – como todas aquelas que nasciam com a marca cor carmesim em alguma parte de seu corpo. E, diferente de outras mulheres humanas, elas tinham a capacidade de formar um laço inquebrável com membros da Raça e ter seus filhos. Quando uma Companheira de Raça oferecia seu sangue a um da Raça de Reichen, era um presente precioso – o mais sagrado de todos. Isso forjava um vínculo que apenas poderia ser quebrado pela morte.

Reichen não podia mentir a si mesmo e fingir que nunca tinha se sentido tentado. Mas ele não era do tipo que tinha relacionamentos sérios, especialmente naquela época. Mesmo com seus modos libertinos, que hoje lhe pareciam tão ridículos, sua honra o impedira de tomar de Claire algo que jamais poderia ser reclamado de volta. Um gole de seu sangue significaria que ela viveria com ele durante o tempo que respirasse. Ele estaria sempre ligado a ela, sempre atraído por ela, independentemente de qualquer promessa que ela tivesse feito a outro macho da Raça.

Mesmo através da fumaça e da névoa de sua mente ainda em processo de recuperação, ele podia se recordar do quão difícil tinha sido controlar sua fome por Claire. Mas tinha sido cuidadoso. Por mais difícil que fosse, ele fora, até o fim, um pilar de moderação.

Se soubesse então que ela levaria tão pouco tempo para entregar-se a Wilhelm Roth... Reichen grunhiu só de pensar nisso.

Sua fúria era fria o suficiente para afastar a ideia de saciar sua sede ali, com Claire. Ele se inclinou, incapaz de afastar seus olhos famintos do batimento rítmico do pulso dela. Seu aroma, e também a corrente de sangue por baixo da pele, o chamavam silenciosamente.

Ela era ainda mais formosa do que ele recordava. Aquele detalhe roubou-lhe o fôlego. Tocá-la causava-lhe dor.

Jesus Cristo, ela o fazia arder muito mais do que a luz do sol ou a sua fúria.

Surpreendeu-se ao perceber que ainda a queria, depois de todo esse tempo. Depois de tudo que seu companheiro fizera para acabar com ele. Ele queria Claire para si... ainda.

Reichen respirou asperamente, seus lábios retrocederam despindo suas presas. Ele a desejava, e, por Deus, ele a teria.

- Não - grunhiu para si mesmo. - Que merda, não!

Os olhos de Claire se abriram de repente e se arregalaram. Ela gritou, retrocedendo o máximo que podia para afastar-se dele até a cadeira, que bloqueava sua fuga. Seus olhos castanho-escuros procuraram o rosto dele, inteligentes demais para ter dúvidas quanto ao que quase acontecera.

Reichen mentalmente parou seus pés para deter-se, apesar da fome que ainda vibrava por suas gengivas.

- Doces sonhos, Frau Roth?

- Não, de forma alguma - respondeu ela, olhando-o fixamente com dureza. - Depois do que aconteceu ontem à noite, estou segura de que terei pesadelos durante muito tempo.

Uma pontada de vergonha o penetrou, mas ele a ignorou. Tinha de manter-se concentrado.

- Você acabou de fazer uma visita aos sonhos de seu companheiro, não é mesmo?

Claire sequer piscou. Ele podia ver a lembrança em seu olhar fixo, a compreensão de que, embora muitos anos tivessem passado, Reichen não se esquecera de sua capacidade psíquica especial. Suas bochechas enrubesceram um pouco, e ele se perguntou se ela estava lembrando de todas as vezes em que entrara em seus sonhos, em suas fantasias mais eróticas, durante aqueles meses intensos e apaixonados em que estiveram juntos.

Ele não tinha esquecido um só momento do que tinham compartilhado, acordados ou em sonhos, embora tivesse tentado... diabos, como tinha tentado!

– Wilhelm não gosta quando invado os sonhos dele – murmurou ela.

– Isso não é bem uma negação – respondeu Reichen. Ele manteve as mãos grandes apoiadas nos braços da cadeira, detendo-a ali enquanto prosseguia com o interrogatório. – Onde ele está, Claire?

– Já disse... eu não sei.

– Mas você tem alguma ideia – disse ele, tentando não se deixar distrair por sua fome ou pela repentina consciência do quão perto seus corpos estavam. Podia sentir como o calor dela se mesclava com o seu, dando a sensação de que sua pele, em cicatrização, era tocada por uma chama. – Não se iluda, Frau Roth, eu vou encontrá-lo. Os outros não foram capazes de fugir, ele também não será.

Ela o olhou cautelosamente, repelida.

– Que... outros?

– Seus cães fiéis, as pessoas que executaram suas ordens sem nenhuma consideração pelas vidas inocentes. Eu derrubei todos, um a um. Menos ele. Deixei-o por último para que ele soubesse que eu viria. Eu queria que ele entendesse que ia ter de pagar pelo que fez.

Claire engoliu em seco, deu uma pequena sacudida de cabeça.

– Aquilo que você disse ontem à noite... que Wilhelm é responsável pelo que aconteceu em seu Refúgio... É um engano, Andreas. Você deve estar enganado... Você tem de estar enganado.

– O que eu disse é a verdade.

– Não pode ser.

– Por que não? – desafiou ele. – Porque isso significaria que você está emparelhada não apenas com um valentão mas também com um assassino inescrupuloso?

As sinuosas sobrancelhas escuras dela uniram-se em uma expressão que ficava em algum lugar entre a compaixão e o desprezo.

– Olha quem diz isso... uma pessoa cujas próprias mãos estão manchadas com mais de uma dúzia de vidas.

Reichen cambaleou para trás, arrepiando-se com a lembrança. Deu uns passos para longe dela, e logo girou para começar uma marcha tensa para fora do quarto. Não sabia aonde ia. E estava pouco se importando. Ele sabia que não podia sair da casa enquanto tivesse luz do sol, e agora se sentia como em uma jaula.

Claire foi atrás dele, seus passos nada silenciosos no chão de mármore polido do corredor.

- Andreas, sei que você deve estar terrivelmente ferido e confuso depois de tudo o que aconteceu. Podemos tentar consertar tudo isso mais tarde. Agora você precisa um pouco de paz e tranquilidade enquanto seu corpo se cura das queimaduras. Você precisa descansar.

- O que preciso agora é de sangue - grunhiu ele, dirigindo a ela um duro olhar com seus olhos âmbares. – Já que está tão pouco disposta a entregar Roth para mim, acredito que também não esteja disposta a me deixar beber de você.

Ela empalideceu imediatamente, horrorizada, como ele desejava que estivesse.

Reichen continuou seu andar impaciente pelo corredor, observando as variadas fotografias e as artes emolduradas que cobriam as paredes. Com a cólera alimentada, procurou imagens de Claire e Roth, o adorável casal, impaciente para pôr mais lenha na fúria que ainda ardia em suas vísceras. Havia apenas um punhado de fotos deles juntos, frequentemente entre um grupo do Refúgio ou entre membros da Agência, ou em cerimônias de inauguração, em diferentes eventos. O sorriso de Claire era perfeito em cada uma delas: agradável sem muito entusiasmo, cortês sem ser muito frio.

Reichen não conhecia aquele sorriso. Parecia tão polido e frágil quanto o cristal que o cobria.

- Onde Roth trabalha? - perguntou, afastando o olhar daquela Claire congelada e perfeita, e voltando-o para a mulher que estava de pé atrás dele, fora do alcance de suas mãos. – Se ele tiver computadores aqui ou qualquer tipo de arquivos, quero vê-los.

– Você não encontrará nada disso aqui – disse ela, mencionando um fato. – Wilhelm faz todos os seus negócios pessoais no Refúgio de Hamburgo e em um escritório que mantém na cidade... Pelo que eu sei. Nunca discutimos seus negócios.

Reichen grunhiu, nada surpreso. Ele já estava passando por outro cômodo do corredor, olhando para o mobiliário casual e sofisticado de uma das salas de estar, depois passando por um salão de festas íntimo que parecia uma caverna com paredes espelhadas, chão de parquete polido e brilhante, teto elegantemente lavrado. Nos fundos, havia um grande piano de ébano, seus múltiplos reflexos brilhando ao redor de todo o cristal polido.

– É bom ver que algumas coisas não mudam – murmurou ele. Claire deu uma olhada no salão de festa, mas parecia confusa. – O piano – disse ele. – Você tem um dom para a música, se me lembro.

Ela vacilou um pouco quando o encarou.

– Ah, não... não pratico há muito tempo. Acho que me ocupei com coisas mais importantes. Na verdade, a música não faz mais parte da minha vida.

– Não, acredito que não – disse ele, consciente do quão cáustico soava. – Sobrou algo em você de que eu me lembre, Claire?

Um longo silêncio se estendeu entre eles. Reichen esperou que ela se afastasse, ou talvez fugisse pela porta principal, para a luz do dia, onde ele não podia segui-la. Mas ela se manteve firme, perfurando-o com seus olhos castanho-escuros. Tenaz, como sempre.

– Como se atreve? Eu não lhe pedi para invadir a minha vida e destroçá-la, mas aqui está você. Eu não tenho de lhe explicar nada, não tenho de justificar aonde a vida me levou.

Não, ela não tinha, e ele sabia que estava sendo injusto. Ter essas respostas tampouco o levaria mais perto de Wilhelm Roth. Não que qualquer um desses argumentos significasse alguma maldita coisa, quando Claire estava à distância de um braço dele, e fervendo com uma cólera que raramente vira nela, mas que era merecida.

- Ambos seguimos em frente, não é assim, Andreas?

– Você certamente seguiu.

- O que esperava que fizesse? Foi você quem partiu, lembra?

Ele lembrava. Lembrava da maneira abrupta com que tinha deixado as coisas com ela: sem terminar, sem explicar. Pensou em suas razões - ironicamente, nenhuma delas importava agora. Certamente, não depois do que acontecera na véspera.

- Eu não podia ficar.

- Nem sequer podia me dizer por quê? Um dia estávamos juntos e no dia seguinte você se foi sem dizer uma palavra.

- Eu tinha coisas para resolver – ele disse.

Deus, ele odiava que ainda fosse capaz de sentir o golpe do medo incontido - de choque e de revolta consigo mesmo - que o obrigara a fugir de tudo e de todos os que conhecia e amava. Depois do que acontecera na última vez em que vira Claire, ele não teve outra opção senão abandoná-la. Não queria lhe causar dano e não podia confiar em si mesmo para estar perto dela, ou perto de qualquer um. Não até que conseguisse controlar o poder terrível que despertara nele pela primeira vez em todos aqueles anos. Naquele tempo, ele a perdeu para Roth.

Ele encolheu os ombros.

- Realmente voltei, Claire.

- Mais de um ano depois - respondeu ela bruscamente. – Ou, pelo menos, foi isso o que ouvi, quando meus amigos no Refúgio me disseram que você finalmente tinha aparecido outra vez em Berlim - ela sacudiu a cabeça, com um arrependimento que brilhava em seu olhar. - Eu não pensei que retornaria.

- E por isso não esperou.

– Você me deu alguma razão para esperar?

– Não – disse ele, deixando que a palavra deslizasse lentamente de sua língua.

Havia mais coisas que ele desejava dizer, coisas que provavelmente deveria dizer, mas era inútil falar agora. Claire tinha razão. Ambos tinham seguido em frente. Ambos tinham vivido vidas muito distintas. E, apesar do fato de que essas vidas estavam unindo-se agora pela violência e pelo derramamento de sangue, nada do que pudesse dizer mudaria o passado ou o que poderia ter sido. Ele estava aqui por uma razão: para vingar o mal que Wilhelm Roth havia causado.

Reichen começou a caminhar de novo.

Claire o seguiu, permanecendo sempre um passo atrás, como se não quisesse se aproximar muito.

– O que está fazendo?

– Já lhe disse: procurando qualquer pista sobre o paradeiro de seu companheiro.

– E eu já lhe disse que você não vai encontrar nada dele aqui. Esta é a minha casa, não a dele.

Reichen escutou o comentário peculiar, mas já estava avançando. Ele viu um quarto coberto, do chão até o teto, de estantes com livros e se dirigiu para lá.

– Andreas – disse Claire atrás dele. – Por favor, pare com isto. A biblioteca é meu espaço. É particular. Você não vai encontrar nada importante...

– Então você não vai se importar se der uma olhada – disse ele, ainda mais interessado, agora que ela insistia que ficasse fora.

O que ela escondia lá dentro?

Ele cruzou a prateleira elevada, passando pelas estantes cheias de livros, pelo pequeno sofá e pela mesa lateral onde um abajur em forma de pote, aceso na noite anterior, ainda brilhava. Mais longe na sala, viu uma mesa de nogueira escura em um ligeiro estado de desorganização, como se o trabalho tivesse sido abandonado a toda pressa.

E depois dessa mesa, estendida sobre uma ampla mesa de trabalho, estava uma espécie de maquete. Reichen imaginou que se tratava de algum tipo de projeto para um Refúgio – algo que provavelmente resultaria em outra fotografia de Claire e seu sorriso perfeito, posando como a companheira perfeita ao lado de Roth e vários de seus amigos. Contudo, à medida que se aproximava do modelo, os cabelos em sua nuca começaram a arrepiar-se.

Ele conhecia aquele pedaço de terra. Ele conhecia a forma, a aparência... a sensação dela.

Aquilo lhe pertencia.

A beira do lago da propriedade no modelo era o lugar onde ficava seu Refúgio. Ou melhor, onde tinha ficado o Refúgio, antes que a traição de Roth e que o próprio desespero de Reichen o deixassem em escombros e ruínas.

– Que diabos é isto?

Claire se aproximou, com uma expressão preocupada.

– Andreas, todos pensavam que você estivesse morto. Não havia nenhum herdeiro vivo para reclamar a propriedade. Ela ia ser leiloada entre o resto da comunidade de vampiros em Berlim.

– Esta é *minha* terra – sua voz deu uma vacilada rara. – Esta era *minha* casa.

– Eu sei – disse ela rapidamente. – Eu sei, e não podia permitir que fosse vendida. Quando alguns de nós fizemos uma cerimônia em memória de você e de sua família, há algumas semanas, e fiquei sabendo que ninguém se apresentou para reclamar a terra, eu mesma a comprei. Ninguém sabe. Eu queria colocar algo especial nela. Tinha a esperança de que pudesse ser uma espécie de santuário em memória das vidas que foram perdidas.

Reichen contemplou o modelo do tranquilo parque com seus espelhos-d'água e trilhas para caminhar, meticulosamente riscados por canteiros de flores. O desenho era formoso. Perfeito. Claire fizera aquilo... para ele.

Ele estava assombrado. Ficou mudo.

– Provavelmente não era meu direito fazer isso – ela disse. – Sinto muito. Eu não podia suportar a ideia de que seu lar e a vida de seus familiares se perdessem no esquecimento ou fossem vendidos a quem oferecesse mais. Não me pareceu correto. Por outro lado, o que fiz provavelmente não parece correto a você.

Reichen ficou ali de pé, em silêncio, imóvel. Dizer que ele estava chocado com o ato de compaixão de Claire seria pouco. Estava emocionado – mais profundamente do que se lembrava de ter estado em muitos anos. Ficou contemplando a maquete, observando todos os detalhes, todo o esmero posto no desenho.

Para ele e para a memória de seus parentes.

Pouco a pouco se voltou para Claire, sabendo, pela forma como ela deu um passo para trás, que seu rosto devia estar rígido como pedra.

Bom, pensou ele. *Bom. Mantenha distância.*

Porque tudo o que ele desejava fazer nesse momento era arrastá-la com força em seus braços e beijá-la até que nenhum deles pudesse respirar.

Mas ela era a companheira de Roth. A companheira de seu inimigo.

E ele ainda estava perigoso demais, muito perto do limite da fome. Se tocasse Claire agora, ele não confiava que pudesse deter-se ali. Se fora honrado em algum momento em sua vida, o fogo despertado há três meses em seu interior tinha devorado quase toda aquela parte dele. Ele era uma ameaça para Claire, de mais de uma forma.

– Preciso ficar sozinho – resmungou ele, com um profundo grunhido.

Ele precisava daquilo, não podia estar perto dela agora. Ele não queria pensar no breve, porém inesquecível passado que tivera com ela, não queria pensar com que rapidez seu corpo (e seu fraco coração) respondia à mera presença dela.

Não queria olhá-la agora, quando se aproximava dele, sua tenra expressão de preocupação, sua mão estendida como se quisesse tocá-lo. Algo nele desejava esse momento com cada fibra egoísta de seu ser.

Seu pulso martelou com força nas veias. Sua boca estava úmida com a fome por ela; seu sexo estava pesado, enrijecido com o desejo.

Um único passo a separava dele. Ele deixou de respirar quando ela levantou a mão e brandamente a colocou contra o peito dele.

– Andreas, sinto muito. Eu nunca tive a intenção de...

– Vá, Claire! – ele exalou um suspiro que assobiou através de seus dentes e de suas presas. – Agora, caramba!

Ela se surpreendeu por sua crua e ensurdecedora ira, saltando para trás como se ele fosse golpeá-la. Piscou durante um momento, os lábios entreabertos e emudecidos. Então fugiu da sala sem dizer uma palavra.

Quando esteve seguro de que ela se fora, Reichen fechou com força as portas da biblioteca. Disse a si mesmo que estava aliviado que ela se fosse. Se ela valorizava seu bem-estar, deixaria a casa e correria o mais longe que conseguisse.

Ele apenas rezava para que fosse forte o suficiente para resistir até o pôr do sol à tentação de segui-la. Então, ele finalmente teria a oportunidade de sair e saciar sua sede de sangue com outra pessoa... com qualquer um que não fosse *ela*.

Capítulo 6

Boston, Massachusetts

Lucan Thorne apertou a boca contra a cálida e suave pele detrás da orelha esquerda de sua companheira. Ali, no salão de seus aposentos privados dentro da propriedade subterrânea que pertencia à Ordem, era difícil deixar Gabrielle fora de seus braços fortes. Em vez disso, ele a segurava, intencionalmente descuidando de seus deveres como líder dos guerreiros da Raça por mais um momento, para desfrutar do prazer de senti-la perto. Deixou que sua língua brincasse sobre a pequena mancha de nascimento carmesim que se ocultava sobre a suave e cremosa pele atrás da orelha dela, o lugar onde suas presas tinham furado há pouco enquanto ele e Gabrielle faziam amor.

– Se continuar assim – murmurou ela–, vamos ficar aqui a noite toda.

Ele grunhiu, sorrindo enquanto continuava cheirando-lhe e roçando-lhe o pescoço macio.

– Não é má ideia. E devia saber que me manter assim nunca é difícil quando estou perto de você.

– Você é terrível, sabia?

Ele tomou o lóbulo da orelha dela entre os dentes e deu uma pequena mordiscada.

– Não foi isso que você disse há vinte minutos, debaixo da ducha. Ou antes, em nossa cama, quando estava com suas coxas compridas e bonitas ao redor de meu traseiro nu. Naquele momento você não pensou que eu fosse tão terrível. Estava muito ocupada gozando e gritando meu nome, pedindo-me para não parar - ele nem mesmo tentou ocultar seu orgulho masculino. Não que precisasse, quando sua excitação era definitivamente óbvia, tanto no emergir de suas presas como no volume rígido em seus jeans escuros. Sob a camiseta cinza, ele podia sentir seus dermoglifos pulsando em resposta ao desejo por ela. – Corrija-me se estou errado, mas não é verdade que você disse em algum momento que eu era um deus? Um *incrível deus da foda* foi, acredito, sua opinião exata.

- Cretino arrogante – ela disse, em tom de humor.

Sua suave risada se mesclou em um gemido trêmulo e fugaz enquanto ele roçava as pontas dos afiados caninos ao longo da curva de seu ombro. Ele enfiou uma mão nos grossos fios de cabelo castanho dela e ela inclinou a cabeça para lhe dar melhor acesso ao seu pescoço, as unhas sulcando-o nos ombros largos enquanto a mão livre dele afundava-se sob a camiseta de linho dela, imediatamente descendo pela cintura das calças de ioga. Ela tremeu enquanto ele desenhava com a boca e com a língua a delicada linha de sua garganta, e soltou um gritinho débil quando os dedos dele enfiaram-se na aveludada fenda de seu sexo. Ela ainda estava úmida, ainda estava quente e gloriosamente sensível ao toque.

- Lucan - ela ofegou. - Ah, meu Deus, *meu Deus*...

- Sim, assim é melhor - ele grunhiu, tomando a boca dela em um profundo beijo enquanto a levava a um rápido e tremeluzente clímax.

Quando se recuperou, Gabrielle levantou um olhar irônico, mas saciado, para ele.

- Seu ego conhece algum limite, vampiro?

Ele sorriu, levantando uma escura sobrancelha.

– Provavelmente não.

Rolando os olhos, ela agarrou a mão dele para guiá-lo fora de seus aposentos.

Ele podia ter ficado ali toda a noite e não cansar-se de amá-la, de dar-lhe mais e mais prazer. Mas o anoitecer pertencia à Ordem e ao trabalho crucial que exigia todas as mãos, inclusive as das mulheres da Ordem, que estavam demonstrando ser companheiras formidáveis em uma batalha contra um mal que poucos podiam imaginar. Um mal que parecia concentrado em nada menos que a guerra suprema.

Pelo menos agora o mal tinha um nome: Dragos. Nos últimos meses, a Ordem tinha descoberto muito sobre os vampiros da segunda geração e a operação que estavam realizando durante décadas – séculos, na verdade –, enquanto se ocultavam atrás de vários aliados e alianças nas sombras dentro da população geral da Raça. Mas também havia muito que eles não sabiam. As suspeitas eram bastante sérias para ficar sem respostas e a atual missão da Ordem era descobrir as alianças de Dragos, localizar sua base de operações e paralisar suas forças antes que ele pudesse conseguir mais terreno crítico.

Eles tiveram alguns êxitos, o mais recente sendo o ataque nos arredores de Montreal, onde Dragos e alguns de seus sócios tinham se reunido no verão passado. A Ordem ainda não havia descoberto o objetivo daquela reunião, mas a inesperada chegada de vários guerreiros ao local forçara Dragos e seus conspiradores a desaparecerem.

O ataque àquela reunião também dera à Ordem um aliado muito inesperado – dois, se realmente pudessem confiar no assassino Primeira Geração, alimentado e criado para servir a Dragos, que se unira à Ordem desde então. Lucan ainda não estava completamente entusiasmado com o vampiro de nome Hunter. O macho era frio como uma máquina, reservado e distante. Não que sua incomum educação – sem qualquer comodidade e em total isolamento de outra alma viva, exceto a do Escravo atribuído ao nascer como seu domador

– pudesse produzir um membro de equipe fácil de se lidar. Hunter não tinha dado motivos para desconfiar dele, mas, para Lucan, ele parecia um lobo solitário de origem duvidosa, cuja lealdade ainda não tinha sido provada.

Mas o outro novo aliado que viera de Montreal era uma indisputável grande ajuda para a Ordem. Seu nome era Renata e ela viera à Ordem como companheira de Nikolai. Quando Lucan e Gabrielle passaram pela sala de armas, em seu caminho para o laboratório tecnológico, eles viram Renata e Niko eliminando alvos duplos no final da linha. Combinava perfeitamente com Niko emparelhar-se com uma mulher que sabia usar armas automáticas. Mas os interesses compartilhados do casal iam muito além do metal e dos explosivos: eles eram também guardiões de uma jovem órfã Companheira de Raça chamada Mira, que tinham resgatado de uma perigosa situação em Montreal e colocado sob sua asa, como sua própria filha.

Com Niko e Renata, nas filas de tiro, estava Tegan, um dos membros mais antigos da Ordem, e sua companheira, Elise. Quando Tegan viu Lucan e Gabrielle passando, disse algo perto do ouvido de Elise, beijou-a, e depois veio ao corredor.

Cumprimentou Gabrielle com um leve aceno de cabeça, mas quando seu olhar verde se voltou sobre Lucan, ele era todo seriedade.

– Já falou com Gideon esta noite?

Lucan balançou a cabeça.

– Estávamos indo ao laboratório tecnológico agora para vê-lo. Por que tenho o pressentimento de que não vai ser uma boa noite?

– Más notícias da Alemanha – disse Tegan, passando uma mão pelos cabelos loiro-escuros. – Sem dúvida você se lembra da explosão que destruiu o Refúgio de Andreas Reichen...

– Sim.

Lucan lembrava-se de tudo muito bem. A Ordem perdeu um de seus melhores aliados civis – um verdadeiro amigo – na noite em que

Reichen e sua família foram mortos na monstruosa explosão que assolou sua propriedade. A perda foi um golpe muito forte nos guerreiros. Reichen fora não apenas um companheiro nos atuais esforços da Ordem para eliminar Dragos, mas principalmente um bom homem, um macho cheio de honra que deveria ter vivido para ver a paz que tentara assegurar.

O tom de Tegan era tão grave como sua expressão.

– Gideon recebeu um relatório de Hamburgo hoje. Parece que outro Refúgio foi queimado até as cinzas ontem à noite. Aniquilação completa.

– Santo Deus – sussurrou Gabrielle, agarrando um pouco mais forte a mão grande de Lucan.

– Houve algum sobrevivente?

– Apenas um – disse Tegan. – Um agente da lei que estava fazendo a segurança conseguiu escapar e informar o ataque. Morreu algumas horas mais tarde.

– Você disse "ataque"? – Lucan franziu a testa, sem gostar do tom de tudo aquilo. – O que sabemos exatamente sobre isso?

– Até agora, não muito. Gideon ainda está reunindo informações, mas a Agência está mantendo tudo em sigilo. O Refúgio que caiu ontem à noite pertencia a um de seus diretores. Um civil de segunda geração chamado Wilhelm Roth. Aparentemente, o diretor e sua companheira estavam ambos fora da cidade. Sorte deles.

Lucan não conhecia Roth, mas ele e o resto da Ordem não estavam exatamente em termos amistosos com a maioria das Agências, ali nos Estados Unidos ou no exterior. A Ordem tendia a pensar que as Agências eram muito presunçosas, mais interessadas em seu ganho pessoal do que na segurança pública, e as Agências tendiam a acreditar que a Ordem era um bando de perigosos vigilantes que simplesmente desconsideravam a lei.

O que, em parte, era verdade, Lucan tinha de concordar. Nem ele nem qualquer um de seus companheiros teriam alguma utilidade para o círculo de imbecis políticos com a cabeça escondida na areia que eram a noção de lei para a Agência. Como resultado, eles geralmente ignoravam esses imbecis e atuavam por si mesmos. Se isso não se adequasse bem com gente como Wilhelm Roth e o resto da Agência, eram mais que bem-vindos a beijar o traseiro da Ordem e afastarem-se de seu caminho.

- Vejamos o que Gideon conseguiu - disse Lucan, dirigindo-se com Gabrielle para o laboratório tecnológico no fundo do corredor.

Tegan os seguiu e Lucan não pôde evitar pensar em uma época não muito distante, quando ele e seu amigo guerreiro - ambos Primeira Geração com muitos séculos de vida entre eles - tinham passado mais tempo nas gargantas um do outro do que caminhando juntos como iguais. Agora, enquanto os dois se dirigiam para o laboratório tecnológico com Gabrielle, outros guerreiros, reunidos no que servia como sala de conferências da Ordem, levantavam os olhos do que estavam fazendo, como se o ar ficasse de algum jeito mais pesado com a chegada dos dois maiores e mais poderosos membros do grupo.

Os três membros mais recentes da Ordem - Kade, Brock e Chase - estavam vestidos com a roupa negra básica de patrulha, desde os sapatos e os jeans escuros até as camisetas negras, jaquetas de couro e arsenal de semiautomáticas e espadas que levavam em seus quadris. O trio de machos não era muito amigável, mas cuidara de muitas das missões em clubes noturnos e becos escuros da cidade.

Quanto aos outros pares de guerreiros, eles também dividiam a pesada carga da Ordem, mas olhando-os agora - Rio estava sentado junto a sua Companheira de Raça, Dylan, enquanto Dante, incapaz de parar de acariciar a barriga de grávida de seis meses de sua companheira Tess, papeava com Chase e com os outros -, estava claro que as coisas estavam mudando ali. *Evoluindo*, pensou Lucan, enquanto

Gabrielle soltava sua mão para caminhar e sentar-se no chão junto à pequena Mira e a Savannah, companheira do atual gênio, Gideon. O coração de Lucan ficou um pouco tenso quando viu sua Companheira de Raça sorrir e conversar com a menina e com Savannah, que jogava uma bola para o feio *terrier* que pertencia a Dante e Tess.

A cena completa era desconcertante como o inferno.

De algum jeito, em um ano e meio, a propriedade tinha começado a parecer menos uma fortaleza militar e mais um lar. Isso causou em Lucan mais do que um pequeno desconcerto. Os lares podiam ser vulneráveis, especialmente em tempos de guerra. Ele pensou nos dois Refúgios da Alemanha que em um dia foram fortes e, no dia seguinte, eram escombros. Era duro fazer desaparecer o frio em seu estômago quando considerava o quão fácil as vidas - e entes queridos - podiam deixar de existir.

- Posso ver pelo seu olhar que Tegan já o informou sobre as notícias de Hamburgo - disse Gideon, afastando-se de sua frota de computadores e contemplando Lucan sobriamente sobre os aros de seus óculos azul-claro. - Quer ouvir a parte realmente foda de tudo isto?

- Por que não? - disse Lucan.

- Estive pesquisando um pouco nos arquivos da Agência na Alemanha. Acontece que eles estão tendo alguns problemas para manter seus homens vivos por lá - diante do olhar interrogativo de Lucan, Gideon continuou - Durante as últimas semanas, nove agentes foram mortos entre os escritórios de Berlim e Hamburgo.

Tegan se uniu à conversa agora, aparecendo para olhar os dados nos monitores de Gideon.

- Você está falando de assassinatos?

Lucan estava pensando o mesmo, instantaneamente se perguntando se outros, como Hunter – assassinos Primeira Geração treinados e recentemente ordenados por Dragos para rastrear e matar os membros mais velhos da Raça vampira – tinham agora, de algum jeito, fixado seus alvos sobre indivíduos dentro da Agência.

- Não é como qualquer coisa que já vimos entre a população civil - disse Gideon. - Esses assassinatos são meticulosos. Merda, eles são praticamente obras de arte de tão eficientes - ele girou de volta e digitou algo que fez aparecer a imagem cadavérica de um macho da Raça, roxo e ensanguentado e que tinha perdido parte de seu crânio. - Esses assassinatos da Agência são brutais, muito brutais. Uma unidade de campo completa foi eliminada, homem por homem. E havia agentes de alto escalão. Estou falando de gente da diretoria. Alguém lá fora está tentando dar um recado, e está tentando de forma bastante espetacular. Se me perguntar, eu diria que se trata de uma maldita espécie de vingança.

Capítulo 7

Durante o dia todo Andreas permaneceu na biblioteca.

Claire se sentou no saguão fora das portas fechadas, em um banco estofado, silenciosamente apoiada em uma coluna, uns minutos depois de ser expulsa da sala. Suas costas doíam por causa do assento incômodo e ela estava esgotada, já que não se atrevera a dormir por mais que uns poucos minutos de vez em quando.

Ela não sabia o que ele estava fazendo ali. Ela ainda não sabia se ele era bom. Não houve nenhuma resposta quando bateu na porta, algumas horas antes, para ver como ele estava. Agora, ela estava sentada sobre o pequeno banco com seus pés recolhidos sobre a almofada e os braços fechados ao redor dos joelhos, enquanto olhava fixamente o silencioso cômodo, como se um animal selvagem e raivoso esperasse lá dentro.

Era quase pôr do sol. Não demoraria muito tempo para a Agência aparecer, seguindo as ordens de Wilhelm de levar Andreas.

Claire sabia que fizera o certo ao pedir ajuda a Wilhelm. Ela havia feito a única coisa que podia, não apenas por sua própria segurança e pela segurança de seu companheiro, mas também pela de Andreas. O medo severo que ela sentira dele, *por* ele, na noite anterior havia suavizado e se transformado em uma espécie de compaixão cautelosa. Ele estava tão destruído agora. Tão ferido no mais íntimo de sua fúria.

Ela apenas esperava que Andreas tivesse o juízo de ir silenciosamente com os Agentes quando chegassem. Se ele se envolvesse em uma luta... bem, ela não podia sequer se permitir pensar nisso.

A fechadura das portas da biblioteca fez um suave clique.

Claire olhou para cima e deixou as pernas deslocarem-se e os pés deslizarem pelo chão do saguão quando Andreas saiu da sala. Ele estava muito melhor fisicamente e, mesmo que enviasse um olhar franzido em sua direção, parecia mais tranquilo e descansado.

Talvez houvesse alguma esperança de que pudesse ser razoável, apesar de tudo.

– Você ainda está aqui – ele comentou, claramente aborrecido. – Pensei que a uma hora dessas você estaria a quilômetros daqui.

- Não - Claire murmurou. Andreas riu, sarcástico.

- Roth deve conhecer um bom número de casas seguras da Agência na região, para onde poderia tê-la enviado. Estou surpreso de não ter fugido para uma delas na primeira chance que teve.

Claire não contou que Wilhelm lhe ordenara ficar na casa de campo. Isso a havia incomodado no começo, mas agora, sendo forçada a sustentar o olhar penetrante de Andreas, ela sentiu mais do que um indício de vergonha por pensar que seu companheiro voluntariamente a colocaria em perigo. É óbvio que ela nunca se apresentara como uma mulher sofredora ou indefesa, e Wilhelm não teria esperado que ela ficasse na companhia de Andreas se não achasse que ela podia lidar com isso.

Essa justificativa pareceu-lhe um pouco vazia quando ela recordou a maneira mordaz como Wilhelm lhe pedira que fizesse o que fosse necessário para deter Andreas até que os agentes pudessem chegar ali. *Você o conhece melhor que a maioria. Intimamente, se for necessário. Estou certo de que vai pensar em alguma maneira de detê-lo.*

- Deve estar perto da hora do crepúsculo - a voz profunda de Andreas percorreu a pele dela como uma carga elétrica. - Quanto tempo supõe que Roth demore para chegar aqui?

Claire piscou, e logo sacudiu a cabeça.

– Não sei o que você quer dizer.

A risada de resposta dele foi fria e pouco convincente.

– Você realmente vai ficar sentada aí e fingir que não o procurou pedindo ajuda? Que não o advertiu sobre mim?

Quando deveria ter tentado negar, a boca dela simplesmente ficou um pouco mais dura.

– Você o conhece, Claire, e eu esperava que realmente fosse pedir ajuda. Espero que tenha dito para vir o mais rápido possível, porque, diabos, eu estou mais do que preparado para terminar logo com tudo isso.

O sangue dela congelou.

– Você realmente está tão impaciente para morrer, Andre?

Ele sorriu, seco.

– Não é comigo que você precisa se preocupar.

Faíscas de cor âmbar acenderam-se nas íris dele e Claire podia ver as pontas de suas agudas presas brancas quando ele falou, um aviso potente de que, embora sua cólera parecesse amortecida, não demoraria muito para se acender de novo. Poderia ser mais seguro tentar mentir, mas ela sentiu que lhe devia um pouco de honestidade, independentemente dos riscos.

– Muito bem. De fato, eu procurei Wilhelm. Visitei-o em sonho enquanto você estava no porão, exatamente como você previu. Mas sua equivocada necessidade de vingança terá de esperar, porque ele não vem.

– Você disse que eu estava aqui?

– Sim – Claire ficou de pé quando Andreas deu um passo para mais perto dela. – Ele é meu companheiro. Tive de adverti-lo.

– Contou sobre os fogos? Sobre o Refúgio em Hamburgo?

Quando ela anuiu, os olhos do macho estreitaram-se sobre ela.

Ele se moveu pouco a pouco para mais perto, prendendo-a entre seu corpo grande e o banco estofado, pressionando-se fortemente contra as pernas dela.

– Ele sabe que você está sozinha comigo, à minha mercê?

Claire engoliu em seco.

– Ele sabe de tudo isso.

E mesmo assim ele não virá.

Embora Andreas não pronunciasse essas palavras, elas estavam claramente escritas em seu rosto. Claire olhou para longe dele, pois de repente ficara muito difícil sustentar o olhar perspicaz daquele macho. Para seu completo choque, ela sentiu os dedos de Reichen roçando-a brandamente debaixo do queixo. Quando seguiu a ordem daquele toque, levantando os olhos até encará-lo, percebeu que não havia um traço sequer de amabilidade em sua expressão.

– Ele tem alguma ideia do quão perigoso é para você estar sozinha comigo desse modo, Claire?

Ele procurou o rosto dela, seu fôlego quente deslizou através da testa macia de Claire. Ele estava de pé tão perto que ela podia sentir os batimentos de seu coração, fortes e regulares, que enlouqueciam o seu próprio pulso.

Um desejo espontâneo se armou dentro dela, quente e inquieto. Foi necessária toda sua força de vontade para não girar a bochecha na palma grande dele e deixar-se acariciar pela curva quente daqueles dedos contra sua pele.

Aquilo era errado.

Aquilo era loucura.

Ah, Santo Deus, aquilo era algo que ela não sentia há muito tempo.

Isso somente demonstrou que Andreas tinha razão. Estar sozinha com ele era muito, muito perigoso.

– Se você fosse minha – murmurou ele sob o fôlego inerte –, eu caminharia através do fogo do inferno para mantê-la longe de um homem como eu.

Claire olhou fixamente para os salpicados olhos âmbares dele, insegura do que dizer. Insegura do que pensar.

Tudo o que sentia era a sensação que estava repentinamente ardendo dentro de si... Um sentimento de desejo e arrependimento que a abalava por inteiro.

O pesar foi o que conseguiu triunfar.

Franzindo a testa repentinamente, Andreas rompeu aquele olhar fixo. Lançou um olhar por sobre os ombros, a cabeça ligeiramente inclinando-se para um lado, escutando. Claire não escutou nada, mas certamente não possuía o ouvido sobrenatural da Raça. Tampouco tinha de escutar para entender o que estava acontecendo do lado de fora da casa.

– Agentes – ela sussurrou. – Wilhelm disse que enviaria uma unidade ao anoitecer para resolver tudo com você.

Andreas a empurrou com um sorriso sombrio.

– Uma brigada de morte.

– Não – ela disse. Santo Deus, ela esperava que não. – Nada vai te acontecer. Eu não deixarei. Andre...

Mas ele não a estava escutando agora. Com um movimento fluido, ele andou a passos longos para as escadas e começou a subir os degraus de dois em dois.

– Saia da casa, Claire. Saia agora!

O inferno que ela o faria. Em vez disso, ela xingou baixo e correu atrás dele.

Ele entrou em um dormitório do segundo andar, indo diretamente para a janela. Arrancou as persianas bloqueadoras de raios ultravioletas e olhou atentamente através do metal destroçado para o pátio, soltando um xingamento repugnante. Claire se aproximou atrás dele bem a tempo de ver as formas negras de vários agentes armados que subiam em formação de cautela para a casa.

Andreas girou, as pontas de suas presas brilhando atrás de seu lábio superior. A acusação cintilou com força em seus olhos brilhantes.

– Você acha que vieram para negociar comigo?

Claire não tinha uma resposta.

Escada abaixo, escutou-se um choque contra o cristal, seguido de passos pesados de botas sobre o mármore polido. Os agentes estavam entrando.

- O que você vai fazer? - perguntou ela em um sussurro, sentindo que a energia no quarto já começava a esquentar. Andreas gerava um estranho rangido no ar. Sua fúria crescia, trazendo com isso o seu terrível poder de pirocinese.

- Andre, ouça... você não pode continuar assim. Por favor. Eu lhe imploro...

Mas o rosto dele era feroz e os olhos ardiam em chama fria.

- Wilhelm Roth é quem deveria me implorar. Não você.

Os retumbantes passos seguiram no primeiro andar quando os agentes se separaram para revistar a casa. Alguém chamou Claire, aconselhando-a a mostrar-se à unidade de invasão.

- Vá em frente – disse Andreas. - Deixe que a levem para um lugar seguro.

Ela sabia o que devia fazer. Que Deus a ajudasse, mas sabia, com cada pedaço de lógica em sua mente, que a coisa mais razoável que podia fazer era deixar que os homens de Wilhelm a escoltassem para fora enquanto tentavam convencer Andreas a entregar-se tranquilamente.

Sua mente sabia tudo isso.

Seu coração, todavia, vacilou.

- Maldição, Claire - Andreas caminhou com um passo majestoso para ela e agarrou seus braços em um apertão doloroso, sacudindo-a de forma enérgica. - Que diabos há de errado com você?

Um estrondoso som explodiu atrás dela. Uma flecha quente passou por sua orelha direita, fazendo voar fios de cabelo em seu rosto. Ela sentiu o impacto repentino quando a bala a roçou por apenas alguns centímetros e se fechou de repente no lado esquerdo superior do peito de Andreas.

- Nããão! - ela gritou, horrorizada.

Ele cambaleou para trás, mas o tiro não o venceu. Os aromas mesclados de pólvora e sangue preencheram as narinas de Claire. Eles tinham acertado um tiro nele.

Ah, Jesus Cristo! Não!

Bloqueando Andreas com seu próprio corpo, ela se virou para enfrentar o agente que estava de pé na entrada aberta do quarto. Seu enorme rifle negro ainda estava apontado para Andreas, seu dedo se abatia perigosamente no gatilho.

- A senhora está bem, Frau Roth? - durante um longo momento, ela não teve fôlego para falar. Seu coração estava pulsando enlouquecidamente no peito, seus joelhos quase se derretiam debaixo dela. O agente falou, mas seu foco estava totalmente centrado em Andreas, que surgiu atrás dela, emanando calor como um forno.

- Está tudo bem - disse o agente. – Eu o atingi. Ele não lhe fará mais mal.

O agente deu um passo para dentro do quarto, avançando cautelosamente. A mira de sua arma permaneceu no alvo. Quando se aproximou, Andreas emitiu um rugido selvagem. O calor que Claire sentira partir dele agora ficava mais forte, fazendo os cabelos finos atrás do pescoço dela se arrepiarem.

- Por favor - ela finalmente conseguiu sussurrar. - Você não tem ideia do que está fazendo. Solte a arma.

Os olhos do agente lançaram-se sobre ela por somente uma fração de segundo, como se estivesse calculando sua prudência - ou a falta disso.

- A senhora precisa se afastar, Frau Roth. Tenho ordens específicas. E pretendo cumpri-las.

Ordens específicas para matar Andreas.

A verdade a atingiu como veneno.

Estavam ali os esquadrões da morte, exatamente como Andreas sabia que seria. Wilhelm tinha ordenado sua morte. Não apenas isso, mas também mandara seus homens matarem Andre a sangue-frio, bem na frente dela.

A voz letal do agente estava fria agora e, no estreito corredor do lado de fora do dormitório, mais agentes estavam subindo as escadas.

– Afaste-se, Frau Roth. Temo que não possa pedir de novo.

O rifle aproximou-se ainda mais, uma ameaça convincente demais. Ela não tinha nenhuma intenção de cooperar com o agente, mas naquele instante ela sentiu, mais do que viu, o braço de Andreas surgir ao seu redor para alcançar a arma com uma velocidade surpreendente. Um calor viajou ao longo dela com um movimento, enviando uma corrente elétrica que vibrou profundamente em seus ossos.

Andreas fechou o punho ao redor do cano da arma. Seu braço estava aceso com o calor que irradiava de seus dedos, como pulsantes auréolas de extremo calor. A energia saltou dele para o rifle em brilhantes ondulações.

Imediatamente, os olhos do agente se arregalaram, sua cabeça caiu para trás sobre os ombros e seu corpo entrou em um violento espasmo, que fez seus dentes tremerem. Claire sentiu o cheiro ocre de pele e cabelo queimados. Enojada, ela olhou longe quando o macho da Raça caiu no chão e convulsionou com a dose de poder letal.

Antes que ele morresse, outro agente veio correndo para o quarto, com a arma pronta.

– Claire, afaste-se! – bramiu Andreas.

Naquele mesmo instante, ele atirou mais calor e luz, expelindo-os como uma bala de canhão que se materializou na palma de sua mão. Ele lançou a esfera de fogo no agente que acabara de chegar, matando-o ali mesmo. As chamas estalaram por toda parte. O fogo aproximou-se das paredes e do teto.

Andreas lançou um olhar feroz por sobre o ombro sangrando para Claire, que estava de pé atrás dele, aterrada diante do seu terrível poder.

– Vamos. Temos de sair daqui.

Ela o seguiu para fora do quarto ardente e pelo segundo andar. Mais dois agentes subiam pelas escadas para apanhá-los, mas Andreas os deteve na metade de caminho, soltando esferas de fogo que explodiram como bombas, fazendo buracos na parede coberta com papel de seda, buracos enormes que tomaram grande parte da madeira das escadas.

Enquanto desciam para o térreo, Claire aproximou-se dele, embora não muito, atenta que estava à energia que deslizava por cada centímetro daquele corpo. Mesmo ficando a um metro de distância de Andreas, seu calor era esmagador. O brilho incinerador que o cobrira nos bosques na véspera estava de volta. Se o tocasse agora, mesmo que por acaso, ela sabia que isso a mataria. Mas quando o pavoroso incêndio tomou, ainda mais quente, os andares superiores e o saguão, e quando Andreas eliminou o resto da brigada de morte, que viera sob o que só poderiam ter sido ordens explícitas de Wilhelm, Claire percebeu que esse ser letal - esse homem que possivelmente ela nunca compreendera por completo - era sua melhor possibilidade de sobreviver nos poucos minutos seguintes.

Então ela correu quando ele lhe mandou correr. Ficou tão perto dele quanto se atrevia. Apenas quando ambos estavam fora da casa de campo, com seus pés voando sobre a fresca relva de outono iluminada pela lua, foi que Claire se permitiu cair de joelhos e derramar algumas lágrimas.

Ela olhou ao redor, sufocando no ar espesso da noite e em sua própria confusão de emoções. Sua casa estava em chamas. Mais vidas haviam sido perdidas. Ela queria gritar, mas, no canto mais profundo de seu coração, tudo o que ela sentia era um egoísta sentimento de alívio pelo fato de Andreas ainda respirar.

Virou-se para olhá-lo. A forma grande e brilhante dele tremeluziu através das lágrimas de alívio. Quantas vezes nos últimos meses ela tinha desejado que ele ainda estivesse vivo? Quantas foram as lágrimas que derramara em segredo por ele e por sua família destruída?

Independente do que Andreas tivesse dito, ela não podia se permitir acreditar, durante um segundo sequer, que Wilhelm tinha algo a ver com a destruição do Refúgio dele. Ela esperava, com cada fragmento de seu ser, que suas acusações estivessem equivocadas.

Mas agora, depois do que acontecera ali naquela noite, ela não podia se livrar da faísca de dúvida que se arraigava sob sua pele. E sabia que não seria capaz de descansar até que soubesse se o que ocorrera era ou não culpa de Wilhelm.

Ela precisava de respostas. Agora mais que nunca, ela tinha de entender que tipo de homem Wilhelm Roth realmente era.

– Você está bem? – Andreas perguntou quando ela limpou seus olhos molhados e ficou de pé.

Claire assentiu, mas, em seu íntimo, sentia-se pesada, um sentimento crescente de enfermidade que se enrolava em seu estômago.

– Ele os enviou para matar você esta noite – murmurou ela. – Eu não sabia, Andreas. Juro, eu não sabia...

Ele a olhou fixamente e em silêncio, observando-a através do brilhante fogo que ainda viajava por seu corpo. Ele estava sangrando e ferido, monstruosamente quente, e tudo por causa de Wilhelm. E por causa dela.

Ela agora lamentava ter entrado em contato com Wilhelm, independentemente de qualquer obrigação que pudesse ter como Companheira de Raça.

Ela virtualmente tinha assinado a ordem de execução de Andreas.

– Eles vão enviar mais agentes daqui a pouco – disse ela. – Quando esta unidade não entrar em contato com Wilhelm, ele vai enviar mais agentes para encontrá-lo.

– Sim – Andreas disse, com um tom forte e aceitando gravemente. – Ele enviará mais homens e eu os matarei também, até que acabe com tantos deles que Roth não terá outra opção senão vir me enfrentar ele mesmo. Espero esse momento. Não me importa o que aconteça até ele chegar.

Claire estremeceu internamente diante do pensamento de tanta violência e morte. Ela estava desesperada por respostas do próprio Wilhelm, e não estava disposta a esperar para ser testemunha de mais fogo e derramamento de sangue.

Caminhou diante de Andreas e se dirigiu ao caminho que conduzia à cidade.

– Claire... – ele a chamou, mas ela continuou andando, resoluta. A voz profunda de Andreas estendeu-se como uma chama escura. – Claire... para onde diabos você pensa que vai?

Ela pausou, virou-se e demonstrou na expressão o cansaço que agora tomava-lhe o corpo todo.

– Você disse que precisa encontrar Wilhelm e se vingar dele. Eu preciso saber a verdade. A maior parte de seus negócios realiza-se em um escritório particular na cidade. Se formos lá, talvez ambos encontremos o que buscamos.

Capítulo 8

Reichen não estava seguro do que era pior: a persistente dor de seu ferimento ou a forma como seu corpo se contorcia pela urgência de comida. Uma coisa se encarregaria de ambos os problemas.

Sangue.

Ele sentiu um grunhido atravessar sua garganta seca enquanto suas narinas se enchiam com os mesclados aromas de dúzias de humanos ali próximos, todos presos no estreito vagão do trem de Hamburgo. A tentação de dar uma olhada e selecionar uma presa viável - a necessidade de apagar o ardor da sede - era quase esmagadora.

- Mantenha a cabeça abaixada - sussurrou Claire, cuja respiração patinava nos ouvidos de Reichen. - Os olhos também, Andre.

Já era suficientemente ruim que ele estivesse ferido e sangrando e que ambos, ele e Claire, cheirassem a limpadores de chaminés. Não seria uma boa ideia deixar que os passageiros sentados ao seu redor dessem uma olhada em seus olhos transformados ou sequer em seus dentes... *incomuns.*

Ao menos sua fúria tinha finalmente se acalmado.

Ele e Claire tinham caminhado durante cerca de uma hora antes que o resplendor da pirocinese sumisse por completo. Não tiveram outra escolha se não viajar a pé. Até que seu metabolismo se estabilizasse, tudo em que Reichen tocasse, tudo o que estivesse muito perto dele viraria cinzas. Claire parecia entender esse fato e manteve uma prudente distância enquanto ele lutava para colocar seu sistema interno de novo em linha.

Sendo da Raça Reichen poderia, mesmo estando ferido, ter caminhado facilmente as duas horas que separavam a casa de campo de Roth de seu escritório particular em Hamburgo. Poderia ter cruzado os quilômetros a uma velocidade que os olhos humanos sequer poderiam rastrear, mas ele não podia abandonar Claire sozinha na noite. Não depois de tudo o que havia acontecido. Ou, melhor, depois de tudo o que *ele* a fizera passar.

Ela estava exausta, mesmo agora, sentada ao seu lado no trem. Não discutira quando ele a levou à estação e lhe perguntou que caminho seguir. Não tinham nenhum dinheiro com eles, por isso Reichen tinha conseguido as passagens com um pouco do que havia herdado da Raça: *um passe de mágica*. Ao seu comando, o homem que recolhia as entradas caiu em um rápido transe, dando-lhes a oportunidade de deslizar pelas catracas para dentro do trem sem que ninguém sequer se inteirasse do que acontecera.

O truque tinha esgotado quase todas as suas forças, mas ao menos Claire estava longe do frio e era capaz de relaxar. Ele, por outro lado, estava tão tenso quanto era possível. Reichen dobrou o queixo até o peito e curvou os ombros para ajudar a ocultar de qualquer olhar humano curioso os seus visíveis problemas.

Sua sede era outra coisa.

Corroía-o interminavelmente em seu ponto mais febril depois do incêndio. Em circunstâncias comuns, ele e seus semelhantes podiam passar uma semana sem se alimentar, mas, desde o ataque em seu Refúgio e o despertar da força mortal em seu interior, sua sede era persistente demais para aguentar tanto.

Era quase constante.

Ele tinha visto outros caírem no vício do sangue. Não acontecia com frequência, mas principalmente entre os mais jovens e de mente mais fraca, e também, por outro lado, entre os da Primeira Geração da Raça, cuja linhagem estava menos diluída com os genes humanos e mais perto dos Antigos – os pais alienígenas da Raça de vampiros na Terra.

A pirocinese de Reichen já era ruim o suficiente, mas a sede que se estendia o horrorizava tanto quanto os incêndios que ele podia criar. E, se fosse honesto consigo mesmo, quase não podia negar que os incêndios eram cada vez menos uma resposta à sua fúria e mais uma parte do que ele era.

Desde que tinha começado sua missão em busca de vingança contra Roth, algumas semanas atrás, os incêndios fortaleciam-se mais e mais, ininterruptamente. Agora saltavam à vida com apenas um pensamento, queimando mais e mais, cada vez mais explosivos. E, uma vez que sumiam, ele era acometido por uma sede de sangue que não podia ser contida ou saciada.

Ele estava se perdendo para ambos – a pirocinese e a sede – e sabia disso. E, se ficasse na companhia de Claire por muito mais tempo, ela também saberia.

Mesmo com a gravidade desse pensamento girando ao seu redor, Reichen não pôde deixar de assistir, com sua visão periférica, quando um rapaz levantou de seu lugar, do outro lado do vagão, e deslocou-se para outro, que vagara na parada anterior. O macho da Raça seguiu o humano com um olhar predador, notando a falta de consciência do jovem quanto ao seu redor quando se deixou cair no assento. Os fones brancos emitiam pequenos ecos da música que estava tocando na cabeça do humano. Abatidos, os olhos antissociais apareceram debaixo de uma escura e irregular franja varrida, toda a atenção do rapaz se concentrava em trocar mensagens de texto em seu iPhone.

Reichen observou com o interesse que um leão tem ao observar animais selvagens bebendo água. Seus instintos de caça estavam atentos, já separando a presa mais fácil da manada de passageiros. O trem desacelerou. Quando parou em uma estação, o homem levantou. Os músculos de Reichen se estiraram como reflexo e ele começou a persegui-lo, a fome agora era seu único comandante. Porém, a mão de Claire desceu brandamente em seu antebraço.

- Ainda não. Vamos descer na próxima.

Ele sentou-se e tentou não deixar escapar um grunhido de irritação enquanto as portas do trem se fechavam e seu alimento perambulava distraidamente entre a multidão que saía pela plataforma.

Alguns minutos depois, ele e Claire chegaram em sua parada. Desceram do trem e caminharam até Speicherstadt, distrito de armazéns de Hamburgo. Fileiras de edifícios de tijolos vermelhos, divididos por canais de água, brilhavam com luz incandescente no céu noturno.

Os aromas mesclados de grãos de café e de especiarias pairavam na brisa enquanto Claire os levava por uma ponte arqueada e penetrava mais no distrito histórico. Como indicavam os aromas, alguns dos edifícios góticos eram usados como armazéns; outros, no entanto, tinham se transformado em lojas de tapetes orientais.

Claire continuou durante algumas quadras antes de parar em frente a um edifício de tijolo e pedra calcária idêntico aos vizinhos. Um trio de degraus de concreto flanqueados por delicadas grades de ferro forjado conduzia a uma porta sem identificação, sem número.

- Este lugar pertence a Roth? - Reichen perguntou quando chegaram ao último degrau.

Ela anuiu.

- Um dos vários escritórios particulares que ele mantém na cidade. Você consegue abrir os cadeados?

- Se não for pela força de vontade, que seja pela força bruta - disse ele, movendo-se na frente dela para dirigir uma ordem mental aos parafusos duplos na porta. Golpeou-os forte com sua mente, com cuidado para não despertar o fogo que ainda espreitava no limite de seu controle, e que esperava por uma desculpa para queimar de novo. Com uma série de cliques metálicos, os parafusos se liberaram e a porta se escancarou. Quando Claire começou a entrar, Reichen a deteve com um olhar.

– Espere aqui enquanto dou uma olhada. Pode ser que não seja seguro.

Ele reconheceu a ironia em seu sentido protetor quando entrou no edifício escuro e procurou qualquer sinal de problemas. Fugir de outros agentes definitivamente seria um problema, mas ele era, de longe, a pior ameaça à segurança de Claire. Especialmente em seu atual estado de fome.

– Tudo bem – disse quando esteve certo de que o tranquilo edifício estava vazio. Apertou um interruptor quando ela entrou.

Os gostos de Roth naquele lugar eram uma mistura incoerente de Velho Mundo e minimalismo moderno. Peças de aço cromado e vidro competiam com extraordinárias antiguidades. As obras nas paredes eram assinadas por mestres; entretanto, cada quadro representava uma cena de brutalidade assombrosa. Cenas de morte pareciam ser as favoritas, sem importar se o tema eram homens, mulheres ou animais. Aparentemente Roth não discriminava na hora de reconhecer a violência.

– Com que frequência ele fica aqui? – perguntou Reichen, sem deixar passar em branco a existência de um dormitório, que ocupava todo o piso superior.

– Frequentemente. Pelo menos, eu acho – disse Claire em voz baixa, mas sem amargura, enquanto se aproximava do computador e o ligava. Enquanto o sistema iniciava, ela abriu uma das gavetas da mesa e começou a vasculhar o conteúdo. – Sei que seu trabalho para a Agência também o manda a Berlim, de vez em quando.

Reichen a olhou, vendo a dúvida em sua suave testa franzida. Claire podia não querer acreditar nas acusações contra seu parceiro, mas estava lutando com um certo grau de incerteza a respeito de Wilhelm Roth.

- Como está sua ferida? – ela perguntou, sentindo remorso mesmo sem motivo. Reichen encolheu seu ombro bom. A bala tinha atravessado e, uma vez que ele se alimentasse, poderia acelerar a cura.

- Vou sobreviver – ele disse. - O suficiente para fazer o que tenho de fazer.

Ele podia ver a garganta dela se mover enquanto engolia em seco.

- Quando tudo isso vai acabar, Andre? Quantas pessoas ainda precisam morrer?

A resposta dele foi sombria e resoluta.

- Apenas mais uma.

Ela manteve o olhar duro e fixo.

- O que você fará se suas suspeitas forem falsas?

- O que *você* fará se forem verdadeiras?

Ela nada disse quando ele se aproximou, apenas se afastou alguns passos, dando-lhe acesso ao computador e ao punhado de cartões de visita e relatórios que tinha tirado da gaveta. Reichen olhou o e-mail de Roth e começou a procurar em seus discos, sem saber exatamente o que procurava. Pistas das atividades de Roth, seus contatos. Algo que o conduzisse ao seu paradeiro atual.

Qualquer coisa.

O que tinha a fazer era concentrar-se em suas razões para estar ali em primeiro lugar, não na consciência inevitável de que Claire estava de pé, tão perto dele, um calor e uma presença que Reichen sentia diretamente na medula.

Ele estava trabalhando tão duro para ignorar sua resposta visceral a ela que teve de olhar três vezes a desordem de cartões no escritório de Roth antes que seus olhos focassem um feito de papel vegetal prateado, com o texto escrito com uma letra negra e elegante.

Pegou o cartão e o leu, apesar de saber de cor o nome e o endereço que apareciam nele. Apesar de que realmente não era uma surpresa encontrar aquele cartão entre os pertences de Roth, ele ainda sentia seu sangue gelar nas veias.

- O que você encontrou? - perguntou Claire, sem dúvida sentindo sua repentina tensão. Ela se aproximou, olhou para o papel transparente que ele tinha na mão. - *Afrodite*. O que é isso?

- Um clube em Berlim - respondeu Reichen. - Trata-se de um bordel exclusivo, muito caro.

Ele olhou para Claire a tempo de ver sua curiosidade dar lugar a um silencioso desconforto.

- Wilhelm nunca teve problemas em encontrar companhia feminina – disse ela. - Ele consideraria abaixo de seu nível ter de pagar por elas. O fato de possuir esse cartão não significa nada.

- Significa que ele esteve lá - respondeu Reichen. – Mas nem preciso deste pedaço de papel para saber. A proprietária do Afrodite e eu éramos... próximos. Confiei em Helene cegamente.

Claire desviou o olhar de Reichen por um momento.

- Fiquei sabendo algum tempo atrás que você tinha tomado uma mortal. Uma de muitas, pelo que entendi...

Ele deixou que o comentário ácido da mulher ficasse incompleto, mas se surpreendeu ao saber que ela estava a par de seus assuntos pessoais. E sim, existiram muitas mulheres em sua vida ao longo dos anos, uma série de ligações efêmeras das quais ele nunca se orgulhara, nem mesmo agora. Especialmente agora.

Mas ele tinha respeitado Helene mais que as outras humanas que tivera em sua cama, subjugadas às suas presas. Ela se tornara uma confidente, uma amiga de verdade, embora fosse alheia ao lado sombrio e perigoso que ele trabalhara tão duro para suprimir.

- Helene era uma boa mulher. Ela sabia que eu era da Raça e manteve o segredo. Também me manteve a par das coisas que aconteciam no clube. Recentemente fiquei sabendo que uma de suas funcionárias tinha começado a sair com um homem rico e importante. Mais de uma vez, essa funcionária se apresentou para trabalhar com marcas de mordidas no pescoço. Não muito tempo depois, ela desapareceu sem deixar rastro. Pedi a Helene que averiguasse, e ela retornou com um nome: Wilhelm Roth.

Claire franziu a testa.

- O fato de esta garota ter passado algum tempo com ele não significa que ele a tenha matado.

- Ele não parou por aí - disse Reichen com a voz apertada. - Enquanto eu estava ausente, Helene foi até meu Refúgio. Alguém a deixou entrar, sem dar-se conta de que era uma emboscada. Helene tinha se tornado uma Escrava, e seu mestre a enviou a minha casa com uma unidade de assassinos armados. Um esquadrão da morte da Agência. Mataram todos lá dentro. Dispararam contra todos, a sangue-frio, Claire. Inclusive as crianças.

Ela o olhou boquiaberta, movendo, desesperada, a cabeça.

- Não... Houve uma explosão. Um terrível incêndio...

- Sim, houve - admitiu Reichen, tomando-a pelos braços quando sua ira começou a turvar sua lembrança. - Eu deixei a casa em chamas, mas não antes de chegar e ver o massacre que tomara lugar lá dentro. E não antes de encontrar Helene me esperando, coberta pelo sangue de minha família. Ela me disse quem era o responsável, Claire... pouco antes de eu colocar um fim em sua miséria. Depois, queimei minha casa e todas as almas que estavam lá.

Os sensíveis olhos cor de café de Claire afogaram-se em uma brusca maré de lágrimas, mas ela não disse nada. Nenhuma palavra de negação ou incredulidade. Nenhuma única sílaba em defesa de seu companheiro.

- Andre...

Ela não deveria tê-lo tocado. O toque quente de sua palma descansando brandamente na maçã do rosto dele o levou além do limite em que estivera cambaleando desde o momento em que pousou seus olhos nela. Na verdade, desde antes, por um inferno de tempo muito maior, se fosse honesto.

Reichen levou a mão ao arco suave da nuca e a puxou para si. Baixou a cabeça e apertou sua boca contra a dela. Não houve inseguranças nem começos sutis; seus lábios se juntaram em um beijo febril que era tão familiar e legítimo quanto proibido.

Claire.

Ah, Cristo.

Ele quase tinha se esquecido do que sentia ao abraçá-la, beijá-la. Desejava-a com uma necessidade quente, como se lava lhe percorresse o ventre. Seu corpo recordava todas as maneiras como uma vez ela o fizera arder. A excitação se apoderou dele, convertendo seu sangue em fogo pálido e seu membro em duríssimo aço forjado. Naquele instante, ele não se importava se estava machucado, sangrando e desejoso de vingança.

Não importava que ela pertencesse a outro – a seu inimigo mais traiçoeiro. Tudo o que sentia era o calor de Claire em sua boca. A cálida pressão das curvas do corpo dela contra o dele.

Ele queria mais.

Queria tudo dela, agora a fome havia lhe tomado de maneira implacável, envolvendo os tentáculos ao redor dele mais e mais forte. Seu estômago se contorceu, ardendo, queimando, faminto. Suas presas emergiram prontas de suas gengivas, as pontas afiadas pulsavam com cada úmido roçar de seus lábios contra os dela.

Queria saboreá-la por completo. Que Deus o ajudasse, ele queria afogar-se nela, ali mesmo, agora mesmo.

Ela precisava ser dele e aquele beijo lhe dizia que ela *era* dele, mesmo que isso fosse proibido pela lei da Raça e pelo vínculo de sangue que a prendia a outro.

Ela seria sempre dele...

Não.

Reichen grunhiu quando separou sua boca da dela e a afastou asperamente, com as mãos tremendo. Seu peito estava agitado, a respiração flanqueada passando através de seus dentes e presas. A ferida de bala na parte superior do peito gritou diante da dor renovada, piorada pela forma como suas veias golpeavam famintas. A sala estava muito quente, muito sufocante. Ele tinha de esfriar antes que sua restrição consumida diminuísse ainda mais.

Claire o olhava com os dedos pressionados sobre a boca retorcida pelo beijo, como se não soubesse se gritava ou se chorava.

– Preciso de um pouco de ar – murmurou ele. – Jesus Cristo, vir aqui com você foi um maldito engano. Preciso sair daqui.

– Andreas.

Ele virou-se em direção à porta, mas, antes que pudesse dar mais que alguns passos, Claire já o havia alcançado.

– Aonde você vai? Fale comigo, por favor.

Mas ele continuou caminhando, esperando que ela simplesmente o deixasse ir. Queria que Roth pagasse por tudo o que havia feito, mas será que tinha o direito de tomar Claire no processo? Uma parte egoísta de si o motivava, dizendo-lhe não apenas que seria justo, como também que a companheira de Roth seria parte do preço. Que vingança seria melhor do que arruinar o maldito filho da puta e reclamar a mulher dele como sua?

Jesus.

Ele não queria fazer aquilo.

Por mais tentador que fosse, não se tratava disso. Décadas atrás, ele fora para longe para proteger Claire do mortal monstro em que se convertera. Ele não tinha feito isso apenas para voltar e destruí-la...

... Ou tinha?

– Andreas, por favor não se afaste de mim – a voz dela chegou quando ele se preparava para abrir a porta. Ela deixou escapar uma risada abafada, cheia de dor e desprezo. Quando finalmente encontrou a voz de novo, era suave e condenatória. - Maldito seja. Como pode me fazer sentir assim depois de todos esses anos? Maldito seja por me deixar! E maldito seja por voltar assim, justo quando pensei que tinha ido para sempre e que finalmente seria capaz de esquecê-lo.

Apesar de todos os instintos que gritavam para que ele pusesse um pé diante do outro e levasse seus letais assuntos com Roth para longe de Claire, Reichen se deteve. Ela não sabia o quão perigoso ele era agora. Ou talvez soubesse, mas estivesse confusa e zangada demais para se importar.

A respiração dela foi audível, mas apagou-se em seguida em um suspiro derrotado.

- Maldito seja, Andre, por estar aqui e me fazer duvidar de cada decisão que tomei.

Ele se virou para encará-la em sua justa indignação. A sede de sangue o alagou enquanto ele a olhava, sua necessidade de sustento físico rivalizando com o desejo carnal que nenhuma quantidade de ar frio seria capaz de esfriar. Ela era tão linda e tão forte; tão boa e tão honesta. E estava tão furiosa com ele agora; o frenético tique-taque de seu pulso na garganta era prova disso.

Reichen não podia afastar o olhar dos constantes batimentos de seu coração.

O fogo o atingia agora tanto quanto o golpe que levara no peito no princípio da noite. Já não estava controlando sua sede, que agora tinha sobreposto sua vontade. Era tudo o que sabia enquanto se movia para Claire, tudo o que era da Raça nele estava focado completamente nela.

- Por que você me deixou? – ela perguntou, enquanto se aproximava.

Ele grunhiu, saboreando o doce aroma de baunilha do sangue que corria delicadamente sob a pele cremosa dela.

- Para te proteger.

Ela franziu a testa, obviamente duvidando de cada palavra que ouvia dele.

- Do quê?

- Do pior de mim.

Ela balançou lentamente a cabeça.

- Nunca tive medo de você, Andre. Mesmo agora, eu não tenho medo de você.

- Deveria ter... Frau Roth.

Ele mostrou as presas e a imobilizou com o brilho de seus olhos âmbares transformados. Um breve instante de advertência, o suficiente para ela se afastar, o atacar ou gritar. Ela não podia saber o quão difícil era, para ele, fazer isso. Ele aproximou-se mais dela, encurralando-a, mesmo enquanto dizia a si mesmo que tinha honra, que o fogo vivendo dentro dele não havia queimado toda a sua humanidade.

Mas aquilo era uma mentira.

Sentiu o vazio desolador daquela esperança desmoronando no instante em que suas presas se cravaram na tenra carne da garganta de Claire.

Ela ofegou, com as mãos entre a dura pressão do corpo dele contra o dela, as palmas esticadas sobre o seu peito. Ele sentiu sua repentina tensão, a descarga de adrenalina enquanto a enjaulava em seus braços e tomava o primeiro gole daquele sangue quente que deliciosamente preenchia-lhe toda a boca.

No início, alimentou-se com uma fome involuntária. Gole atrás de gole, impulsionado pela necessidade primitiva de alimentar-se. Mas através da bruma de sua mente febril de sangue, enquanto bebia da veia aberta de Claire, começou a sentir... algo mais.

O aroma do sangue dela o inundou, enchendo-lhe a cabeça com a mais doce intoxicação. O rápido batimento do pulso dela contra sua língua agora florescia, ecoando em seu próprio sangue. A possessão se elevou dentro dele, sombria e perigosa. Sustentou-a em sua mordida, saboreando seu sabor enquanto seu corpo ficava rígido com a necessidade de reclamá-la também de uma forma mais carnal.

Ele sentiu os dedos de Claire cravarem-se em suas costas enquanto bebia dela. Seus sentidos se encheram *dela.* Um baixo poder fluiu dentro dele, sentiu-o rugir através de suas células, e em cada fibra de seu corpo. Ainda mais profundo, na malha de sua alma, no âmago de todo seu ser.

Claire era a primeira, a única Companheira de Raça da qual bebia, e agora não podia haver outra para ele enquanto ela vivesse. Tudo o que era da Raça nele tomou vida, como se ele tivesse dormido durante toda sua existência e agora transbordasse com uma profunda consciência daquela mulher - agora e para sempre. Um selo eterno, um vínculo de sangue.

Uma conexão com ela que não podia desfazer, exceto pela morte, a dela ou até mesmo a dele.

- *Andreas.*

O suave grito de angústia de Claire o atravessou como uma faca afiadíssima.

Horrorizado pelo que havia feito (a ambos), ele selou a ferida com um movimento rápido da língua e cambaleou para trás sobre os calcanhares. As bochechas dela coloriam-se de um rosa escuro, seu fôlego entrecortava-se através dos lábios entreabertos enquanto ela o olhava em absoluto estado de choque.

Reichen sentiu o temor dela como se fosse dele. Cada emoção intensa que ela sentisse a partir de agora seria dele também.

- Andre – sussurrou ela, levantando a mão para tocar a mordida agora já curada. Seu rosto estava contorcido em uma miserável confusão. – Santo Deus... o que foi que você fez?

Ele deu um passo para trás, tomado pela vergonha.

Claire pertencia a outro homem. Não a ele. Ela havia se dado a Roth, Reichen gostasse disso ou não. Ela já tinha um vínculo de sangue, e agora Roth tinha um vínculo com ela. Agora, com essa violação intolerável do sagrado emparelhamento, Reichen havia se imposto naquele vínculo.

Ao beber de Claire, vinculou-se a ela de maneira irrevogável.

Estaria emparelhado com Claire para sempre. Consciente dela para sempre. Era o presente mais sagrado que uma Companheira de Raça poderia dar a um de sua espécie, e ele havia lhe usurpado isso em um ato de puro egoísmo.

– Perdoe-me, Claire – ele murmurou. Enojado consigo mesmo pelo tamanho de seu desejo por ela, com ou sem a intensidade de um vínculo de sangue, afastou-se, insensato, avançando outra vez mais para a porta. – Ah, Jesus Cristo... Por favor, perdoe-me.

Capítulo 9

– Andreas, espere.

Mas ele não esperou. Não, ele nem mesmo olhou para ela. Virou-se e chegou à porta mais rápido do que os olhos humanos dela podiam ver. Saiu e desceu a escada de cimento rumo à noite fria.

– Andre...

O breve olhar que ele lhe lançou por sobre o ombro foi selvagem e quente. Suas presas brilharam completamente brancas, terrivelmente grandes. Claire ainda podia sentir aquelas pontas na região sensível do pescoço. Mesmo que vivesse por mais cem anos, ela sabia que jamais se esqueceria da dor terrível e erótica daquela mordida, ou do prazer que sentira.

Deus, o ardente e maravilhoso prazer de sentir Andreas sugando-lhe as veias...

Aquele ato impensado condenara a ambos no intervalo de um instante. Ela sabia, e ele também: a verdade estava escrita nas linhas tensas que se desenhavam em seu rosto e no resplendor do olhar atormentado dele quando deteve-se uma vez mais para olhá-la sob a luz pálida da rua.

Ela não era dele para ser reclamada. Claire teve de lembrar a si mesma desse fato quando suas pernas começaram a se mover instintivamente na direção dele. Não, ela pertencia a outro, pelo sangue e pelo voto, muito embora não – *jamais* – por amor.

Outro, que devia ter sentido o pico emocional do corpo dela como se fosse em seu próprio. Segundo a lei da Raça, não há maior pecado do que trair o sacramento da união pelo sangue.

Mas quando Andreas deu meia-volta e saltou as escadas e Claire correu à porta a tempo apenas de vê-lo desaparecer nas brumas da noite, ela sabia que havia um pecado muito pior, e que ela o havia cometido: o pecado de se entregar a alguém como uma companheira de sangue, quando na verdade seu coração ainda desejava loucamente uma outra pessoa.

Há trinta anos, ela era uma jovem com apenas vinte e poucos anos, ingênua sobre muitas coisas, não apenas sobre a existência de uma raça de seres que se nutriam de sangue e de escuridão, seres incríveis que eram, de certa forma, humanos, apesar de tudo.

Ela era uma estudante sozinha pela primeira vez no exterior quando foi tomada de assalto por um vampiro no distrito de Hamburgo. Foi salva da mordida por outro como ele, não uma besta bruta como a que viera das sombras para se lançar sobre ela, mas um homem alto, de cabelos dourados... um cavalheiro sofisticado chamado Wilhelm Roth.

Ele a levara para sua casa – seu Refúgio, como mais tarde ela descobriria se chamar – e oferecera-lhe amparo enquanto ela estivesse na cidade. Claire tinha gostado de Wilhelm Roth e de sua companheira, uma tímida jovem de nome Ilsa que carregava no tornozelo a mesma estranha marca de nascimento que Claire tinha no pescoço. Claire aprendeu muito sobre a Raça nas primeiras semanas de convívio com Wilhelm, até mesmo o fato de que era perfeitamente possível que ela se apaixonasse por um deles – aliás, foi exatamente o que aconteceu quando ela conheceu Andreas Reichen.

Depois de quatro meses juntos, ela ficara devastada quando Andreas bruscamente desapareceu de sua vida. Wilhelm então lhe oferecera um ombro amigo. Não muito tempo depois, foi a vez dela de lhe oferecer apoio, quando ele perdeu Ilsa para um ataque dos Renegados. Mesmo naquela época, Claire já sabia que compaixão e simpatia não eram o mesmo que amor. Wilhelm não pareceu se importar que o coração dela ainda estivesse quebrado e sangrando por Andreas quando, naquele mesmo ano, ele a pressionou para ser sua Companheira de Raça. E não havia se passado uma semana desde que eles criaram o vínculo quando Wilhelm a transferiu para a casa de campo, enquanto ele permanecia em Hamburgo.

Que terrível e estúpido engano ela cometera! Ela sabia agora, uma amarga lição, quando sua cabeça estava tomada por dúvidas sobre Wilhelm e seu coração, mais uma vez, partido por Andreas.

Claire ainda estava comovida por essa falta de compreensão quando um SUV negro parou bruscamente na calçada perto dela... Dois agentes fortemente armados desceram do veículo e lhe lançaram um ofuscante feixe de luz de uma lanterna.

– Frau Roth? – perguntou um deles, claramente surpreso por encontrá-la ali. – Fomos alertados por um alarme silencioso de um roubo no escritório. Está tudo bem?

Ela não sabia se respondia ou não àquela pergunta indulgente. Sentia-se amortecida, à deriva... desolada.

– Há alguém mais no edifício? – perguntou o outro segurança.

– A senhora está sozinha aqui, Frau Roth? Como conseguiu escapar do louco que vem causando tantos imprevistos sangrentos nas duas últimas noites?

Claire não tinha resposta para eles. Tudo o que queria fazer era correr atrás de Andreas, mas os dois agentes grandes e bem armados a mantiveram perto enquanto entravam e começavam a vasculhar o lugar.

– Não se preocupe – um dos homens assegurou-lhe. – Por hora, o pesadelo acabou. Nós, junto com o diretor Roth, vamos encontrar esse bastardo que atacou sua casa e domá-lo como o cão raivoso que ele é.

– Exatamente – concordou um segundo homem, sorrindo como se aquilo fosse suficiente para tranquilizá-la. – A senhora verá. Logo estará em um lugar seguro, e será como se essas últimas noites jamais tivessem acontecido.

Claire usou a desculpa de que tinha de ir ao banheiro e se sentou na escuridão, esforçando-se como o inferno para não gritar.

Em uma instalação subterrânea, escondida debaixo de um bosque virgem no sul da Nova Inglaterra, uma criatura que não pertencia a este tempo – ou, na verdade, a esta Terra – mostrou suas enormes presas e soltou um grunhido dissonante. Com mais de dois metros de altura, sem cabelos e completamente nu, salvo por uma espessa selva de ondulantes marcas na pele que lhe cobriam todo o corpo, o Antigo era um imponente e terrível espetáculo a contemplar, mais ainda naquela prisão cilíndrica de raios ultravioletas. Morte lenta e dolorosa ardia nas frestas de fogo âmbar em suas pupilas.

Assistindo de uma distância segura acima, na sala de observação do laboratório de alta tecnologia, Wilhelm Roth foi distraído por uma verdade repentina e simples: sua companheira o estava traindo com Andreas Reichen.

Os sentidos de Roth disseram-lhe imediatamente que ela tinha sangrado por Reichen. O sabor em sua língua era ácido e impuro. Como o Antigo na outra sala, Roth estremeceu com o repentino impulso de uma raiva selvagem.

Mesmo agora podia sentir a tortura de Claire, a ponta de suas emoções, sua confusão e o desespero reverberando em suas veias. Que ainda suspirasse por Reichen não era uma surpresa para ele.

Por todos estes anos, ela se esforçara muito para banir os sentimentos que nutrira – e ainda nutria – por ele, mas sua vontade era débil e seu sangue a entregara fácil. Não que Roth se preocupasse com tudo que acontecia no coração sem fé de Claire. O amor era fugidio, uma emoção volúvel que nunca tivera muita utilidade. Ambição e impulso, posições a alcançar, batalhas a vencer... estas eram as coisas que ele de fato valorizava.

E agora ele era um maldito perdedor.

- O Antigo não é alimentado há 21 dias - disse o homem que, junto a ele, assistia à criatura.

Seu nome era Dragos, apesar de que fora com outro nome, um de vários, que se aproximara de Roth para unirem-se na revolução. Ou, melhor, na *evolução*, já que o plano de Dragos era libertar a Raça do submundo sombrio em que eram obrigados a viver agora e elevá-los a um lugar de poder supremo sobre a humanidade. Um lugar onde Dragos e alguns de seus sócios tomariam o poder.

– A prolongada falta de alimento é dolorosa, é óbvio - Dragos continuou. – Mas, em poucos dias, suas funções corporais começarão a diminuir a um nível adequado. Administramos doses regulares de sedativos para acelerar o processo que, de outra forma, seria demasiado longo. Mas infelizmente, com esse tipo de operação, o tempo é o único método comprovadamente mais seguro... Diga se o estiver aborrecendo, Herr Roth.

Roth afastou-se de sua distração. Inclinou a cabeça em um gesto que estava cheio de respeito cuidadoso.

- Não, de forma alguma, senhor.

Seria um suicídio desagradar Dragos e, baseado no tom do macho da Raça, isso não estava muito longe de acontecer.

- Você está começando a me preocupar, Roth. Seu recente problema com essa praga na sua casa na Alemanha está desviando sua atenção de assuntos mais importantes?

Embora furioso, ele abaixou a cabeça ainda mais.

- Não, senhor. De forma alguma.

Dragos sabia sobre a destruição do Refúgio de Roth em Hamburgo, e também do ocorrido em sua casa de campo. Sabia que a companheira dele fora apanhada naquela onda de violência, mas não sabia que ela e o responsável pelos ataques tinham uma história juntos.

Roth também tinha sua própria história com Reichen. Um ódio que começara meses antes de Claire entrar em cena, embora frequentemente se perguntasse se Reichen entendia a profundidade de sua inimizade ou os extremos a que ele estava disposto a chegar para vê-lo sofrer.

Precisava refrear a situação em Hamburgo, o que significava que devia assegurar-se de que Andreas Reichen tivesse uma morte rápida, segura e preferivelmente dolorosa.

Roth levantou a cabeça para encontrar o duro olhar de seu comandante.

– Não há motivo para o senhor se preocupar, mestre. Nossa missão é minha única prioridade.

– Bom – o ardiloso olhar de Dragos o perfurou. – Assim espero, Herr Roth.

Do outro lado da janela, o Antigo soltou outro grito de agonia. Dragos o observava sem concessões enquanto a criatura, que fora pai de seu pai, enfiava as garras em si mesma e gritava de dor.

– Não preciso de você por hora – murmurou Dragos sem sequer olhar para Roth. – Vou esperar um relatório sobre a situação mais tarde.

– Sim, senhor – Roth sussurrou com um sorriso que sustentava firmemente. Um sorriso que se transformou em uma careta tão logo ele saiu do laboratório e foi cumprir as ordens de Dragos. Quando seu telefone celular tocou em seu bolso, esforçou-se para não destruir o objeto ali mesmo.

– O que é? – disse, ríspido. Ele escutou, o sangue fervendo em suas veias, quando um agente lhe informou que tinha sua companheira em segurança e sob custódia.

– Ela está sozinha?

– Sim, diretor Roth. E, por algum milagre, parece estar intacta. Estamos com ela aqui, em seu escritório na Speicherstadt.

– Excelente – Roth entrou em uma sala de fornecimento desocupada e fechou a porta atrás de si. – Coloque-a na linha. Gostaria de falar com ela.

Claire queria ignorar o agente batendo na porta do banheiro, mas não podia esconder-se ali para sempre. Tampouco queria falar com Wilhelm, que, ao que parecia, esperava por ela do outro lado da linha naquele exato momento.

– Frau Roth – chamou o agente. – Está tudo bem aí dentro?

Ela se levantou do chão gelado onde estava sentada e abriu a porta. Ao sair do aposento escuro, recebeu o telefone celular que o agente empurrava para ela. Ela agarrou o aparelho e, lentamente, temerosamente, aproximou-o do ouvido. Logo descobriu que Wilhelm estava ali com o fôlego soprando quente no receptor e Claire sabia que estava furioso. Suas veias soavam uma advertência que ela não tinha paciência e nem tempo para reconhecer.

– Você mentiu para mim – disse ela como saudação. – Mas já mentiu sobre muitas outras coisas, não é mesmo?

A resposta dele foi uma ironia que cortava como uma lâmina.

– De que diabos você está falando?

– Os homens que enviou em casa no começo desta noite. Eles não tinham intenção alguma de prender Andreas e levá-lo pacificamente. Você enviou um esquadrão de morte.

– Andreas Reichen é um indivíduo muito perigoso – foi a resposta gelada. – E eu estava apenas pensando em sua segurança, Claire.

– Sério? – a voz dela aumentou ligeiramente, um tom apenas, mas o suficiente para chamar a atenção do agente que estava ali. – Se minha segurança era um problema para você, então por que insistiu que eu ficasse com ele? Você praticamente me atirou nos braços dele.

Com uma risada baixa, mais sarcástica do que nervosa, ele respondeu:

– Para falar a verdade, não vejo o motivo da angústia, querida. Você ajeitou tudo muito bem para sair dessa situação com o pescoço ileso, suponho.

Claire desprezou aquele comentário mordaz com um movimento firme de cabeça. Ela não deixaria que ele a envergonhasse, quando o que ela sentia por ele era raiva e repugnância, e não medo.

– O que aconteceu com a garota do *Afrodite*, Wilhelm? Ela se afastou de você *ilesa*?

O silêncio estendeu-se do outro lado da linha e deu a Claire a valentia para seguir adiante, para lançar tudo em uma só rajada de ar.

– O que você sabe sobre o ataque ao Refúgio de Andreas, Wilhelm? Teve algo a ver com isso? – ela quase engasgou com as terríveis palavras que disparava pelo telefone. – Você enviou uma Escrava à casa de Andreas com um esquadrão da morte, com a ordem de matar todos que estivessem lá dentro? Você é um assassino a sangue-frio?

– Pelo amor de Deus, Claire. Escute a si mesma. Você está me dizendo um monte de tolices paranoicas.

– Estou? – disse ela, escutando a vacilação na voz dele. Ela quase podia escutar sua mente sagaz refletindo, calculando seus erros e como amenizá-los.– O que há entre você e Andreas? Ele te ameaçou de algum modo? Ou é algo mais íntimo e pessoal... por causa do passado?

– Pouco me importa o passado – respondeu ele, carente de qualquer emoção. – E, a menos que eu esteja enganado, Claire, essa coisa entre Reichen e eu só se tornou pessoal há pouco tempo. Que tipo de companheiro seria eu se o permitisse profanar a santidade de nossa união e simplesmente sair andando? Não há um homem vivo na nação de toda a Raça que se negue o direito de defender sua honra.

Ah, Santo Deus. Ele tinha razão.

Se a violência que Andreas tinha orquestrado nas últimas semanas não fosse razão suficiente, ao beber dela, uma Companheira de Raça unida pelos laços perpétuos de sangue, ele assinara sua própria sentença de morte.

Claire engoliu o nó de medo que se formara em sua garganta ressecada.

– Você nunca me amou, Wilhelm. Ou amou? Por que você me queria como sua companheira? Por que lhe importa o que faço agora, quando nunca fui realmente uma parte de sua vida? Nosso vínculo nunca foi nada além de uma farsa.

– Se está procurando uma maneira de justificar suas ações, Claire, está muito equivocada. O fato é que você é minha companheira. E quando eu colocar minhas mãos em Andreas Reichen, exigirei todos os meus direitos e cobrarei tudo o que ele me deve. Com juros. Pode contar com isso.

Ela podia escutar o perigo naquele tom e soube, pela forma seca como ele interrompeu seus argumentos, que ele não teria piedade. Ela nunca tinha sido do tipo que implora, mas o pensamento de Roth enviando seus assassinos para perseguir Andreas fez seu coração se apertar como se estivesse em uma prensa.

– Wilhelm, por favor...

– Não implore, Claire. Não por ele – respondeu, cheio de veneno. – Ponha o agente de novo na linha, agora. Você vai à Agência com eles, ajudar com a busca daquele... animal.

– Wilhelm, não.

– Ponha o agente na linha, maldita seja!

Ela não teve de chamar a atenção dos seguranças. Ambos ficaram boquiabertos diante do furioso grito de Wilhelm, que ressoou em toda a sala. Um dos agentes se aproximou dela e apanhou o telefone de sua mão trêmula e relutante. Escutou por um momento e então indicou Claire ao outro segurança, dando-lhe instruções de não deixá-la sair em momento algum de sua custódia.

O coração de Claire golpeou frenético em seu peito enquanto o agente concluía sua conversa particular. Ela podia ver a confusão e a simpatia nos olhos do macho da Raça enquanto ele desligava e se aproximava dela com a calma constante de um soldado acostumado a conduzir situações complexas.

– A senhora precisa vir conosco agora – disse gentil, embora firmemente. – Temos ordens, Frau Roth. Sinto muito.

– Não – ele aproximou-se dela e o pânico de Claire disparou. – Não vou com vocês. Não se atreva a colocar as mãos em mim!

O segundo agente se moveu, sua expressão mais grave e sisuda.

– Melhor não tornar isso ainda mais difícil, Frau Roth.

Claire puxou o braço e deu dois passos, afastando-se deles, preparada para fugir, se pudesse alcançar a porta. Ela sequer se aproximou. Um guarda estava lá em um piscar de olhos. O outro se aproximou por trás dela e empurrou um objeto duro e frio contra a parte baixa de suas costas.

Ela sentiu a mordida abrasadora da arma um instante antes de o choque abalar suas pernas. Caiu contra o chão gelado com um grito partido, a dor ondulando através de seu corpo.

– Pegue-a – escutou, ao longe, um deles dizer. – Vou abrir o carro.

Claire se sentia sem forças quando duras mãos a puseram de pé. Escutou a porta se abrir, sentiu o frio do ar noturno patinar pelo chão do lado de fora. E então um grunhido baixo, um barulho encharcado, de alguém se afogando, ofegando, tentando respirar.

O agente que segurava Claire a soltou, enquanto enfrentava o que quer que estivesse agora na soleira da porta aberta.

– Que merda é essa?!

Claire levantou a cabeça e não pôde conter seu pranto de alívio aturdido.

Andreas.

Ah, Santo Deus... Ele voltara por ela.

O grande corpo do macho bloqueava a entrada, os olhos flamejantes, as presas brancas brilhando ameaçadoramente. A seus pés jazia o sangrento cadáver do agente que a tinha neutralizado, a garganta brutalmente cortada e separada por uma barra negra de ferro forjado. Enquanto o segundo agente sacava a arma e se preparava para alvejar o agressor, Andreas o jogou para dentro e disparou com a arma de seu companheiro, matando-o com a mira rápida e mortal de um franco-atirador.

Logo estava ao lado de Claire como se nada mais existisse.

- Claire... Jesus Cristo - a voz dele era rouca e sua expressão, mais grave do que ela jamais vira. Ele deslizou suas mãos suaves pelo rosto dela, tocando cada centímetro como se temesse que ela estivesse quebrada. Seus fortes dedos tremiam contra a pele dela. Por um momento ela pensou, desesperadamente esperançosa, que ele fosse beijá-la de novo. – Você está ferida?

Ela sacudiu a cabeça em negação, sentindo-se instável e vacilante, até que Andreas colocou o braço dela em volta de seus ombros e a conduziu para longe de todo o sangue e de toda aquela morte que jazia e infectava o chão.

- Não estamos mais a salvo na cidade agora - disse ela. - Acabo de falar com Wilhelm. Ele sabe que eu estou com você. Sabe que você bebeu de mim.

A boca de Andreas comprimiu-se fortemente. Algo sombrio cintilava em seus olhos. Remorso, talvez? Arrependimento?

- Não acredito que nenhum de nós esteja a salvo dele a partir de agora - ela completou.

Ele a encarou por um longo momento, um olhar intenso e penetrante. Em seguida, assentiu brevemente.

- Você vem comigo, Claire. Não importa o que aconteça, vou protegê-la.

Capítulo 10

Reichen tirou as armas, as chaves, os celulares e o dinheiro dos agentes mortos e os largou na casa. Em seguida, fez um sinal para que Claire o seguisse até o SUV estacionado na rua.

– Aonde vamos? – perguntou ela, enquanto entravam no veículo e Reichen dava a partida. – Não vai demorar muito até que Wilhelm envie metade da agência atrás de nossas cabeças.

Reichen reconheceu esse fato com um gesto sombrio.

– Não podemos ficar em Hamburgo. Provavelmente o melhor a fazer é deixar a Alemanha.

– E ir para onde? Ele tem contatos por toda a Europa. Não podemos confiar em ninguém dos Refúgios, nem nos agentes.

– Podemos confiar na Ordem.

Pelo canto dos olhos, Reichen registrou a reação duvidosa de Claire.

– A Ordem? Pelo que ouvi dizer, eles não têm exatamente uma política de portas abertas. Por que um grupo de guerreiros perigosos estaria disposto a nos ajudar?

Reichen resistiu à tentação de corrigir a opinião da jovem a respeito da Ordem, uma ideia incorreta embora amplamente aceita entre a população da Raça por gerações. Ele deslizou o olhar para o rosto dela.

– Trabalhei com Lucan, Tegan e os outros guerreiros há cerca de um ano. Na noite em que meu Refúgio foi atacado, eu estava fora de Berlim, em uma missão da Ordem. Nós estávamos compilando informações sobre uma série de assassinatos de vampiros Primeira Geração e procurando possíveis vínculos com os clubes de sangue espalhados pela Europa.

– Você e a Ordem... trabalhando juntos? – ela então ficou quieta, analisando-o em silêncio enquanto ele girava o SUV por uma agitada alameda que levava para fora de Hamburgo. – Há tanto que já não te conheço, Andre. Tudo parece tão diferente agora.

Nem tudo, ele pensou, recordando-se do modo muito familiar como a sentira pressionada contra ele, a boca dele na dela em um beijo quente. Sentia-se possessivo ao seu lado. Ferozmente protetor. Tudo o que ele sentira com ela no princípio. O tempo não tinha mudado nada daquilo, muito embora isso não fosse motivo para celebrar.

A necessidade de tê-la por perto naquele momento era quase entristecedora. Ele sabia que ela estava bem, no geral. Mas a simples ideia dela sendo empurrada pelos agentes... neutralizada por eles, pelo amor de Deus... fazia seu sangue ferver com fúria insana. O sabor do medo dela, da dor dela ainda ecoava em suas veias.

Isso era algo novo: o vínculo que ele lhe tinha usurpado quando a mordera sem ser convidado. Apesar de Claire não o condenar por isso, ele levaria a culpa daquela ação para sempre. Especialmente uma vez que a deixasse viúva e sozinha, depois de esmagar a vida de Wilhelm Roth.

Alguma parte mercenária dele achava que a perspectiva da morte iminente de Roth se tornava ainda mais atraente diante da ideia de tornar Claire livre para escolher outro companheiro. Particularmente se esse novo companheiro pudesse ser ele. Mas, apesar do fato de ele já estar vinculado com ela por sangue, Claire merecia algo mais do que ele podia lhe oferecer. Ela sempre mereceu mais.

– Está com fome? – ele perguntou, ansioso por afastar sua mente de todos os males que causara a ela, agora e antes. – Não comeu nada o dia todo. Deve estar faminta.

Ela encolheu os ombros, evasiva.

- Se não for uma boa ideia parar em algum lugar, eu entenderei...

- Você precisa de comida - disse ele, mais rudemente do que pretendia. – Vamos parar em algum lugar.

Como Companheira de Raça, a saúde perfeita de Claire e sua longevidade eterna dependiam do influxo regular do sangue de um macho da Raça, mas seu corpo ainda solicitava comida *comum* para funcionar. Para Reichen, arriscar o tempo para buscar um sanduíche era um inferno muito mais apetecível do que pensar em Wilhelm Roth nutrindo Claire como somente seu verdadeiro companheiro poderia fazer. Ele se perguntava quanto tempo teria se passado desde que ela se alimentara da veia de Roth. Não muito, adivinhou, julgando pelo quão forte e juvenil ela aparentava estar. Se perguntava quanto tempo tinha passado desde que ela se deitara com Roth.

Será que ela alguma vez o amou?

As perguntas amargavam em sua língua, mas ele as engolia de volta. Não, ele não queria saber se Wilhelm Roth tinha estado com Claire, ou o quão recente o encontro teria sido. Ela não lhe pertencia e seria melhor que ele colocasse todos aqueles pensamentos de lado e mantivesse a concentração no que importava agora, na única coisa que importava agora: manter sua promessa de vingar as inocentes almas que Roth destruíra. Se não pudesse fazer isso, então não era bom nem para si nem para ninguém.

Reichen dirigiu por um momento sem falar, trabalhando duro para ignorar o fato que apenas uma pequena peça de couro e plástico o separava de Claire. Pelo menos ele não tinha entrado em erupção no escritório de Roth. Podia agradecer ao sangue de Claire por essa pequena graça. A algumas quadras do lugar, ele sentira a angústia de Claire e então percebera que as chamas voltavam à vida dentro dele. Mas, de alguma forma, no momento em que voltou para enfrentar os agentes que subjugavam Claire, conseguiu mantê-las sob controle.

Em parte.

Apesar de todas as suas promessas de que a manteria a salvo, ele sabia que seu poder destrutivo era um perigo real para Claire. Quanto mais o usava, mais seu domínio escorregava-lhe por entre os dedos como água corrente. Não sabia quanto tempo poderia levar antes que o fogo preso dentro dele queimasse completamente sem controle.

Não se importava nem um pouco com o que lhe acontecesse, mas se o calor escapasse de seu controle enquanto Claire estivesse por perto...

Reichen olhou para o belo perfil que se refletia na luz leitosa do painel. A cabeça dela estava inclinada enquanto as mãos tentavam tirar um pequeno nó do suéter. Ela se concentrou na pequena imperfeição, preocupada em não perder o fio solto entre seus graciosos dedos de pianista; os cabelos de ébano, soltos, agitavam-se com o vento quente.

– Do que ele tem medo? – ela murmurou, franzindo a testa. – O que Wilhelm precisa proteger de você?

Reichen sacudiu a cabeça.

– Não sei. E, francamente, não posso dizer que me importo agora. Não me importa por que ele fez o que fez. Tudo o que resta é o fato de que ele deve pagar.

Ela se virou em seu assento, os olhos escuros brilhando cheios de suspeita.

– Ele se sente ameaçado por você, Andreas. Não por alguma coisa que tenha acontecido nas últimas duas noites, mas antes disso. Por que tomaria uma decisão tão drástica quanto mandar atacar seu Refúgio?

– Suponho que ele não gostava do fato de eu estar remexendo seus assuntos. Sentiu que precisava enviar uma mensagem grave para mim.

Claire assentiu sombriamente.

– E o que acha que poderia encontrar? Não acredito que isso tenha algo a ver com a garota desaparecida do clube. Isso não justificaria o tipo de represália que ele tomou.

– Então você acredita em mim agora?

Ela lançou um olhar ainda mais soturno.

– Não quero acreditar, mas depois de falar com Wilhelm essa noite... é mais difícil duvidar de você agora do que confiar em algo que ele me disse. Você o assustou, Andre. Ele ainda tem medo do que possa saber ou do que poderia fazer. A pergunta é: *por quê*? O que ele está protegendo?... Ou quem?

Um nó de frieza se formou nas vísceras de Reichen enquanto Claire falava. Ele nunca se perguntara por que Roth tinha ido atrás dele. Assumira que tinha sido uma combinação de velha animosidade com nova oportunidade, quando Reichen sem saber colocou Helene na mira de Roth. O motivo na verdade não tinha parecido importante. Não quando a raiva e a dor eram as únicas coisas que Reichen havia conhecido nas sequelas do massacre.

Ficara cego por sua fúria. Por sua necessidade de vingança. Nunca se detivera para considerar a simples verdade que Claire acabava de lhe mostrar.

Roth tinha algo muito importante para ocultar. Algo que ia muito além de suas secretas alianças com gângsteres, ladrões e políticos que tendiam a gravitar acima dos agentes. Sim, ele estava protegendo um segredo monumental. Algo pelo qual valia acabar com as vidas de mais de uma dúzia de pessoas sem hesitar, que valia inclusive mais do que isso. Reichen agora tinha certeza.

Enquanto observava a linha negra da estrada, um nome deslizou em sua mente como uma serpente: *Dragos*.

Santo Deus. Será que os dois estariam conectados de algum modo? Será que ele havia chegado muito perto de descobrir algum tipo de aliança macabra entre Dragos e Roth?

Se antes ele tinha um motivo para entrar em contato com a Ordem em Boston, agora realmente não poderia esperar mais um segundo sequer.

Reichen pisou no acelerador, seus pensamentos voando tão negros quanto a paisagem noturna que corria pelas janelas do SUV.

Fora da cidade já há alguns minutos, ele viu um *cybercafé*. Saiu da estrada e se dirigiu para lá, rezando para que seus instintos estivessem equivocados sobre Roth e Dragos estarem juntos.

E se seus instintos tivessem razão?

Ah, merda.

Se aquilo fosse verdade, então ele acabara de cravar o último prego não apenas na tampa de seu caixão, mas também no de Claire.

Ele a acompanhou para dentro do café, e sentaram-se na mesa mais afastada dos outros clientes. Usando alguns euros que tinha tirado dos agentes mortos, Reichen comprou para Claire um prato de sopa e um sanduíche, e conseguiu para si mesmo uma hora em um computador.

Enquanto ela comia, ele abriu a busca da internet em seu computador alugado e inseriu a senha de emergência da Ordem. Era uma página de busca genérica, preta e básica, com um cursor sem legenda que piscava na tela como se esperasse carregar.

Reichen digitou um código de acesso e a senha que Gideon lhe dera em Boston há alguns meses, quando havia começado seu trabalho à distância para a Ordem. Apertou a tecla *enter* e esperou, sem saber se aquela senha ainda seria válida. Então, o cursor desapareceu e ele ficou olhando para uma tela negra e vazia.

– O que você está fazendo? – Claire perguntou, aproximando-se.

Reichen sacudiu a cabeça, pensando que os guerreiros deviam tê-lo dado como morto depois da destruição de seu Refúgio.

– Esta página dá acesso ao complexo de Boston. É totalmente criptografada e continuamente monitorada pela Ordem. Uma vez que for verificada, deveremos receber uma resposta de Gideon.

Tão logo ele terminou de falar, o cursor voltou a aparecer, pedindo um meio de contato. Reichen escreveu um dos números dos telefones celulares da Agência, informando que a linha era roubada e provavelmente comprometida, longe de ser segura.

A resposta do Gideon foi instantânea: *Reconhecida e sem problemas. Chamando agora.*

O celular começou a tocar.

Reichen atendeu falando seu nome e uma série de palavras de segurança ao pedido computadorizado que simplesmente articulara: *Identificar.*

– Suponho que foi uma maldita boa ideia eu ter ficado com preguiça e mantido seus dados de acesso ao sistema – Gideon disse quando a chamada completou. – Jesus! É bom escutar sua voz, Reichen. A última notícia da Alemanha era de que tínhamos te perdido. Vejo que está ligando de Hamburgo. Que diabos está acontecendo aí?

Reichen tentou relatar as últimas semanas em uma explicação sucinta dos eventos, contando tudo, desde o ataque à sua casa por Wilhelm Roth até a sistemática caça pelo vampiro e seus sócios conhecidos. Disse que Roth e seus seguranças da Agência estavam em seu encalço e que a situação estava inclusive mais complicada agora que Claire estava fugindo com ele. Não pôde, também, deixar de confessar o que fizera com Claire no escritório de Roth.

– Pelo amor de Deus, Reichen – o guerreiro escarneceu no outro lado da linha. – Ela é companheira de sangue dele. Você sabe que ele está em seu direito de matá-lo por conta disso, não sabe? Diabos, ele poderia cortar sua cabeça na frente de cada líder de Refúgio em toda a nação de vampiros e ninguém poderia condená-lo por isso.

– Sim, eu sei – Reichen não pôde se abster de olhar Claire e pensar o quão baixo a vida dela tinha descido nos poucos dias em que ficara em sua companhia. – Não me importa o que Roth possa tentar fazer comigo. É Claire quem precisa de amparo agora. Roth está mais que irritado, e não acredito que não iria descarregar sua raiva nela. Esta noite seus agentes já tentaram mantê-la sob custódia. Um deles a golpeou com um laser antes que eu tivesse a oportunidade de... *apagá-lo.*

Gideon deixou escapar um suspiro agudo.

– Jesus. Esse Roth é um verdadeiro comandante, não é?

– E tão sujo quanto possível – Reichen disse. – E tem mais: estou começando a suspeitar de que ele pode estar envolvido em algo muito maior que imaginamos. Há uma possibilidade de que ele possa estar se misturando com Dragos.

– Ah, merda... Você tem alguma prova ou está apenas seguindo seus instintos?

– Instintos por enquanto, mas estou certo como o inferno de que isso não me surpreenderia...

– Ok – Gideon disse. Houve um repentino som de dedos voando sobre um teclado enquanto o guerreiro em Boston falava. – Primeiro, temos de tirá-los de Hamburgo. Estou providenciando que vocês sejam buscados, mas infelizmente não seremos capazes de pousar até amanhã à noite. Tem algum lugar onde ficar até o amanhecer?

Reichen considerou suas opções, que eram praticamente inexistentes.

– Temo que nada seguro, por enquanto. Roth tem os dedos nos bolsos de muita gente. Qualquer um poderia nos entregar...

– Entendido. Muito bem, escute. Você está a três horas de trem da Dinamarca. Se conseguirmos um teto a salvo com um amigo da Ordem, acredita que pode fazer a viagem sozinho?

– Faremos – Reichen disse, convencido de que o fariam. Sua ferida de bala estava se reparando rapidamente e sua força estava a todo vapor. Se tivesse de fazer a viagem para a Dinamarca a pé levando Claire em seus braços, por Deus, ele o faria.

Mais som de teclas ecoou do outro lado da linha.

– Estou enviando a mensagem para nosso contato enquanto falamos – Gideon completou. – Deve levar um minuto ou dois para receber a resposta.

– Gideon... – Reichen disse. – Não posso agradecer o suficiente.

– Não precisa agradecer. Você nos ofereceu cobertura mais de uma vez. Retribuímos agora – houve uma ligeira pausa no lado de Gideon, depois uma risada baixa. – Ok, acabamos de ter uma confirmação da Dinamarca. Seu contato vai encontrá-los na estação de trem em Varde. Ela saberá cuidar de vocês. Procure uma loira escultural com um menino pequeno. Seu nome é Danika.

Reichen escutou, depois assentiu para Claire.

– Muito bem. Estamos a caminho agora.

Dragos acordou sobressaltado de um pesadelo, o suor frio escorrendo pela testa. Sentou em sua cama e piscou olhando em volta, aliviado por ver que se encontrava em seu quartel general. Era amo e senhor do oculto, em seu domínio subterrâneo que tinha esculpido há mais de um século em uma grande extensão de granito de Connecticut nas pedra angulares. Tudo estava ali.

O pesadelo não era real.

Não ainda, de todo modo.

E nunca o seria, se dependesse dele.

Nas várias semanas desde que sonhara pela primeira vez com a visão de sua humilhante derrota – uma visão que havia sido revelada nos olhos de uma jovem bruxa presumivelmente agora instalada com a Ordem –, Dragos estava sendo acossado por pesadelos. Não podia se livrar da visão de seu laboratório cheio de fumaça, todo o seu precioso equipamento bagunçado e destruído... e a jaula de luz ultravioleta vazia; seu monstruoso ocupante – sua arma secreta – já não estava lá dentro. O pior de tudo era a lamentável visão que tivera de si mesmo: vencido, suplicando, rogando de joelhos por piedade.

– Nunca – disse bruscamente, como se pensasse que podia, apenas com sua fúria, dissipar a revelação da menina vidente. Levantou da cama, vestiu um robe de seda sobre o corpo nu e saiu do quarto para o estúdio adjacente. Um grande monitor *touchscreen* estava em uma mesa antiga, ornamentada, que tinha pertencido a um imperador humano. Dragos passou um dedo pela superfície da tela e o gesto fez aparecer um vídeo de seu laboratório.

Ah, sim, pensou, angustiado com a profundidade de seu alívio. *Tudo ainda está ali.*

O brilho das estreitas barras verticais de raios ultravioletas incomodava seus olhos hipersensíveis, mas ele não se importava. Aproximou a imagem da letárgica criatura meio morta de fome que estava na cela - a criatura que compartilhava sua linhagem de sangue. A criatura letal de outro mundo que era, na verdade, seu avô. Não que a linha de sangue importasse, pessoalmente. Mas o poder das células sanguíneas e o DNA do Antigo haviam provado ser instrumentos para os objetivos de Dragos.

Depois de décadas de trabalho, séculos de paciência permanecendo escondido, organizando suas peças enquanto esperava o momento certo para fazer seu movimento, a hora vitoriosa de Dragos estava quase em suas mãos.

Seria um maldito se deixasse a Ordem tirar a glória de suas mãos antes que ele a experimentasse.

Medidas já estavam sendo tomadas para evitar que aquela visão se tornasse realidade. Estava fazendo várias mudanças na sua operação. Tomando drásticas providências para proteger seu patrimônio.

Não ia ficar sentado e deixar que os guerreiros em Boston prejudicassem seu trabalho. A Ordem era um problema de que ele não precisava – um problema com o qual não podia correr risco quando estava tão perto da vitória. Eles tinham pedido uma guerra quando irromperam em sua reunião fora de Montreal no verão passado, obrigando a ele e seu círculo particular de aliados da alta sociedade a fugirem pelos bosques como ratos em um navio que afunda. Tinha sido um imbecil golpe público que lhe surrupiara a autoridade, sem mencionar o custo de seu precioso tempo. Ele faria os guerreiros pagarem por aquilo.

Mas Dragos também tinha outro problema.

Abriu o programa de teleconferências em seu computador e chamou o quarto de Wilhelm Roth do outro lado da fortaleza. O vampiro alemão, diretor de uma Agência em Hamburgo, certamente não estava acostumado a brincar de subordinado, e Dragos se divertia com a ideia de despertá-lo no meio da manhã. Para seu crédito, ele respondeu a chamada antes do segundo toque, eficiente como sempre. Era uma de suas virtudes, pelo que Dragos sabia. Isso, e o fato de que Roth era implacável com suas ambições.

– Senhor – ele disse, seu rosto movendo-se para a frente do monitor de seus aposentos. – Como posso servir?

– Relatório – Dragos ordenou, olhando fixamente seu tenente. Roth limpou a garganta.

– Tudo preparado. O primeiro passo da operação começou na noite passada. Não deve demorar muito até que tenhamos um compromisso.

Dragos grunhiu uma aprovação.

– E quanto ao outro assunto?

Houve um momento de dúvida, mas isso foi tudo. Dragos se perguntou se Roth sabia que sua honestidade agora era a única coisa que o mantinha com vida. Roth limpou a garganta novamente.

– Estou conduzindo uma situação... *pessoal* em Hamburgo, senhor.

– Sim – Dragos disse, sem necessidade de acanhamento. Por meio de outros contatos no estrangeiro, ouvira tudo sobre o devastador ataque nas duas residências alemãs. Também tinha ficado sabendo que a companheira de Roth estava desaparecida. Depois do confronto com os agentes no escritório particular de Roth em Hamburgo, presumia-se que fora sequestrada por um vampiro que evidentemente tinha algum assunto a tratar com Roth. Um vampiro que, segundo rumores, tinha laços estreitos com a Ordem.

A mandíbula de Dragos se apertou com fúria enquanto ele pensava em todos os cenários que poderiam lhe trazer um monte de problemas.

– O que pensa em fazer, Herr Roth?

– Estou cuidando disso, senhor.

– Assim espero – Dragos insinuou. – Estou certo de que não preciso lhe dizer que a mulher agora é um risco. Se ela está nas mãos do inimigo, então é mais um instrumento que pode ser usado contra nós. Contra mim.

Roth estreitou os olhos.

– Ela não tem ideia de onde estou. Eu nunca lhe confiei nada de tamanha importância. Além disso, ela sabe seu lugar quando se trata de meus assuntos.

– E quanto tempo você acredita que o sequestrador levará para encontrá-lo usando seu vínculo de sangue com ela? – Dragos perguntou. – Se a usarem para encontrá-lo, vão me encontrar também.

– Isso não acontecerá, senhor.

– Eu quero uma solução rápida para isso. Rápida e permanente – Dragos disse, sabendo o que estava pedindo. – Está preparado para fazer isso, Herr Roth?

O alemão sorriu friamente.

– Considere-o feito, senhor.

Dragos assentiu.

– Bom. Obviamente, enquanto essa mulher estiver respirando, sua presença é como veneno para essa operação. Vá para Boston até poder me assegurar de que *eliminou* esse problema. Você deve partir até o amanhecer, Herr Roth.

O vampiro acenou com a cabeça em um gesto de respeito.

– Perfeitamente, senhor. Como desejar.

Capítulo 11

Umas poucas horas depois de deixarem o *cybercafé* em Hamburgo e tomarem um trem rumo à Dinamarca, Claire e Andreas foram escoltados a um Refúgio rural, cortesia da Ordem. O contato deles, uma bela Companheira de Raça loira chamada Danika, os havia levado para dentro de casa como se fossem sua própria família – sempre amigável e hospitaleira, ela não fez nenhuma pergunta.

– Espero que fiquem confortáveis – ela disse enquanto os conduzia a uma alegre cozinha localizada na parte traseira da casa. – Temos apenas um quarto de hóspedes e um banheiro, podem ficar à vontade.

A casa de campo em que Danika vivia com seu filho Connor e outro casal de companheiros era pequena para os padrões de um Refúgio. Usualmente os membros da população da Raça viviam em mansões, castelos e, ocasionalmente, em edifícios de alto padrão. Os Refúgios geralmente eram constituídos por comunidades muito unidas de dezenas de pessoas, todos considerando uns aos outros como membros da família, embora não estivessem relacionados por sangue.

Mas a organização da vida de Danika não era o único traço incomum a seu respeito. Ela era mãe de um menino muito jovem, um doce bebê com sua cor clara e fortes genes de um pai que era da Raça. Ela não tinha mencionado um companheiro, e aí parecia haver um ar de nostalgia na mulher, especialmente quando olhava seu filho.

Como agora, quando o pequeno Connor estava recostado nos braços de Danika, apontando de forma empática para Andreas. Os grandes olhos azuis do menino estavam arregalados e ansiosos, enquanto o olhar de Andreas estava sombrio pela ruga de sua testa.

- Sinto muito - Danika disse. - São os dermoglifos aparecendo no alto de seu pescoço. Connor está fascinado por eles nas últimas semanas.

Andreas grunhiu e deu um assentimento ao jovem da Raça.

- Ele já reconhece os de sua espécie. Garoto inteligente.

Danika sorriu.

- Sim, é.

Claire olhou com uma surpresa silenciosa enquanto Andreas arregaçava a manga e revelava mais marcas de pele da Raça, para o óbvio deleite de Connor. O menino vampiro esticou sua pequena mão gordinha e deu uns tapinhas nos formosos redemoinhos e arcos que percorriam o musculoso antebraço de Andreas.

- Pa! - ele exclamou. - Pa! Pa!

- Ah! - as bochechas da tez esbranquiçada de Danika brilharam enrubescidas instantaneamente. - Não, carinho, este não é seu pai. Ah, Deus... sinto muito. Que vergonha.

Claire e Andreas caíram na gargalhada.

- Está tudo bem - ele disse. - Asseguro-lhe que já fui chamado de coisas muito piores.

Danika sorriu, mas o rastro de dor estava presente novamente em seus olhos.

- O pai de Connor, Conlan, foi um guerreiro da Ordem. Foi assassinado em uma missão antes que Connor nascesse.

- Sinto muito - Claire murmurou, dando-se conta de que a perda era recente, já que o filho de Danika provavelmente não tinha nem dois anos de idade.

Danika encolheu os ombros suavemente, limpando em seguida a garganta.

– Depois que perdi Conlan, fui para a Escócia, a terra natal dele, para ter Connor. Pensei que talvez pudesse ficar lá para sempre e criar nosso filho nas *highlands* que Conlan tanto amava, mas estar em seu país sem ele me fez sentir ainda mais saudades. Voltei para casa, na Dinamarca, no ano passado.

Andreas deslizou a larga mão pelo topo da cabeça loira de Connor.

– Ele ficaria orgulhoso de você, Danika, não importa onde tenha escolhido criar seu filho.

– Obrigada por dizer isso.

Ela sorriu timidamente, encantada, Claire supôs, pelo suave olhar que Andreas lhe dera. E ele também estava particularmente encantado, enquanto pegava o pequeno menino em seus grandes braços para deixá-lo explorar mais de perto os dermoglifos que tanto o intrigavam. Claire viu um resplendor do homem que recordava o passado: o despreocupado, carismático Andreas por quem se apaixonara perdidamente há tantos anos.

Desde que ele retornara à sua vida, há duas noites, Claire tinha pensado que o homem que conhecera e adorara estava desaparecido. Ela pensou que uma parte dele tinha sido consumida pelas chamas que levaram sua família e o deixaram como único sobrevivente, insistindo em uma vingança.

E pensar que ela certa vez o havia condenado por não ser suficientemente sério com a vida... com ela. Ela chegou a temer suas atitudes evasivas. Preocupou-lhe que talvez ele nunca ficasse contente com uma mulher apenas, e talvez ele de fato nunca tivesse ficado. Ela certamente escutou sobre suas numerosas companhias femininas através dos anos – mulheres mortais, todas elas.

Claire sabia que ele nunca tinha tomado para si uma Companheira de Raça, com quem teria filhos, e ela tinha nutrido uma alegria secreta por ele ter permanecido sozinho todo esse tempo. Quanto a seu próprio mal escolhido companheiro, sua união sem amor com Wilhelm Roth tampouco tinha produzido descendência – o que era uma bênção, agora que estava começando a saber mais sobre a traição de Wilhelm.

Apesar da imprudência e da libertinagem de Andreas na época em que Claire o conhecia melhor, ele teria feito uma mulher muito feliz, teria sido um companheiro maravilhoso. Ela via isso agora, via na forma amável como ele falava com Danika e na facilidade com que hipnotizava o pequeno Connor.

Claire o olhou e se perguntou como eles puderam perder tanto tempo, como puderam permitir que tantos enganos e equívocos se intrometessem entre eles.

Perguntou-se quanto tempo ela levaria para esquecer esse vibrante e magnético lado dele de novo, uma vez que as cinzas se assentassem na perigosa viagem em que se encontravam juntos.

Como sua vida poderia seguir em frente, com tudo o que estava sabendo sobre Wilhelm e tudo que desejava ter uma vez mais com Andreas?

- Meu Deus, não posso acreditar que já é quase de manhã - Danika disse, sua melódica voz rompendo através do peso dos pensamentos de Claire. - Vocês devem estar exaustos. Gostariam de ver onde vão dormir?

Claire assentiu, com medo de que seus sentimentos se mostrassem em seu rosto, a julgar pela ternura e simpatia com que a outra Companheira de Raça a estava olhando. Encenou uma expressão ilegível - uma habilidade que tinha aperfeiçoado durante anos como companheira de Wilhelm Roth.

- O que eu realmente gostaria é de um bom banho quente - ela disse, sentindo o olhar de Andreas percorrer-lhe o corpo, embora seu pedido lhe parecesse perfeitamente razoável.

- É claro - Danika replicou. Ela olhou para Andreas, que ainda estava segurando o deleitado Connor. - Se importaria de cuidar dele enquanto mostro a Claire o andar de cima?

– Sem problemas – ele disse, seus olhos em Claire com uma intensidade que fez seu sangue uivar nas veias. – Leve o tempo que precisar. O pequeno e eu ficaremos bem.

Claire sentiu o olhar quente dele segui-la, tão evidente quanto uma carícia prolongada, enquanto Danika a conduzia pelas escadas ao segundo andar da casa.

– O banheiro é aqui – disse a loira alta, assinalando a porta aberta de um banheiro no início das escadas. – Ninguém usa esta parte da residência, então, por favor, considere-se em casa. O quarto fica no final do corredor.

Claire mal pôde conter um suspiro enquanto caminhava para dentro do quarto de hóspedes com seu piso de madeira dourada, móveis de cerejeira escura e uma cama *king size* coberta por um edredom macio. Passara muito tempo desde a última vez em que estivera em um quarto que emanava algo tão caseiro, tão aconchegante.

– Separei algumas roupas e vocês vão encontrar toalhas no banheiro. Não sei como era em sua casa, mas espero que estejam suficientemente cômodos aqui.

– É adorável – Claire respondeu. Ela se aproximou da cama maciça e deslizou seus dedos pelo tecido cinza e creme cuidadosamente elaborado com desenhos nórdicos. – Esse quarto lembra a casa de minha família em Rhode Island.

Danika sorriu.

– Ah, então você é americana? – ela se dirigiu para um alto armário e abriu as portas com maçanetas de bronze polido. – Não achei que soasse como uma alemã nativa. Não tem sotaque algum.

– Não. Eu vim para a Europa há muitos anos, estudar música, na verdade – Claire caminhou para ajudar a outra mulher a pegar alguns travesseiros extras e uma manta de lã dobrada. –Acho que eu era muito idealista na época, como muitos jovens. Estava dividida entre meu amor pelo piano e a necessidade pessoal de fazer algo importante com a minha vida, como salvar o mundo.

- Não acho que o mundo possa ser salvo - Danika disse, pondo nela um solene olhar azul. - Há tanta corrupção e tragédia por todos os lados. Pessoas boas morrem todo o tempo, inclusive os que se esforçam para fazer um bom trabalho e para melhorar a vida dos outros.

Claire assentiu.

- Meus pais foram esse tipo de pessoa. Minha mãe deixou uma vida muito confortável na Nova Inglaterra para ajudar a levar água limpa e medicamentos a um pequeno país na África. Ela conheceu meu pai, um jovem médico do Zimbábue, enquanto estava no exterior. Eles se apaixonaram quase instantaneamente, mas, naquele tempo, não era fácil conseguir o matrimônio entre uma mulher branca americana e um homem negro africano. Quando minha mãe engravidou de mim, ela voltou para os Estados Unidos antes que eu nascesse. Meu pai ficou e continuou com seu trabalho, e esperou que retornássemos para que fôssemos uma família. Poucos meses depois, um conflito explodiu na região. Minha mãe não podia suportar ficar longe dele enquanto a guerra destruía a vila em que eles trabalharam tão duro. Ela voltou para a África e, um mês depois de sua chegada, os dois foram assassinados quando as forças rebeldes se apresentaram em seu campo.

- Ah, Claire... - Danika a envolveu em um abraço carinhoso. - Que horrível para você e para sua família. Sinto muito.

Havia muito tempo que Claire não pensava na perda dos pais - um casal que ela conhecia apenas por fotos e pelas histórias que sua avó em Rhode Island tinha compartilhado com ela enquanto ia crescendo, sem pais e diferente, ainda uma menina na privilegiada alta sociedade de Newport. Agora todos os seus parentes nos Estados Unidos já haviam partido. A casa em Newport ainda era sua propriedade, atendida por empregados que cuidavam das contas e da manutenção, mas haviam se passado quase duas décadas desde que Claire estivera lá. De repente, ela sentiu saudades do sentimento de estar realmente em casa.

Danika a soltou depois de um momento e mudou para um assunto mais tranquilo.

- Então, qual de suas metas você acabou perseguindo?

- Nenhuma, de fato - Claire admitiu. - Não muito tempo depois que eu cheguei à Alemanha, tive meu primeiro encontro com um membro da Raça. Ele era muito jovem, quase um adolescente. Era tarde na noite, eu estava caminhando para casa sozinha depois de um concerto. Eu pensei que ele queria roubar minha carteira, mas na verdade estava atrás de algo mais. Estava a ponto de me morder quando outro macho da Raça o deteve.

- Andreas? - Danika supôs, sorrindo. Claire sacudiu a cabeça.

- Não, não ele. Outro. Alguém muito importante em Hamburgo, embora naquele momento eu não soubesse. Sentiu o cheiro do meu sangue quando o outro macho me jogou no chão e eu ralei os joelhos. Percebeu que eu era uma Companheira de Raça, partiu contra o outro vampiro e me tomou como sua pupila. Só conheci Andreas depois.

E, como na condenada relação de seus pais, ela e Andre também apaixonaram-se instantânea e perdidamente. Ela passara os últimos trinta anos tentando esquecê-lo, tentando convencer a si mesma de que não estava mais apaixonada por ele.

- Um tempo tão longo para ficar afastada! Sei o quão difícil é ser privada de coisas pelas quais seu coração anseia – murmurou Danika, um pouco ausente.

Claire lançou um olhar sobressaltado para ela.

- O quê... como você sabe...?

A outra Companheira de Raça expirou.

- Perdoe-me. Não quis me intrometer em seus pensamentos – disse, levando o dedo indicador à têmpora. - Meu talento me dá medo.

Não gosto de ler pensamentos, e digo a verdade, a maior parte do tempo odeio o que posso fazer. Infelizmente, desde que Conlan se foi, meu talento está ficando mais e mais incontrolável. Não tomei outro companheiro, nem sequer tentei, e, sem beber regularmente do sangue de Conlan, minhas habilidades parecem agir por conta própria, contra meu desejo. Sinto muito, Claire. É mal-educado da minha parte.

– Está tudo bem.

– Não sei se trará algum tipo de consolo, mas não está sofrendo sozinha. Andreas também sente isso, sabe? Ele sente a mesma dor que você – Danika sorriu brandamente. – Os pensamentos dele na outra sala são tão claros para mim como os seus aqui, agora. Ele está se debatendo de raiva, mas está ferido de outra maneira, também.

Claire a olhou fixamente, incapaz de pronunciar quaisquer palavras. Quase mesmo incapaz de respirar.

– A vida é preciosa – continuou Danika. – E é tão curta, mesmo para aqueles como nós. Quatrocentos e dois anos com Conlan não foram o bastante. Não costumamos ter segundas oportunidades, nem na vida nem no amor. Se tivesse apenas um minuto a mais com Conlan, eu não desperdiçaria lamentando-me. Deixe que Andreas saiba o que você sente de verdade.

– Mas ele não é meu – murmurou Claire brandamente. – Não mais.

– Tente dizer isso ao seu coração – Danika deu um ligeiro apertão na mão de Claire. – Tente dizer isso ao coração dele.

Reichen evitou subir ao outro andar durante horas depois que Danika retornou para buscar seu filho. Ela e Connor tinham ido entreter-se pelo resto do dia, deixando Reichen rondar pela silenciosa granja, matando o tempo e tentando não pensar no fato de que Claire estava na cama em algum lugar do andar acima dele.

Na cama completamente sozinha, seu doce corpo relaxado e lânguido; sua pele ligeiramente morena e aveludada ao toque, cada centímetro delicioso de seu delicado, suave e caloroso...

Santo Cristo.

Desde o momento em que ela havia pedido para tomar um banho, ele estava condenado a imaginá-la sem vestido e refrescada depois de uma longa ducha quente. Foi tentado, quase além da razão, a saltar os degraus atrás dela quando Claire subiu com Danika, uma sensação que ainda tinha de passar. Não queria nada mais do que estar com ela agora, confortando-a e deixando-a saber que estava a salvo de Roth e seus comparsas. Assegurando-a de que não importava o quão ruim estivessem as coisas ao redor deles, ele a manteria a salvo a qualquer custo.

Coisas que não tinha proporcionado aos seus familiares ou a Helene.

Passar o tempo perto de Danika e de seu jovem filho trouxe sua atenção de volta a essa realidade com feroz concentração. Ele não estava aqui para diminuir os medos de Claire, nem para satisfazer seus próprios desejos por ela ou para responder à primeira chamada do vínculo de sangue que sempre o atrairia a ela. O vínculo de sangue que *ele* havia imposto, como ele rapidamente recordou a si mesmo.

Não. Estava agora aqui por um único propósito: *vingança.*

Todo o resto – seus gostos e desejos, seu futuro, seu direito de exigir inclusive o momento mais escasso de egoísmo – havia se queimado no fogo que devorou sua casa no Refúgio. Ou há mais tempo ainda, pensou severamente, lembrando da última noite em que vira Claire, anos antes. Fora uma noite de estupidez e violência, que o deixou vencido e ensanguentado, assando num campo aberto sob o potente sol da manhã. Até aquele momento, não soubera nada sobre o poder com o qual estava amaldiçoado desde o nascimento – um poder passado por uma mãe Companheira de Raça que ele nunca havia conhecido, que não havia vivido tempo bastante para adverti-lo do que sua fúria poderia fazer.

Ele havia aprendido essa lição em um momento brutalmente vivido naquela horrível manhã em Hamburgo e o horror do que havia feito nunca o deixaria.

Tantas vidas inocentes se haviam transformado em cinzas ao redor dele. Sua própria vida estava se direcionando rapidamente nessa mesma direção, mas ele ainda tinha tempo para fazer justiça, ao menos por aquelas vidas que se perderam por ordem de Wilhelm Roth. Não tinha dúvida de que sua fúria e seu ódio estavam apenas fortalecendo o fogo que vivia dentro dele. Esse fogo o destruiria cedo ou tarde, mas ele não se perdoaria se não levasse Roth consigo.

Apenas esperava que sua determinação fosse bastante firme para manter Claire longe enquanto se movia para mais perto daquele inevitável fim.

Foi a profundidade dessa convicção que finalmente lhe deu força para subir os degraus e achar o quarto que Danika deu a eles. Não tinha certeza se o casal que compartilhava a granja sabia da presença dele e Claire, e não estava na posição de fazer Danika mentir para acobertá-lo caso os outros habitantes aparecessem por ali e encontrassem um estranho em seu meio.

Reichen fez uma pausa na frente do quarto fechado no final do corredor. Seu pulso palpitava fortemente com o conhecimento de Claire no outro lado daquela porta branca. Achava que ela estava dormindo, imaginava que tinha de estar, depois das horas que ele havia passado no andar de baixo. Tão silencioso como pôde, girou a maçaneta de porcelana danificada e entrou.

– Olá – disse ela, sussurrando. Estava sentada em um lado da enorme cama, usando uma fina camiseta azul que não ocultava realmente as pontas escuras de seus mamilos ou o vulto bem formado de seus seios. Um abajur pequeno brilhava na penumbra ao lado dela, ressaltando o ligeiro dourado de seu cabelo castanho e seu rosto encantador.

Ele franziu a testa e entrou no quarto, fechando a porta atrás de si sem fazer nenhum som.

– Você deveria estar dormindo.

Ela moveu um ombro.

– Pensei que o banho me relaxaria, mas não consigo fechar os olhos.

Ele teve de se esforçar como o diabo para ignorar a inesperada luxúria que disparou através de seu corpo diante da renovada imagem de Claire nua, sentada em uma banheira cheia de água fumegante e borbulhas brancas e acetinadas de sabão.

– Vai anoitecer logo – resmungou ele. – Temos de estar preparados para pegar o voo para os Estados Unidos ao crepúsculo. Devia apagar esse abajur e tentar descansar um pouco.

Ela se acomodou na cama, mas só estendeu a mão e gesticulou ao lado vazio.

– Peguei um dos travesseiros mais macios, mas se quiser pode ficar com ele.

Ele a olhou carrancudo, mais pelo desconforto de sua crescente ereção do que pela oferta do travesseiro. Seu movimento no colchão havia estirado a camiseta como uma segunda pele. E, quando afastou a colcha em que se acomodava, o ardente olhar dele pousou no diminuto pedaço da calcinha dela.

Calcinha vermelho carmesim, pelo amor de Deus.

Ele congelou onde estava ou cada terminação nervosa de seu corpo logo terminaria em uma explosão nuclear de excitação.

– Deve lembrar que sou bastante dorminhoca – disse ela, embora ele mal ouvisse o que estava dizendo. – Não se preocupe em me acordar se eu acabar monopolizando as cobertas. Eu provavelmente nem vou me dar conta.

Reichen deu um passo para trás quando compreendeu que ela esperava que ele dormisse na cama com ela.

Justamente ao lado dela, quando a única coisa que o impedia de atuar em seu desafiante desejo por ela era um pequeno pedaço de algodão e um minúsculo triângulo de seda carmesim.

- A cama é sua - disse ele, sua voz raspava asperamente na garganta. - Isso não é uma festa do pijama, pelo amor de Deus. Realmente não pode esperar que eu durma com você, Claire.

A expressão dela vacilou.

- Não quis dizer...

- Jesus Cristo - murmurou ele. Sua pele ferroava com um repentino banho de calor, e a fome tornou seu desejo ainda mais quente. – Enfiar-me na cama com você é a última maldita coisa que preciso fazer agora.

Deve ter soado ainda mais áspero do que imaginou, a julgar pelo quão rápido ela afastou o olhar dele. Ela sacudiu a cabeça e logo soltou um suspiro.

- A cama é grande o bastante para nós dois. Isso é tudo o que eu estava tentando dizer.

Ele a olhou fixamente por um longo momento, seus músculos retesavam-se bruscamente diante da ânsia de mover-se, de pular lá onde ela estava e acomodá-la debaixo de seu corpo.

Queria tanto isso que era tudo o que conseguia ver. Tudo o que podia provar enquanto as pontas de suas presas pressionavam a carne de sua língua.

- Durma um pouco, Claire.

Ele se obrigou a afastar a vista dela e tomar seu próprio lugar no chão, como um cachorrinho faminto e excitado. O tapete que cobria as tábuas velhas de madeira era volumoso e cheirava vagamente a cera de limão. Reichen deitou-se de lado no chão duro, a única posição que não o deixava dolorosamente consciente do quão duro estava seu pênis, duríssimo como uma coluna de pedra.

Ele realmente tentara avisá-la há uns minutos que o anoitecer chegaria logo?

Inferno. Seria uma maldita longa espera até o pôr do sol.

Capítulo 12

Claire estava sobre a enorme cama, acordada, olhando na escuridão as persianas do quarto. Não tinha se movido desde que Andreas se acomodara no chão. O tempo se arrastava e por um longo período ela esteve segura de que estava tão acordado e alerta quanto ela – assim como determinado a ficar ali em silêncio e fingir que não percebia nada.

Todavia, em algum momento por volta de uma hora atrás, a respiração dele havia passado da regular inspiração e expiração que ela mal percebia a um profundo e rítmico murmúrio de sonho.

Claire escutava o lento som enquanto as palavras de Danika sobre uma segunda oportunidade e sobre não perder o precioso tempo com lamentações voltavam outra e outra vez em sua mente como uma canção que ela não conseguia tirar da cabeça. Havia muitas coisas que queria dizer a Andreas. Coisas que precisava que ele escutasse.

Não que ele fosse escutar. Não parecia disposto a deixá-la aproximar-se dele. E ela precisava estar perto dele agora, mesmo que fosse apenas para sentir sua força ao seu lado quando tudo o que acreditava saber sobre seu mundo estava caindo sob seus pés.

Ela sentia que uma parede se interpunha entre eles esta noite. Uma parede que parecia crescer mais alto e tornar-se menos escalável quanto mais eles ficavam naquele Refúgio. Claire não estava segura do que havia feito para incomodá-lo, ou talvez fosse simplesmente o fato de que ele se via obrigado a cuidar dela, agora que Wilhelm os estava caçando.

Por um momento, ela desejou ter o talento de Danika para que a mente de Andreas e suas emoções mais secretas e íntimas não lhe fossem um mistério.

Sua própria habilidade também poderia ajudá-la ali. Todos eram mais acessíveis no reino dos sonhos. Nem tudo era verdade, é óbvio, mas a natureza surrealista dos sonhos tinha uma forma de coibir inibições.

Claire se aventurou a olhar sobre a extensão da ampla cama o grande volume do corpo de Andreas, onde ele dormia no chão. Apoiou a cabeça sobre um braço e se encolheu de lado, olhando-o, perguntando-se aonde seus sonhos o haviam levado. Fechou os olhos e pensou nele enquanto se permitia relaxar o corpo, desejando que sua mente se acalmasse e se preparasse para dormir.

Deixou que seu talento se expandisse, sensibilizando a consciência para alcançar... buscar. Geralmente precisava de uma incrível concentração para encontrar o sonhador, mas, com Andreas, nem bem havia deslizado sob o véu da consciência e o sonho de repente estava ali. Sempre fora assim com ele, como se sua conexão já existisse no instante em que se conheceram e nunca houvesse se debilitado.

Houve algumas vezes, muito depois de Andreas partir de sua vida, em que Claire tentara buscá-lo no reino dos sonhos. Mas teve tanto medo de enfrentar seu rechaço, e muita vergonha de si mesma porque, por mais que tentasse, não podia sentir por Wilhelm nada próximo ao amor que sentia por Andreas, que era incapaz de esquecer.

Depois de tudo o que havia passado nas últimas noites, o que sentia agora por Wilhelm e pelo vínculo de sangue que a encadeava a ele era uma fria e cortante desconfiança. Desprezo, se tudo o que ela estava descobrindo sobre ele fosse verdade.

Depois de tudo o que havia passado com Andreas naquelas dilaceradoras e intensas longas horas juntos, tinha de admitir que tinha um certo grau de temor pelo letal macho que ele era agora. Mas, junto com o temor, vinha aumentado uma emoção, tão intensa que a aterrorizava ainda mais.

Pelo muito que ainda o queria e ainda o necessitava.

Com que facilidade ela poderia se apaixonar de novo por ele... se é que alguma vez havia realmente deixado de amá-lo.

Enquanto avançava no sonho dele agora, sua respiração se cortou ao encontrá-lo sob a luz das estrelas de uma noite clara, sentado sem camisa e descalço na fresca relva do santuário que ela desenhara para sua propriedade no Refúgio. Todos os detalhes estavam tal e qual os tinha na maquete, até o último banco e o caminho de flores.

Santo Deus... ele havia memorizado tudo.

– É belo aqui – disse ele, sua profunda voz era uma vibração que ela sentia em todos os ossos de seu corpo. – Você sabia exatamente o que precisava estar aqui. De algum jeito, você sabia.

Ele não se virou para encará-la enquanto ela se aproximava cautelosamente no limite de seu sonho, onde a terra que ele estava imaginando abraçava o resplandecente lago além. A pele dourada de Andreas estava iluminada pela lua, tornando ainda mais atrativo o entrelaçado dos dermoglifos que lhe cobriam a pele, percorrendo-lhe as costas musculosas como uma obra-prima do pincel de um artista. Claire recordou riscar aquelas formosas marcas com sua língua; se fechasse seus olhos, ainda podia imaginar cada arco único, cada adorno único que riscava sobre aquela pele suave e firme.

– Sabe que não deveria estar aqui – disse ele uma vez que seus pés se detiveram e ela ficou bem próxima. Então, ele a olhou e sua expressão não era o que ela considerava amigável. Suas íris estavam brilhando com uma luz âmbar penetrante. Quando franziu seus lábios para falar, as pontas de suas presas brilhavam completamente brancas e afiadas. – Você não pertence a esse lugar, Claire. Não comigo. Não assim. Não deveria ter vindo aqui quando não é convidada.

– Eu precisava encontrá-lo.

– Para quê?

– Precisava vê-lo. Queria... conversar...

– Conversar... – cuspiu a palavra ao soprar uma exalação. Antes que Claire soubesse o que estava fazendo, ele ficou de pé, bem mais alto que ela. Seus olhos estavam brilhando tão quentes que era uma maravilha que sua camiseta e sua calcinha não se derretessem à medida que seu olhar intenso vagava sobre ela, do topo de sua cabeça até os dedos dos pés descalços. – Conversar sobre o quê, Frau Roth?

– Não faça isso – disse ela, fazendo uma careta ao seu tom mordaz. – Não use Wilhelm para criar uma fenda entre nós.

– Ele *é* uma fenda entre nós, Claire. Nós dois o colocamos aí, não foi? Se você só se arrepende agora, isso não é problema meu.

Ela o olhou com a testa franzida, sem querer sentir a aspereza de suas palavras quando tinha ido até lá por afeto, como sua amiga.

– Por que você faz isso, Andre?

– O que estou fazendo?

– Afastando-me. Tratando-me como se Wilhelm e eu fôssemos a mesma coisa, como se eu também fosse sua inimiga.

– O que quer que eu faça? Que eu lhe diga que tudo se resolverá entre nós no final? Que eu finja que Roth não existe, para que você e eu possamos continuar de onde paramos anos atrás?

Claire olhou para baixo, sentindo-se tola por querer dizer todas aquelas coisas – e mais. Palavras que ele nunca poderia lhe oferecer de novo, mesmo no débil refúgio de um sonho.

Ele levantou o queixo dela com a ponta de seus dedos fortes.

– Não podemos mudar nada do que aconteceu, Claire. Não vou ficar aqui e dizer mentiras que fariam um de nós sentir-se melhor. E não vou lhe fazer promessas que não posso cumprir.

– Não – disse ela. – Você prefere fugir.

A boca dele se fechou enquanto ele sacudia a cabeça, os olhos escuros resplandecentes e ferozes.

– Você acha que eu quis te deixar.

Aquela não era uma pergunta, mas uma simples acusação.

– Você se importaria se eu achasse? – ela se afastou dele, esquivando-se, ainda sentindo a ferida que ele lhe causara há trinta anos. – Não importa, não precisa responder. Não quero pressioná-lo a dizer alguma coisa apenas para "fazer eu me sentir melhor".

Compreendendo que havia cometido um engano ao ir ali, ela virou-se, pronta para partir e deixá-lo com seu mau humor, sozinho em seu sonho. Porém, antes que pudesse dar um único passo para afastar-se, os dedos dele envolveram-se nos braços dela, impedindo-a. Ele se moveu na frente dela, com o rosto tenso e mortalmente sério.

– Deixá-la era a última coisa que eu queria fazer – franziu a testa, seu aperto sustentando-a mais firme, aproximando-a da parede de calor que era seu corpo. – Essa foi a coisa mais difícil que já fiz na vida, Claire.

Ela o olhou fixamente emudecida, perdida no brilho escuro de seus olhos. No momento seguinte, ele inclinou a cabeça e a beijou, as bocas fundindo-se em uma longa e ofegante união.

Ela não queria parar. Não acreditava que pudesse afastar-se dele agora que estava de novo em seus braços, embora apenas em sonhos.

– Deus, eu te desejo tanto, Claire – ele grunhiu contra sua boca, a pontada de suas afiadas presas roçando-lhe os lábios. – Quero estar com você agora... Ah, Cristo, precisei estar com você por tanto tempo.

Porque era um sonho, os desejos frequentemente apenas precisavam ser sussurrados para se tornarem realidade. Em um instante, Claire se encontrava aprisionada sobre a suave e fresca relva, com o magnífico corpo de Andreas sobre ela.

Estavam nus agora, a roupa devia ter desvanecido como se fosse feita de névoa. Todavia, mesmo nos sonhos, a pele de Andreas era quente e firme ao tato. Seus ombros largos e seus braços grossos, seu peito musculoso e abdômen rígido... tudo nele era real, forte e perfeito em sua masculinidade. Claire não podia evitar que seus olhos viajassem pela extensão daquele corpo. Lembrava-se tão vividamente daquela perfeição que se estendia mais abaixo no corpo de Andreas.

Porque era um sonho, afastou o conhecimento de todos os motivos pelos quais não deveriam estar juntos. Conhecia apenas a chamada de seu coração e, ao repousar sua mão no centro do peito dele, sentiu também a chamada do coração de Andreas. O pulso dele martelava contra os dedos dela; sua respiração era rápida, pesada e ardia diante da necessidade de possuí-la por completo. Claire olhou os olhos dele, que queimavam tão intensos como uma chama antiga, o rosto firme envolto em uma máscara atormentada.

– Sim – disse ela entredentes, quase incapaz de formular palavras.

Conteve sua respiração quando a grande cabeça do membro dele a tocou levemente, penetrando-a. Com um impulso lento de seus quadris, Andreas estava já escorregando para dentro dela, enterrando-se por completo, empurrando gloriosamente mais e mais fundo. Claire gritou, arqueando-se para permitir-lhe enfiar-se inteiro dentro dela, preenchê-la por inteiro. Ele a esticou com firmeza, permitindo que seu membro a tocasse bem no centro, bem no fundo.

– Ah, sim – ela ofegou quando eles encontraram um ritmo familiar, encaixando-se como se nunca tivessem estado separados.

Ele era um amante feroz e ela o sabia; já estava preparada e se deleitava com aquela intensidade animalesca. Cada estocada dura a deixava mais vulnerável, cada gemido baixo e cada grunhido que exalava enviava um arrepio através de suas veias.

Ele sabia como se mover com ela, precisamente o tempo justo para espremer até a última gota de prazer de seu corpo. Claire sentia os primeiros tremores do orgasmo correr-lhe o corpo como pequenos volteios de um relâmpago em seu sangue. Não podia contê-lo, não tinha forças para resistir ao domínio delicioso que Andreas exercia sobre seus sentidos.

Ela podia apenas cravar as unhas nos músculos retesados dos ombros largos dele e esperar enquanto ele a levava ao êxtase. Não sabia se ele a seguiria. Tudo o que sabia era a incrível onda de prazer que se precipitava sobre ela... então a repentina e oca dor da compreensão de que Andreas havia partido.

Claire o chamou no sonho, mas ele não estava em nenhum lugar.

E agora o santuário onde estavam havia sumido também. Ela estava sentada em meio a um campo ensolarado, a luz do dia cegando seus olhos.

- Andre?

Levantou-se e começou a caminhar, sustentando o braço sobre a testa como uma viseira enquanto se esforçava para encontrá-lo. Não conhecia aquele lugar. Não podia entender a luz dourada ou o penetrante aroma de fumaça ou algo pior, algo irreconhecível que enchia suas narinas e afogava-se em sua garganta. Tossindo, Claire avançou pela vegetação chamuscada.

Tropeçou, seus pés chocando-se com um pequeno volume negro carbonizado que jazia no chão. O horror se apoderou dela antes mesmo que seus sentidos processassem o que estava vendo.

Era uma criança.

Uma criança morta, totalmente queimada e irreconhecível.

- Ah, meu Deus - Claire retrocedeu, perturbada, completamente transtornada. - Andreas!

Virou a cabeça e exclamou aliviada ao ver a relva verde e ampla da mansão de pedra e madeira que fora o Refúgio de Andreas, no topo de uma costa ligeiramente inclinada. Claire correu para a casa. Estava nua e congelada, aterrorizada e confusa pelo que acabava de ver no exterior.

– Andre? – chamou freneticamente, enquanto caminhava pela parte de trás da mansão. Não havia luz ou movimento no interior. – Andreas... você está aí dentro?

Foi para a frente da casa, seus braços envolvendo sua nudez enquanto subia os degraus da entrada elegante. Golpeou a porta. As dobradiças abriram-se facilmente e em silêncio, mas ninguém a esperava dentro.

Cruzou a soleira e entrou em um estranho mausoléu branco. Por toda a parte que olhava – pisos, paredes, móveis – tudo era delicado e branco como a neve. E silencioso como uma tumba.

– Andreas, por favor. Estou assustada. Onde está você?

Ele saiu de uma das salas contíguas ao saguão fantasmagórico. Estava nu como ela, com os olhos ainda ardendo âmbares, as presas ainda enchendo-lhe a boca. Aproximou-se furtivamente sem dizer uma palavra e a agarrou em um doloroso e inflexível puxão. Beijou-a com tanto calor e desejo que os joelhos dela quase cederam.

Então, exatamente quando cla cstava começando a sentir-se segura de novo, ele se separou dela. Afastou-se fortemente, empurrando-a longe de seu alcance. Ela tropeçou um pouco antes de equilibrar-se novamente. Algo úmido e escorregadio estava sob seus pés. E ela escorregou naquilo... um momento antes de seu nariz registrar aquele cheiro acobreado de sangue derramado.

– Ah, Santo Deus.

Claire olhou para o chão, que já não era branco, mas de mármore. Mármore manchado e horrivelmente coberto de sangue. As paredes e os móveis já não eram mais delicados e descoloridos. Agora tudo estava arruinado, cravado de balas, ensanguentado. O mobiliário estava desarrumado, os quadros agora estavam caídos, partidos, tudo em ruínas.

– Ah, não... Ah, Deus... *não.*

Não sabia o que pensar do campo queimado ou da trágica visão do menino morto lá fora, mas não havia nenhuma dúvida quanto ao que estava vendo ali. Claire olhou para Andreas com horror e miséria dolorida, compreendendo que ele estava mostrando a destruição de sua casa. A destruição causada por Wilhelm Roth, tal como ele lhe dissera naquela primeira noite na casa de campo. Ela estendeu a mão para Andreas, mas ele não a pegou. Sua expressão era dura, condenada. Quando olhou para baixo, ela viu por quê.

O sangue cobria seus dedos e as palmas das mãos. Estava toda salpicada com sangue, inclusive seu cabelo estava pegajoso por causa disso. E ali, a seus pés, estava o corpo sem vida de um menino pequeno – um dos filhos dos sobrinhos de Reichen, assassinado pelo tiroteio. Ainda mais corpos jaziam em outras partes da mansão, no primeiro andar, na metade da escada, perto da porta do porão sob o saguão. Ela estava parada no centro do massacre que não teria podido imaginar no pior de seus pesadelos.

Quando olhou Andreas de novo, ele estava envolto em um calor incandescente e letal. As chamas saltavam de seu corpo para incendiar as paredes e os móveis. Em questão de segundos, tudo o que ela podia ver era fogo.

O grito dilacerador que saiu da garganta de Claire era frio e desesperado.

Ela se forçou para fora do sonho, incapaz de suportar por mais um momento a crueldade daquilo tudo.

Enjoada e tremendo, sentou-se na cama e livrou-se da colcha e das cobertas. Não havia sangue sobre ela agora. Nem cinzas. Apenas o suor frio do verdadeiro terror e a angústia cinzenta de ter presenciado o horrível pesadelo de Andreas.

Claire esperou que ele despertasse e lhe oferecesse algum tipo de explicação ou consolo. Ele tinha de saber como ela se sentia agora. Mas ele continuou dormindo, ainda deitado, respirando tranquilo no chão junto à cama. Ela teria de suportar aquela angústia profunda sozinha e era como se ele de algum modo quisesse perturbá-la, horrorizá-la, com o que lhe havia mostrado.

Provavelmente tinha desejado que ela, de algum modo, sentisse seu próprio horror.

Claire esperou sua pulsação se estabilizar e seu corpo parar de tremer. Em seguida, acomodou-se lentamente sob as cobertas e contou as horas que ainda restavam até o anoitecer.

Capítulo 13

– Esse maldito lugar está morto hoje – murmurou Chase enquanto examinava a pista de dança lotada e, aparentemente, achava-a pouco atraente. – Deveríamos ter ido para a zona norte da cidade como eu disse, em vez de perder tempo em Dorchester.

Kade deu de ombros, sorrindo para Brock, o terceiro membro da patrulha.

– Quer ver clubes mortos? Deixe-me levá-lo para o Alaska. A coisa lá é patética, cara. Vemos mais alces por quilômetro quadrado do que mulheres.

– É mesmo? – Chase grunhiu. – Não me admira que você tenha aproveitado a primeira oportunidade para dar o fora de lá e vir para Boston no ano passado. Quantos meses você teve de congelar suas bolas antes de todos aqueles alces começarem a parecer belos traseiros femininos?

Brock riu baixo. Kade franziu os lábios, mostrando as presas e saudando os dois machos da Raça com a caneca dupla de cerveja.

– Bom, isto foi divertido, mas vou cair fora desse lugar – Chase anunciou. Passou a mão pela barba cheia, os olhos azuis olhando pouco amigáveis e desfocados por debaixo da boina. – Estou sentindo uma coceira que dificilmente vai ser sanada neste antro. Boa sorte com a caça de alces.

Kade lançou ao ex-agente um movimento leve de cabeça.

– Nós nos vemos no complexo.

– Eventualmente – respondeu Chase, dirigindo-se já para a saída do clube. Quando se foi, Brock deixou escapar um suspiro e sacudiu a cabeça.

– Esse filho da mãe tem sérios problemas.

– Você quer dizer outro além de caminhar o tempo todo com um pau da Agência enfiado no traseiro? – disse Kade, olhando o grande guerreiro que tinha sido recrutado pela Ordem de Detroit na mesma época em que ele viera do Alaska.

Não é que Kade não gostasse de Sterling Chase - ou Harvard, como às vezes se referia a ele, por causa de seu diploma da *Ivy League*[2]. Chase era um guerreiro bastante competente, um dos melhores, de fato. Ele era um excelente atirador e um ótimo homem para ter na retaguarda em combate, mas, no lado pessoal, era tão frio quanto uma maldita geleira dos mares do Norte.

- Não sei qual é a intenção dele - disse Brock. -Mas é melhor ele olhar onde pisa, é o que digo. Ele me parece um cara que tem um pé na cova e outro ansioso para entrar. Não liga a mínima para nada e isso é perigoso. Não apenas para ele, mas também para qualquer um que precise contar com ele.

Kade considerou o que o amigo dissera enquanto olhava o outro lado do bar e a pista de dança.

Duas jovens se dirigiam a uma mesa próxima. Brock lançou seu melhor sorriso, um que nunca falhava para pescar as mulheres mais gostosas daquele lugar. O cara tinha a manha, não há dúvidas de que tinha. Não que Kade fosse algum tipo de molenga. Ele olhou as duas belezas que passeavam através da multidão, perseguidas pelos olhares dos dois vampiros, que eram como mísseis teleguiados.

---

[2] Trata-se de um grupo de oito renomadas universidades particulares norte-americanas: Brown, Columbia, Cornell, Dartmouth, Harvard, Pensilvânia, Princeton e Yale. (N. T.)

– Você pode ficar com a loira – ele murmurou, mirando a morena, cujas pernas pareciam eternas debaixo daquela curtíssima minissaia de couro vermelho.

Levou não mais do que três segundos para convencer as garotas a sair com eles do clube.

Infelizmente, uma vez que estavam no estacionamento, levou também apenas outros três segundos para que o nariz de Kade se contraísse diante das fortes espetadas de seus sentidos.

Ele sentia o cheiro de sangue.

Sangue fresco e em grande quantidade que vinha de algum lugar na parte de trás do clube.

Um olhar a Brock deixou claro que o outro vampiro não tinha deixado passar desapercebido o sabor de cobre vermelho derramado de corpos humanos. Começaram a correr, deixando as mulheres reclamando conforme eles arrastavam seus traseiros para os fundos do edifício.

Não havia nada.

A solitária luz de emergência no teto brilhava sobre o concreto do lugar vazio. Entretanto, o aroma de sangue impregnava o ar, particularmente forte para Kade e para qualquer um de sua espécie.

– Aqui – disse, ao ver a mancha escura no chão, a poucos metros deles.

Pingos grossos e próximos uns dos outros encharcavam a terra seca perto de um lance inclinado irregular da cerca. Quem sangrou teve seu pior momento ali e o rastro da hemoglobina na terra deixou claro tudo o que tinha acontecido: a vítima não chegaria muito longe antes de sangrar por completo.

– Isso não é só sangue humano – disse Brock com a voz sombria. – O agressor é da Raça. Ele derramou um pouco de seu próprio sangue no processo.

Agora que o guerreiro mencionara o fato, o olfato de Kade também reconheceu algo mais que as simples células dos *Homo sapiens*.

– Não é um Renegado – supôs, não detectando nenhum dos maus odores deixados pelos viciados de sua Raça. – Quem mais poderia ser idiota o suficiente para se alimentar tão descuidadamente e deixar seu Anfitrião cambaleando como se fosse um porco preso?

Brock sacudiu a cabeça, mas a suspeita obscureceu seu olhar firme de opala. Embora não o dissesse, Kade pôde ler a tranquila dúvida nos olhos do homem mais velho.

– Chase? – Kade disse. – De forma alguma.

– Tem algo de errado com ele, cara.

– Não é possível – disse Kade. O ex-agente não era um santo, mas sangrar um humano e quebrar uma das leis mais essenciais da Raça? Quando Chase disse que tinha outras coisas com que se ocupar, Kade estava seguro de que não se referia a algo como... *aquilo*.

Brock assentiu com gravidade.

– Talvez seja melhor ir ver, só para termos certeza.

Eles partiram seguindo o rastro de sangue pelo terreno baldio e por um beco estreito. Quanto mais profundo iam, mais intenso o derramamento de sangue se tornava. Jorros formando poças, algumas delas muito grandes, e manchas onde a vítima parecia ter caído, levantando-se de alguma maneira em seguida e conseguindo seguir um pouco mais.

O caminho os levou à entrada de um depósito de sucata no final de uma zona industrial. O lugar estava fechado, mas o cadeado e a corrente estavam frouxos. Havia pouco espaço, mas o suficiente para que alguém entrasse. E alguém o tinha feito, as manchas no trinco e na borda da porta não deixavam dúvida.

– Vamos – disse Kade, abrindo o bastante para que ambos passassem.

Ouviu os movimentos um instante antes que os grandes cães negros surgissem de trás de um monte de sucata e lixo. Dois rottweilers, grandes como tanques de guerra e maus como o inferno.

– Merda!

O grito de Brock estava quase afogado pelos latidos e grunhidos selvagens dos cães. Nenhum animal poderia vencer um vampiro, mas isso não significava que a visão da combinação de cento e trinta quilos de fúria canina não fosse motivo suficiente para alarmá-los um pouco. Kade se manteve firme, as pernas se separaram preparadas quando os dois cães rapidamente cortaram a distância até ele.

Ele encarou as feras nos olhos.

Elas desaceleraram... desaceleraram e pararam, encolhendo-se de medo aos pés do vampiro. Os cães gemeram, deitaram-se e mantiveram a cabeça baixa.

- Fora daqui.

E eles partiram, dóceis como filhotes.

Brock aproximou-se.

- Que diabos foi isso?

- Por aqui - disse Kade, ignorando a pergunta e o olhar de assombro que o seguiu enquanto se aprofundava mais no depósito. Eles tinham coisas mais importantes para enfrentar naquele momento.

Não foi difícil encontrar a vítima ensanguentada. O jovem desabara contra uma caixa de metal enferrujada; vestia um par de jeans com uma perna dobrada na altura do joelho. Estava sem forças e cansado, como uma marionete cujos fios haviam sido cortados. Levantou a mão até a garganta quando a hemorragia piorou. Não podia conter o fluxo. Em mais alguns minutos, estaria morto.

- Jesus Cristo - Brock grunhiu.

A voz do guerreiro era grossa e tensa, e não havia como saber se era por repulsão ou pelo simples fato de que a visão e o aroma de sangue fresco fazem até o vampiro mais controlado salivar como se estivesse morrendo de fome.

As presas de Kade emergiram um pouco mais de suas gengivas quando olhou a hemorragia. Ele fez o possível para ocultar as pontas afiadas se estendendo e se aproximou.

– O que aconteceu? – perguntou, apesar das lesões evidentes que só podiam provir de um de sua espécie.

– Ele... saltou... em cima... de mim... – o jovem respirava com dificuldade. – Meu pescoço... o filho da puta... mordeu...

Quando o homem tirou a mão para mostrar a lesão, o cobre de seu sangue apunhalou o estômago de Kade. Ele tinha se alimentado no dia anterior, mas a necessidade de beber novamente repuxava-se dentro dele. Sua visão afiou-se, tudo banhou-se em âmbar.

– Quem mordeu você? – Brock perguntou ao humano, intervindo sem problemas quando Kade teve de afastar o olhar. – Você pode descrever quem fez isso?

O homem deixou escapar um lento suspiro trêmulo. Não lhe restava muito tempo. Olhou para cima, com os olhos indiferentes e frágeis perdidos na escuridão. Levantou o braço, pouco a pouco estendeu o dedo para algum ponto atrás de Brock.

– Ele – disse com voz entrecortada, a voz disforme e quase sem ar. – Atrás de você... foi ele...

Kade e Brock viraram suas cabeças lentamente e juntos, bem a tempo de ver um enorme macho da Raça correndo pela parte traseira do ferro velho.

O vampiro vestia uniforme negro e uma camisa de linho de manga longa. Tinha a cabeça raspada e a parte posterior do crânio coberta com um padrão inconfundível de dermoglifos.

– Puta que pariu – murmurou Kade.

O vampiro correu, com Brock em seus calcanhares. Eles correram para a parte traseira do pátio coberto, mas o Primeira Geração à frente deles era dez vezes mais rápido. Escalou uma montanha de veículos esmagados com um salto rápido e logo havia desaparecido.

Não era Chase quem havia brutalizado o humano e o deixado morrer, mas outro macho da Raça, que apenas recentemente tornara-se familiar para todos da Ordem. O Primeira Geração que se unira a eles há apenas algumas semanas.

- Hunter – grunhiu Brock. - Filho da puta.

Capítulo 14

Claire se sentia um pouco enjoada por causa do voo quando ela e Andreas desceram do jato particular da Ordem em Boston, naquela noite. Tinha sido uma longa viagem, em especial por causa do enorme e incômodo silêncio que parecia se abrir como um abismo entre ela e Reichen. Felizmente, sua falta de sono depois do desastre de entrar no sonho de Andreas deixara Claire bastante cansada durante o voo da Dinamarca aos Estados Unidos. Ela dormiu a maior parte do trajeto, mas ele parecia demasiado nervoso para descansar.

Mesmo agora, enquanto ele a conduzia pelo hangar privado para uma elegante Land Rover negra que aguardava para recebê-los, Andreas virtualmente vibrava com energia mal-humorada e perigosa.

– Tegan e Elise – disse-lhe enquanto um enorme macho da Raça de cabelos castanhos-claros e sua delicada companheira loira saíam do veículo. Ao vê-los, o comportamento de Andreas mudou de uma atitude indiferente para uma tépida familiaridade. – Meus amigos – disse ele, dando um passo para frente para saudar o casal resplandecente e formoso.

Em um de seus breves momentos de conversa no voo, Andreas havia mencionado que Elise certa vez fora companheira do diretor da Agência em Boston. Ele morrera há alguns anos em uma briga com um Renegado no trabalho e, recentemente, ela tinha perdido seu único filho. Claire não sabia como Elise havia encontrado a felicidade novamente com Tegan, mas era óbvio o brilho de paz que ambos irradiavam enquanto se aproximavam, era óbvio o quanto os dois estavam profundamente apaixonados.

Claire afastou-se enquanto Andreas levou a mão da fêmea a seus lábios e pressionou seus dedos com um simples, mas amistoso beijo. Ela não tinha direito de sentir a mínima possessão sobre ele, mas enquanto a bela Companheira de Raça dava um abraço de boas-vindas em Andreas, Claire não pôde deixar de sentir uma pontada de ciúme cortante.

O companheiro de Elise parecia quase tão afetado quanto Claire. O alto e musculoso guerreiro da Raça tinha um olhar forte sobre ele, com o emaranhado selvagem de seus cabelos dourados e os reluzentes e belíssimos olhos verdes, que encaravam sua mulher com uma combinação de orgulho e uma proteção puramente masculina. Andreas havia lhe dito que Tegan era um Primeira Geração da Raça e, ao vê-lo de perto, Claire sabia que teria adivinhado isso por sua conta. Sua estudada tranquilidade trazia o aspecto de um grande felino, todos os músculos poderiam parecer relaxados, mas levaria apenas uma fração de segundo para que saltasse à ação letal, caso sentisse que seu mundo ou sua companheira, que abertamente adorava, estivessem ameaçados de algum modo.

– Olá, Claire. Meu nome é Elise – disse a companheira de Tegan, soltando Andreas para ir saudá-la com igual amabilidade. Enquanto os dois machos apertavam as mãos, Claire se encontrou envolvida em um rápido e acolhedor abraço de boas-vindas. Elise deu um passo para trás, seus olhos claros cor de lavanda brilhavam com inteligência e amabilidade, seus cabelos loiros, cortados na altura do queixo, emoldurando-lhe o delicado rosto. – É um grande prazer conhecê-la. Embora nossos caminhos nunca tenham se cruzado na Agência, estou a par de alguns de seus trabalhos filantrópicos em Hamburgo. Você realmente fez muito pelas comunidades de Refúgio lá.

Claire encolheu ligeiramente os ombros pelo incômodo elogio, principalmente dadas as circunstâncias que a tinham levado aos Estados Unidos com Andreas. E embora os dois homens falassem em voz baixa, ela escutou as condolências murmuradas por Tegan pelas mortes dos familiares de Andreas e pela destruição de seu Refúgio.

– Lembro de um de seus jovens sobrinhos e da tímida Companheira de Raça dele, que acabara de ter um bebê quando estive pela última vez em Berlim, há um ano – adicionou Tegan, as sobrancelhas franzindo-se sobre os ferozes olhos verdes.

Andreas anuiu prudentemente.

– Pediram-me que eu fosse o padrinho enquanto esteve lá, eu recordo.

– Sim – respondeu o guerreiro, um leve sorriso surgiu diante da lembrança, antes que sua expressão se escurecesse. – Todos ficamos surpresos quando soubemos. Da parte da Ordem, aquele ataque não será esquecido.

Tegan lançou um breve olhar em direção a Claire, reconhecendo-a imediatamente como companheira daquele que perpetrara a tragédia a que apenas Andreas sobrevivera. O sentimento de culpa e estupidez aumentou nela, assim como o nó de tensão em seu estômago. Seus nervos se estenderam peculiarmente tensos, pondo uma ansiosa vibração em seu peito.

Andreas colocou a mão sobre o ombro de Tegan enquanto continuavam a conversa reservada.

– Quero sua palavra sobre algo, meu amigo. Se Dragos estiver, mesmo que remotamente, envolvido com o que aconteceu em meu Refúgio, farei o que puder para ajudá-los a capturar aquele bastardo e acabar com ele. Mas Roth é apenas meu. Você pode me garantir isso?

O guerreiro inclinou a cabeça em um gesto lento.

– Sei o tipo de ódio que sente. Também já passei por isso. Eu seria o último a lhe dizer como lutar com seus próprios demônios. Apenas lhe peço que tenha cuidado, ok? Muitos bastardos por aí merecem a morte, mas a vingança irá consumi-lo se você não a controlar.

Talvez fosse muito tarde para aquele conselho, pensou Claire, olhando a rígida postura de Andreas e o olhar forte e assombrado enquanto os quatro se dirigiam para a SUV à espera. A necessidade de vingar sua família e sua amante humana parecia apenas ficar mais forte, mais volátil, pelo fato de que a justiça que ele almejava ainda não fora feita.

Depois dos horrores que ele lhe mostrara em seus sonhos, havia uma parte dela que compreendia sua raiva e até mesmo a compartilhava. Mas pelo que ela vira em Andreas naqueles últimos dias, preocupava-lhe que sua própria vida poderia não significar nada para ele. Será que ele manteria algo sagrado se finalmente tivesse sua oportunidade de destruir aquele que o havia ferido tanto?

Wilhelm.

O simples pensamento já lhe revolveu o estômago em desprezo. Claire não podia apegar-se à esperança de que as acusações de Andreas contra Wilhelm não tivessem fundamento. Porém, o que mais a aterrorizava era que sua relação atual com Andreas pudesse não trazer nada de bom – para nenhum deles. Seu afeto por ele era algo que ele parecia não querer ou precisar. O macho tinha um só propósito em sua vida agora, e ela o conhecia bem para entender que, se isso chegasse a uma escolha entre sua própria vida e a justiça que sentia precisar, usaria seu último fôlego para chegar ao final.

A ideia de Andreas morrer novamente - depois do milagre de sua ressurreição e da volta dele à sua vida - era algo que Claire não poderia suportar. A ideia quase a aniquilou enquanto se aproximava do veículo e sentia o frio ar da noite vindo da cidade.

A sensação de inquietação a perseguia agora e havia uma irritação aumentando em suas veias; a crescente sensação de uma presença, que ela realmente não havia reconhecido até aquele momento, quando um alarme ressonou em suas células.

Wilhelm estava por perto.

Ah, Santo Deus. Como ela havia se esquecido disso? Estivera tão concentrada em Andreas e em seus novos amigos da Ordem, em seu próprio conflito de emoções, que não notara em seu corpo os sinais de que seu obstinado companheiro de sangue estava em algum lugar próximo, muito próximo dali.

Em algum lugar da cidade de Boston, ela tinha certeza.

O que ele estava fazendo ali?

– Claire, está tudo bem com você? – Elise colocou a mão em seu braço, preocupada. – O que foi?

Ela sacudiu a cabeça mais fervorosamente quando Andreas interrompeu a conversa com Tegan e lançou-lhe um olhar interrogativo e suspeito.

– Sinto-me um pouco enjoada – disse ela, usando uma desculpa razoável que não envolvia dizer a Andreas que o inimigo que planejava matar (e que estaria igualmente determinado a matá-lo) estava provavelmente a poucos quilômetros de distância dali. Andreas não podia saber que Wilhelm estava tão perto agora. Não, ela não podia deixá-lo saber disso, pensou, um repentino temor se arrastando em sua garganta.

– O que aconteceu? – a voz profunda de Andreas impregnou-se nela, mas não foi o suficiente para acalmar o alarme que estava aumentando em seu interior.

– Não aconteceu nada – disse ela, mentindo apenas porque a verdade o enviaria direto às garras da morte. – Está tudo bem. Não voo há muito tempo, então provavelmente só estou um pouco enjoada. Ficarei bem. Preciso de um momento e esse... *desconforto*... logo passará. Tem algum banheiro por aqui?

– Por ali – disse Elise, gesticulando para o terminal anexo mais próximo. – Eu acompanho você.

– Não! – exclamou Claire. – Posso encontrá-lo sozinha. Por favor... espere aqui. Volto em alguns minutos.

O que a impediu de correr foi o duvidoso olhar de Andreas. Ele sabia que ela estava estressada, o vínculo de sangue facilmente lhe diria isso. Mas foi o seu outro vínculo – os grilhões que Wilhelm Roth imputara-lhe enquanto vivesse – que a enviou fugindo em um estado que se aproximava perigosamente do pânico.

Ela voou em direção ao banheiro, ofegante e trêmula. Sentia em seu sangue que Wilhelm estava perto, então ele devia saber que ela também estava na cidade agora. As probabilidades de que fosse buscá-la eram demasiado horríveis para que ela as pudesse considerar. Mas e se Andreas a forçasse a encontrar Wilhelm através de seu vínculo de sangue? Ela nunca perdoaria a si mesma, ou a ele.

E havia uma pergunta pior e também mais preocupante. E se Wilhelm Roth estivesse envolvido em algo maior do que ela supunha – algo relacionado com Dragos? Como Andreas poderia enfrentar os esquadrões da morte de Wilhelm e o grande mal de alguém que nem sequer a Ordem havia sido capaz de derrotar até aquele momento?

Ah, Deus. Ela não podia deixar Andreas saber que Wilhelm estava por perto.

Claire queria Andreas vivo, tanto quanto ele queria sua vingança. Ela não podia ser parte de sua destruição, e era exatamente o que ela era agora, e enquanto permanecesse em sua companhia.

Ela tinha de sair de Boston.

Tinha de afastar-se de Andreas antes que o vínculo que compartilhava com Wilhelm Roth a traísse e levasse seu grande amor diretamente para a morte.

- Vocês têm certeza de que foi isso o que viram? Porque isso é muito sério, e preciso ter certeza absoluta - Lucan parou de andar de um lado para o outro no laboratório de tecnologia para olhar Kade e Brock, que acabavam de chegar da patrulha com um maldito relatório. – Vocês têm certeza de que se tratava de Hunter?

– Sim – disse Kade, passando os dedos pelos cabelos negros e espetados. Através das escuras pestanas, seus olhos encaravam o olhar de Lucan. – Era ele. Dificilmente poderia confundir aqueles dermoglifos. Além disso, não é toda noite de patrulha que nos deparamos com um Primeira Geração.

Lucan grunhiu.

– E ele viu vocês dois? Ele também os reconheceu?

– O filho da puta nos olhou justamente antes de desaparecer pela cidade – respondeu Brock. O guerreiro mostrou os dentes com um grunhido mal contido. – Era como se quisesse que o víssemos. Como se quisesse que víssemos o que ele havia feito.

Enquanto Lucan absorvia aquelas notícias, as portas do laboratório de tecnologia se abriram e Chase entrou na sala. Ele cheirava a pólvora, adrenalina e aroma ocre da coagulação de sangue humano.

Com a interrupção, Gideon se separou de seu computador enquanto uma tela cheia de dados se deslocava atrás dele.

– Jesus, Harvard. Que diabos aconteceu com você?

O ex-agente jogou-se na cadeira mais próxima e tirou a boina negra, atirando-a sobre a mesa de conferências em sua frente.

– Passei a última hora me desfazendo de um delinquente morto no norte da cidade. Alguém rasgou a garganta do bastardo e o esgotou. Deixaram-no atirado onde caiu, diretamente ao ar livre para que qualquer um encontrasse o corpo.

Lucan notou o olhar de relance de Kade. A descrição e a descarada forma do ataque eram tão malditamente familiares que não podiam ser coincidência.

– Você viu algum rastro do vampiro que fez isso?

Chase elevou a vista e hesitou, como se não estivesse seguro de poder falar em voz alta suas suspeitas.

– Vi alguém lá, mas desapareceu antes que conseguisse me aproximar o bastante e identificá-lo.

- Sim, bom, estamos certos de que você chegou bastante perto do filho da mãe - interveio Kade. Os olhos azuis de aço de Chase se estreitaram.

- O que quer dizer?

- Depois que você saiu do clube esta noite, Brock e eu encontramos o mesmo tipo de coisa em Dorchester. Um humano com a laringe esmigalhada, jorrando sangue pelo menos por duas quadras e deixado morto em uma área pública. Quando seguimos a vítima, seu assassino estava rondando perto. Enorme, com dermoglifos de Primeira Geração e a cabeça raspada.

- Ah, porra - disse Chase em uma lenta expiração. - Então, era realmente Hunter. Eu também o vi, mas meu instinto me dizia que não o julgasse até que pudesse ver melhor. Maldito seja, sei que ele não tem muitas habilidades sociais, por causa de sua trajetória, mas esse maldito filho da mãe é psicótico.

- Suponho que não temos de perguntar o que ele gosta de fazer em seu tempo livre - disse Gideon secamente.

Lucan disparou um sombrio olhar a seus guerreiros.

- Se alguém o vir ou ouvir falar dele, quero saber o quanto antes. E se algum de vocês for testemunha de outra carnificina humana como a desta noite e nosso animal estiver na vizinhança e se negar a acompanhá-los, vocês têm minha permissão para eliminar o bastardo.

- Porra, Lucan, você está falando sério? - Gideon sacudiu a cabeça. - Há uma pequena menina que vive aqui no complexo que vai ter seu coração partido se algo acontecer com Hunter. Ele pode não estar ganhando concursos de personalidade, mas Mira o adora. Por mais estranho que isso possa soar, acredito que o sentimento é mútuo. Viu como ele é cuidadoso com essa garota. Sabe que se não fosse por Mira, que advogou por sua vida depois da incursão recente de Dragos, Niko teria posto uma bala em seu crânio. Hunter faria qualquer coisa por essa menina.

– Isso não diminui o que ele é – Lucan recordou Gideon e os outros. – Quero, tanto como qualquer outra pessoa, acreditar que ele está do nosso lado. Inferno, do jeito que vão as coisas ultimamente, precisamos dele lutando ao nosso lado. Mas não nos esqueçamos de que há três meses o filho da mãe era justamente outra arma no arsenal de Dragos. Uma arma mortal.

Gideon anuiu.

– Talvez Tegan devesse ter uma conversa com ele, ver que tipo de leitura consegue tirar dele agora – disse ele, referindo-se à capacidade de Tegan de distinguir as emoções de alguém com um toque. Uma habilidade que havia dado luz verde a Hunter quando este se oferecera ao serviço da Ordem no verão passado em Montreal.

– Tegan está no aeroporto – disse Lucan. – Alguém sabe quando Hunter tinha previsto retornar de suas patrulhas esta noite?

Diante dos ombros encolhidos que percorreram a sala, Lucan deixou escapar um suspiro.

– Temos bastante em nossos pratos agora sem ter que lutar com uma merda como essa. Quero ele imobilizado e quero isso assim que ele chegar. Talvez possamos conseguir algumas malditas respostas.

Kade, Brock e Chase murmuraram estar de acordo, e saíram juntos do laboratório de tecnologia. Quando se foram, Lucan voltou sua atenção a Gideon.

– Se tiver alguma boa notícia sobre aquele informe de desaparecidos que Dylan e Savannah estiveram fazendo nas áreas do Refúgio, ficarei encantado em ouvi-lo.

Pelo olhar de Gideon, entretanto, Lucan teve a sensação de que sua noite ia de mal a pior.

Reichen estava sentado na Rover com Tegan e Elise, ficando mais ansioso a cada minuto. Claire havia saído há um bom tempo. Dezessete minutos e contando.

Ela faria tudo menos escapar imediatamente depois que ele e Tegan estiveram discutindo sobre o que fazer com Wilhelm Roth. Fora imprudente falar de forma tão insensível enquanto ela estava presente; deu-se conta disso agora. Apesar do ódio que sentia por Roth, o macho ainda era o companheiro de Claire há muitos anos, e isso contava algo. Devia a Claire uma desculpa, que lhe daria logo que ela retornasse ao veículo.

Ele sentira o claro desconcerto de Claire durante o voo, e sabia que também era culpado por isso. Sentia-se como um bastardo depois do que aconteceu quando ela entrou em seu sonho na casa de Danika. O sexo, mesmo incrível, não fora planejado. Ele a desejara tanto, e uma vez que ela estava em sua frente - em seu sonho ou não -, ele fora incapaz de afastá-la.

Era a outra parte do sonho que ele lamentava.

Igualmente impossível de conter, não teve a intenção de levar Claire ao centro do açougue em que se transformara seu Refúgio antes da destruição. Tampouco quisera expor a outra parte do verdadeiro pesadelo que o havia açoitado durante tanto tempo, e sempre o faria.

Ninguém precisava ser testemunha desse tipo de horror, e ainda menos ela. Claire não tinha culpa de nada disso, mas isso não havia detido sua mente de projetá-la na matança e, pior ainda, no papel de Helene. Sua culpa sobre tudo o que acontecera com seus familiares e com Helene continuava sendo uma crua dor em sua alma.

E, possivelmente em algum canto paranoico de seu coração, ele se preocupava que, como Helene, Claire pudesse ser usada contra ele - que o vínculo de sangue dela pudesse de algum modo entregá-lo a Roth. Havia muito pouco mais que Roth podia fazer para machucá-lo; ele já lhe havia tomado tudo o que possuía.

Mas poderia ferir Claire.

Reichen tinha suportado e sobrevivido mais do que achava que fosse capaz. Se qualquer coisa acontecesse com Claire, especialmente por causa de sua participação à contragosto naquela busca por vingança, ele sabia sem dúvida alguma que aquilo seria a gota d'agua que o enviaria aos limites do inferno. E aquilo o mataria, é claro.

– Já faz tempo que ela está lá – murmurou ele, uma estranha sensação de vazio começava a expandir-se em seu peito musculoso. – Alguma coisa não está bem.

Elise virou-se para ele do assento de passageiros dianteiro.

– Faz um bom tempo. Vou me assegurar de que está tudo bem.

A Companheira de Raça de Tegan saiu do SUV e se dirigiu ao terminal aonde Claire fora. Voltou de lá sem sequer ter passado um minuto, um olhar de preocupação que apertava sua boca enquanto se apressava para o automóvel.

– Ela não está no banheiro. Revistei todos os postos e a zona fora do terminal. Ela não está lá.

– Inferno. Entre, querida – disse Tegan a Elise. – Ela não deve estar muito longe. Vamos encontrá-la.

– Não – Reichen abriu a porta traseira e saiu. – Vou me encarregar disso. Acredito que sei aonde ela pode ter ido.

O vínculo de sangue lhe dizia que ela estava movendo-se rápido para afastar-se dele, e ele concentrou todos os seus sentidos nela como um farol. O vínculo o levaria a ela, mas, mesmo sem isso, ele sentia saber para onde Claire poderia correr se estivesse aflita e confusa.

Tegan baixou sua janela e fixou seu intenso olhar esmeralda nele.

– Tem certeza de que não precisa de ajuda?

Reichen sacudiu a cabeça.

– Vão sem mim. Tenho de ir atrás dela.

Tegan anuiu e em seguida colocou a mão no bolso de sua jaqueta e sacou um telefone celular.

– Fique com isso. Os dois últimos números na discagem rápida o conectam ao complexo.

– Obrigado – disse Reichen. – Entrarei em contato assim que puder.

Capítulo 15

Os passos de Claire ecoavam no chão liso da casa de sua avó. Havia muito tempo desde que estivera na grande casa vitoriana perto de Narragansett Bay, mas ela ainda parecia a mesma, ainda cheirava o mesmo odor de madeira, mobílias velhas e ar fresco. Claro, desde que a viu pela última vez, antes de partir, muito jovem, para estudar na Alemanha, muita coisa havia mudado. Sua avó já havia falecido e agora a propriedade estava no nome de Claire, única herdeira e a última da família de sua mãe. Nem mesmo Wilhelm sabia sobre este lugar. Sua existência era um segredo que ela agora estava contente de ter.

Os zeladores haviam feito um trabalho excelente cuidando da casa e dos extensos terrenos depois que sua avó falecera. Como se estipulara no contrato, uma chave extra estava atrás de um tijolo teoricamente solto junto ao terraço, o mesmo lugar onde fora escondida desde que a mãe de Claire era uma menina crescendo na casa velha e grande. Claire tinha contado com essa chave quando fugiu do aeroporto de Boston e pegou um ônibus que a levou a Newport.

Vendo seu antigo lar, ela teve a esperança de que talvez tudo ficasse bem outra vez. Talvez ainda encontrasse um pouco de paz em sua verdadeira casa, quando todo o pó se assentasse depois do vendaval em que sua vida se transformara nos últimos dois dias.

O problema era que, com a esperança, vinha a confabulação de uma vida junto a Andreas no futuro, e isso só a preparava para decepções.

Ela tentou tirá-lo da mente enquanto deslizava pelo andar térreo da casa, familiarizando-se com as lembranças de seu passado distante. Retratos de família e quadros tinham sido desmontados e embalados para evitar a deterioração. O mobiliário elegante de que sua avó havia cuidado meticulosamente estava envolto em grandes lençóis brancos, o que dava ao lugar um aspecto fantasmagórico e antigo, mesmo com todas as luzes acesas. As cortinas e persianas dependuravam-se sobre as janelas e sobre as portas duplas que levavam ao pátio com vista para o mar.

Claire então aproximou-se daquelas portas. Abriu-as de par em par e deixou que o vento salubre de outono vindo do Atlântico inundasse o lugar. O vento a chamava e era forte demais para que ela pudesse resistir. Saiu e cruzou o caminho de tijolos que cortava o gramado do terraço e do pátio. Em seguida, desceu à grama, respirando profundamente o aroma do oceano que sempre lhe fizera sentir-se em casa.

Mais adiante, havia um aglomerado de rochas, que sempre fora um de seus locais favoritos para se refugiar e pensar. Foi para lá, andando com cuidado sobre a volumosa pedra negra na escuridão. Encontrou a borda plana que formava o assento perfeito na beirada áspera da saliente pedra e se acomodou.

Durante muito tempo, ela simplesmente ficou olhando a água, observando o brilho das ondas sob a luz pálida da lua e das estrelas.

Poderia ficar naquele lugar tranquilo durante horas, mas a maré se arrastava cada vez mais alta nas rochas e logo a água iria expulsá-la. Lamentando, ela deu a volta e muito lentamente se levantou da beirada. Quando ficou de pé, surpreendeu-se ao ver que não estava sozinha.

– Andreas – disse, surpresa por vê-lo.

Seu peito subia e descia de maneira visível, as inquietações surgiam nas linhas de seu rosto tenso.

Claire teve de obrigar seus pés a permanecerem conectados à terra e não moverem-se para ele instintivamente. Racionalmente, ela não queria que ele estivesse ali, apesar do que pudesse estar pensando seu coração.

– Como você me encontrou?

Ela já conhecia a resposta. Machos da Raça tinham sentidos sobre--humanos. Como se o vínculo de sangue que agora tinha com ela não fosse suficiente, ele poderia facilmente ter seguido seu aroma. Não que parecesse disposto a explicar. Estava irritado e preocupado, e o fato de ter vindo tão longe para encontrá-la deveria ser tranquilizador, encantador até.

Deveria ser, se não fosse o fato de que havia menos de cento e cinquenta quilômetros de distância separando-os de Wilhelm Roth. Deus, ela precisava afastar-se o máximo que pudesse de Andreas, o mais rápido que pudesse.

– Você partiu sem dizer nenhuma palavra, Claire.

Ela tentou não rir da ironia disso.

– Eu esperava que fosse um pouco mais fácil assim, tendo em vista sua história com despedidas longas.

Ele a observou com os olhos entreabertos.

– O que está acontecendo com você?

Ela deu de ombros com uma indiferença que, na verdade, não sentia.

– Nada.

– Por que partiu assim? Não pensou por um minuto que eu ficaria preocupado se você simplesmente desaparecesse sem explicação alguma? – ele grunhiu um xingamento e sacudiu a cabeça, pesaroso, apesar de seus olhos ainda estarem quentes pela ira. – Eu sei que merecia, eu sei. Mas você me assustou fazendo isso. Fale comigo. Diga o que está acontecendo.

Mas ela não podia dizer. O medo pelo que ele faria se soubesse que Roth estava por perto congelou aquela parte da verdade em sua garganta ressecada. Desviou-se do olhar intenso e perscrutador dele.

- Estou com medo, Andreas. Eu só queria estar em algum lugar familiar, em algum lugar onde eu me sentisse bem. Depois de tudo o que aconteceu, acho que só queria estar em casa. Eu queria um pouco de paz.

- Lar e paz – disse ele, a dúvida marcando-lhe a boca com linhas de nítida tensão. - Não, eu não acredito. Você fugiu e esperava que eu não a seguisse. Quero saber o porquê. Foi por causa do que aconteceu... no sonho? Porque eu não quis machucá-la. Quero que saiba isso...

Quando ela simplesmente o encarou, emudecida com o tormento, a mão dele se aproximou para acariciar-lhe brandamente a bochecha.

- Santo Deus, Claire... tudo o que queria era mantê-la a salvo.

Um soluço desbravou o caminho pela garganta dela.

- Por quê? - murmurou. -Por que você demonstra carinho agora, Andre? Por que não demonstrou antes?

Ele xingou em voz baixa.

- Tive de deixá-la para mantê-la a salvo.

Ela sacudiu a cabeça, pouco disposta a aceitar aquela desculpa esfarrapada, mas ele segurou-lhe brandamente pelo queixo. A ponta do polegar dele era um suave contato que roçava os lábios dela.

- Parti por causa do que eu tinha me tornado. Você viu o fogo que habita dentro de mim. Eu estava horrorizado diante do pensamento do que poderia fazer aos que amava. A você, Claire. Cristo... especialmente a você.

Ela engoliu a saliva com a garganta seca.

- Por que não me disse tudo de uma vez? Poderíamos ter feito alguma coisa...

- Não – ele disse. - Não havia nada a fazer, não naquela época. Essa coisa explodiu para fora de mim sem nenhum aviso. Vivi parte de minha vida sem saber o que minha fúria era capaz de fazer. Uma vez que se libertou, ela tomou conta de mim por completo. Saí da Alemanha porque aquela era a única maldita coisa que podia fazer. Levei quase um ano para finalmente domar o fogo. Quando retornei, você já estava com Roth.

Claire o escutava, tentando colocar todas as peças no lugar em sua mente.

- Então, durante boa parte de sua vida, você nunca soube nada sobre sua capacidade pirocinética?

- Não até a última noite em que a vi.

- Em que discutimos – corrigiu-lhe, recordando as palavras ditas na despedida.

Eles tinham passado a maior parte da noite em Hamburgo, desfrutando da companhia um do outro, como haviam feito durante os meses que passaram juntos. Mas então Claire teve uma crise de ciúmes quando outra mulher começou a flertar com ele. Andreas sempre fora um ímã para companhia feminina, com sua boa aparência e seu carisma fácil, mas ele jurou que estava interessado apenas em Claire. Ela não acreditou. Disse que queria uma prova de que seu amor era verdadeiro. Quando ele hesitou, ela ficou incomodada, temendo que ele não a amasse. Ela o chamou de egoísta, irresponsável. Coisas desagradáveis. Ela tinha se descontrolado e sabia disso, tanto agora quanto antes.

- Eu me arrependi das palavras que disse no momento em que as pronunciei – ela falou. Era uma desculpa algumas décadas atrasada. - Eu era jovem e tola, e fui injustamente dura com você, Andreas.

Ele deu de ombros.

- E eu era um besta cabeçudo que deveria conhecê-la melhor. Em vez disso, não me esforcei para provar que você estava errada. Depois de deixá-la no Refúgio de Roth, fui à cidade em busca de uma briga. Encontrei algumas, na verdade, e depois que tinha sangrado o suficiente os meus punhos e usado minha cara para quebrar vários outros, fui para um motel de estrada, na companhia de duas mulheres intoxicadas que encontrei em um bar no caminho.

A decepção de Claire ao saber desse momento camuflou-se sob sua preocupação em saber o que teria acontecido a seguir.

– Em algum momento, alguém bateu na porta. Outra mulher. Eu a deixei entrar e, por causa de minha distração... ou por causa de minha própria estupidez, não me dei conta de que tinha uma faca na mão, até que ela me cortou na garganta.

Claire deu um pulo, seu coração contorcendo-se ao imaginar a cena.

– E o que você fez?

– Eu sangrei – respondeu ele simplesmente. – Sangrei muito e pensei mesmo que fosse morrer. Quase morri, de fato. Eu estava muito fraco para lutar, quando um grupo de homens da Raça entraram no quarto e me levaram para um caminhão estacionado num beco. Eles me algemaram e me deixaram sangrando no campo distante de um agricultor, para eu virar pó e cinzas quando amanhecesse.

– Ah, meu Deus. Andre... Eu vi esse campo, não foi? Você me mostrou isso em seu sonho ontem?

O olhar dele era uma confirmação sombria.

– Em algum momento entre aquelas horas terríveis e o amanhecer, senti um calor natural que começava a arder dentro de mim. O calor continuou crescendo e crescendo até que meu corpo estava banhado de energia. E então aquilo explodiu de dentro de mim. Não me lembro de tudo... um dos efeitos colaterais menos desagradáveis, como eu descobri mais tarde. Os incêndios queimaram dentro de mim, mas minha pele não se queimou. Quando o sol começou a nascer, as algemas derreteram. Tentei lutar por um pouco de sombra, mas estava fraco demais por causa da perda de sangue. Não vi a jovem até que ela ficou de pé junto a mim.

Um nó de medo cresceu em Claire.

– Uma garota?

Ele assentiu, com um mínimo movimento da cabeça. Sua boca estava apertada; seu rosto, rígido com o arrependimento.

– Ela devia ter uns dez ou doze anos e chamava por seu gato perdido. Ela veio até mim com dificuldade em meio à poeira e me perguntou o que podia fazer para me ajudar. Por causa da lesão na garganta, eu não tinha voz. Não poderia tê-la advertido, mesmo que eu tivesse a menor ideia do que aconteceria se ela se aproximasse muito de mim, enquanto meu corpo ainda estava mortalmente quente.

Claire fechou os olhos, compreendendo agora. Pôs a mão no rosto quadrado e masculino dele, sem palavras para expressar a dor que sabia que ele devia ter sentido pelo que fizera à menina. A dor era evidente e ele ainda a sentia, depois de todo esse tempo.

– Arrastei-me para fora do campo como um animal, que é como me senti. Pior que um animal, pois destruí uma pessoa tão inocente e pura. Encontrei refúgio em uma caverna, onde pude me curar. Uma vez que me recuperei, fugi. Não podia ficar... não depois do que tinha feito. E depois disso, apesar de passarem muitos anos sem que os incêndios retornassem, eu vivia com o medo de machucar as pessoas com quem eu mais me importava – os dedos dele percorreram os cabelos dela, indo roçar-lhe a testa com ternura. – Deixar você nunca esteve em meus planos. Depois, retornei e ouvi que estava com Roth. Então, fiquei em Berlim, e me dizia todos os dias que você estava melhor com ele. Assim, eu poderia estar seguro de que sempre estaria a salvo da morte que habita dentro de mim.

– Vi seu poder, Andre. Vi o que pode fazer e não saí ferida. Você não me machucou.

– Ainda não – ele respondeu, em um tom sombrio. – Mas agora essa coisa está mais forte do que nunca. Foi imprudente de minha parte conjurar o fogo na noite em que meu Refúgio foi atacado.

É mais mortal que antes, e cada vez que a fúria toma vida em mim, queima mais quente que a última vez.

Claire viu o tormento dele, mas em vez de aquilo despertar-lhe simpatia, provocou-lhe ainda mais raiva.

– Sua vingança vale tudo isso? Vale a pena acabar com a própria vida com o propósito único de se vingar? Porque é isso que você está fazendo, Andre. Você está se matando com esse terrível poder, e você sabe disso.

Ele sorriu com sarcasmo, uma negação desprovida de palavras.

– Estou fazendo o que devo fazer. Não me importa o que acontecer comigo no final.

– Pois eu me importo – disse ela. – Maldição, Andre! Eu me importo muito com o que possa acontecer com você! Estou olhando para você agora e vejo um homem que está destruindo a si mesmo com uma fúria cega e doentia. Quantas vezes mais você vai conseguir escapar das chamas, quantas vezes antes de se perder completamente nelas? Quanto tempo antes que o fogo consuma sua humanidade?

Ele a encarou durante um longo momento, sua mandíbula quadrada apertando forte os dentes. Sacudiu a cabeça.

– O que você quer que eu faça?

– Que você pare – disse. – Pare tudo isso antes de perder o controle e ser tarde demais.

A lógica era claríssima para ela. Havia uma opção óbvia: libertar-se da raiva e viver, ou continuar sua busca por vingança e perecer, fosse pelo seu poder que claramente já o destruía, fosse pela guerra que travaria cedo ou tarde com Wilhelm Roth.

– Não posso parar, Claire. Cheguei muito longe para voltar atrás e você sabe disso. Pressionei muito Roth nessas últimas noites e nas semanas em que o estive procurando – ele exalou um suspiro cortado e a boca se curvou em um sorriso sem senso de humor. – Irônico, não? Que o que me afastou de você seja o que nos uniu novamente...

Mas o que você disse antes está certo: você merece paz e agora vou deixá-la tê-la...

Aproximou-se e apertou os lábios contra a testa dela, prolongando em seguida o tenro beijo em sua boca. Deu um passo para trás, virou-se e começou a se afastar.

Claire o viu iniciar sua partida. Seu coração se rompeu um pouco com cada passo que dava. Não podia deixá-lo partir, não assim, não novamente... não quando cada fibra de seu ser pedia aos gritos que ele ficasse.

- Andreas... Espere.

Mas ele continuou, passos longos que o levavam cada vez mais longe dela.

Ela não podia ficar ali parada, mesmo se estivesse acorrentada. Claire correu para a grama e segurou a mão de Andreas. Fez ele virar para encará-la, tantas palavras e pesares obstruíam-lhe a garganta...

Não.

- Não vá - foi tudo o que ela pôde dizer. Era uma súplica.

Os olhos escuros dele brilhavam com faíscas âmbar; sua pele dourada parecia mais forte sob a luz da lua; sua boca era uma linha determinada que não chegava a ocultar o fluxo de presas emergentes atrás dos lábios.

- Por favor, Andre... não vá.

Claire ficou na ponta dos pés e curvou os dedos em volta da nuca musculosa dele, arrastando-o para baixo para que seus lábios se encontrassem. Ela o beijou com a paixão que sempre sentira por ele, com todo o desespero, com todos os desejos impossíveis que tinham habitado em seu coração por todos aqueles longos anos.

Ele devolveu o beijo com ardor ainda maior. Seus braços a envolveram, esmagando-a contra ele para que ela pudesse sentir o calor duro de seu peito e de suas coxas grossas e aquela parte mais quente e mais dura dele, que pulsava em seu quadril como uma barra de aço espessa. Claire se deleitava com a excitação dele, com o quente e áspero gemido que vibrava em seus ossos enquanto ele interrompia o beijo para enterrar o rosto na curva entre o pescoço e o ombro dela. Ele a queria, tanto ou mais do que ela queria – precisava - dele.

E agora não era um sonho. Não, agora era real e natural e tão, tão certo.

- Santo Deus, Claire - ele ofegou, a ponta de suas presas lesando a pele suave da clavícula dela. – Por que não me deixou ir?

Ela balançou a cabeça, também faltavam-lhe palavras ou razões. Tudo que sabia era o desejo que sentia por aquele homem, aquele incrível macho da Raça que deveria ter sido dela. Que nunca poderia ser seu, já que sua busca por justiça o consumia e o afastava dela.

Claire passou as mãos sobre os rígidos músculos das costas largas dele, jogando a cabeça para trás para deixar que sua boca vagasse por onde quisesse em sua pele. Ela ofegava com fome, as pernas derretendo sob o calor que irrompia em seu sexo.

Andreas voltou o olhar ao seu rosto. Ele era tão lindo, tão selvagem e poderoso, que ela quase chegava a sofrer. E ela viu nos olhos âmbar dele a paixão nua e ela sabia que ele via o mesmo nos dela. Não, ela não podia negá-lo... não era forte o suficiente para sequer tentar negar.

Eles tinham ficado separados por muito tempo. Muitos obstáculos que agora pareciam impossíveis de superar. Mas tinham o desejo. Claire estremeceu, e sentiu uma vibração similar através de Andreas enquanto o abraçava.

- Por favor – sussurrou ela, precisando sentir o peso daquele corpo masculino sobre o seu.

Ela precisava sentir o corpo dele misturando-se com o dela, entrando nela, não em um sonho ou em uma lembrança, mas à flor da pele, em carne viva.

- Ah, Deus, Andre... por favor. Fique comigo de novo.

Ele grunhiu contra sua garganta uma blasfêmia bruta que apenas fez o sexo dela pulsar mais forte e mais quente.

Com segurança e graça de movimento, levantou-a, elevando-lhe os pés do chão, carregando-a com a força dos músculos dos braços. Levou-a pela relva até as portas duplas da casa. Lá dentro, pouco a pouco, a deixou em meio aos envoltos móveis fantasmagóricos. Beijou-a com ternura, com doçura enquanto puxava a borda de um lençol branco que cobria uma antiguidade – uma cadeira almofadada – e o jogou de lado.

Claire se deixou guiar por ele ao assento elegante, recostando-se enquanto ele reclinava-se sobre ela como uma espécie de deus grego imenso. Beijou-a um pouco mais, enquanto os dedos começaram a desabotoar-lhe o suéter.

Diferente de como acontecera no sonho, desta vez a roupa não evaporou como ar. Andreas levou um tempo para despi-la, a boca sempre roçando com adoração cada polegada da pele ardente dela. Sugou-lhe os seios com vontade e brincou na curva entre o ventre e o quadril. Quando cuidadosamente livrou-se das calças e da calcinha, enfiou a cabeça entre as coxas dela e atacou-lhe enlouquecidamente a tenra pele rosada, a língua explorando cada pétala úmida do sexo em chamas de Claire.

Claire jogou a cabeça para trás e gemeu de prazer enquanto ele a amava com a boca e brincava com as pontas brancas das presas.

O primeiro orgasmo a tomou totalmente de surpresa – se espalhou por ela e a possuiu, um prazer que ela não poderia conter mais que o grito que enviou até o teto, quando o orgasmo se apoderou de todo o seu corpo. Andreas a abraçou pacientemente, suas mãos grandes e trêmulas escorregando sobre aquele belo corpo feminino nu, acariciando-lhe.

– Você tem um gosto tão bom – ele murmurou contra a vagina completamente molhada dela. – Mais doce até do que eu conseguia me lembrar. Melhor do que qualquer sonho.

Claire colocou as mãos sobre os ombros largos dele, empurrando--o para trás enquanto ela se endireitava. Em seguida, montou sobre ele, aprisionando-o entre as pernas com as coxas nuas. Passou as mãos por baixo da camisa aberta dele e o despiu para, com a boca, poder explorar cada músculo daquele corpo delicioso.

Quando tinha percorrido a língua até a garganta, arrancou-lhe a camisa por completo e deixou que seus olhos desfrutassem da beleza única de seus padrões de dermoglifos. Agora, com o desejo gravado em cada músculo retesado de Andreas e em sua expressão, os dermoglifos estavam preenchidos com anil, vinho e dourado escuro. Claire percorreu, primeiro com a ponta do dedo e, depois, com a língua, os redemoinhos complicados e floridos, exatamente como tinha desejado desde que o vira sentado na beira do lago iluminado pela lua de seu sonho.

Alguns dos dermoglifos continuavam seu desenho mais abaixo do corpo, ela vividamente se lembrava. Não querendo se descuidar de nenhuma parte dele, Claire desabotoou-lhe as calças e afrouxou o zíper. Ele conteve a respiração enquanto ela acariciava a suave pele da virilha e os desenhos naquela carne tenra. Quando puxou as calças, a cabeça enorme do pênis dele mostrou-se por completo e ele grunhiu um xingamento.

Claire beijou-lhe toda a circunferência do grosso membro, admirando ainda a largura, a longitude e a potência antes que baixasse a cabeça e o colocasse na boca. Ela apenas brincava por enquanto, sentindo o sabor salgado da excreção que saía dele. Não, ela não queria se apressar; queria prolongar aquele momento, aquela noite roubada com que ela vinha sonhando há tanto tempo.

Quando falou, sua voz estava rouca de paixão.

– Você tem alguma ideia de quantas vezes quis procurá-lo à noite em sonho? Havia dias, às vezes semanas seguidas, em que isso era tudo o que eu conseguia pensar... tudo o que queria fazer era sair correndo para procurá-lo. Para sentir de novo esse prazer que só sinto com você. Você foi o único, Andre. Você sempre foi o único.

Ele grunhiu, um som de posse masculina total e descarada. Suas mãos procuraram-lhe os cabelos com força enquanto ela se inclinava sobre ele uma vez mais e colocava-lhe o pênis completamente na boca. Ele se arqueou, assoviando um grito mudo enquanto enfiava mais profundamente na boca dela.

- Ah, Deus! – disse, com voz entrecortada. - Isso é tão bom... Ah, Claire, continua, assim, não pare...

E ela não parou – não queria parar. Ela não se cansava dele, nem sequer quando o corpo dele estremeceu e ele rugiu diante do gozo. Ela o acariciou com a língua e a garganta, ávida por tudo o que ele lhe daria depois de tantos anos querendo-o.

Depois de tantos anos amando-o.

Não podia negar que era amor o que sentia por ele à medida que ele tomava-lhe a boca com beijos febris e exigentes. Era amor o que enchia o coração dela enquanto ele enchia-lhe o corpo com o dele.

Era amor o que a fez gritar seu nome quando ele a levou a outro ponto culminante, devastador, antes de começar a seduzi-la de novo.

A vadia estava testando sua paciência.

Wilhelm Roth fechou a mão em punho e bateu contra a janela nublada do armazém de Boston onde se via obrigado a morar recentemente. A dor percorreu seu braço quando ele tirou a mão dos cristais quebrados, a carne sobre as juntas ralada e ensanguentada. Sabia que Claire também sentiria aquela dor, ao longe, assim como ele sentia a prova de sua infidelidade com Andreas Reichen.

O prazer enlouquecido dela ferveu o ácido no estômago de Roth.

A alegria que ela compartilhava com Reichen lhe deu vontade de matar a ambos. Grosseiramente.

Ele tinha ficado um pouco mais que surpreso ao detectar a presença de Claire perto de Boston no início da noite. Desde então, a consciência dela se desvanecera, mas ele estava certo de que ela estava em alguma parte da Nova Inglaterra. Ela e Reichen, ao que parecia. A única coisa que o impedia de caçar o casal era o fato de que suas mãos estavam cheias com a missão atual de Dragos na cidade. Dragos deixara suas prioridades muito claras quando o enviou a Boston, e Roth não o decepcionaria.

Ele teria sua chance de fazer Claire e seu maldito amante pagarem.

Estava seguro que teria uma grande oportunidade para infligir uma grande dor em ambos. Logo.

E ele mal podia esperar.

Estivera mastigando o fato de que Dragos dera a entender que Reichen estava envolvido com a Ordem. Ele não ficaria surpreso se aquilo fosse verdade. Apesar da arrogância e da insubordinação, ele também tinha um ar de moralista.

Roth supôs que o homem tinha um determinado código de honra, mesmo quando, no passado, esteve farejando as saias de Claire quando Roth já decidira que ela seria só dele. Não importava que Roth já tivesse uma companheira, ele e Ilsa tinham sido um casal pobre, uma união que ele formara a toda pressa em um momento de paixão e com a qual se entediara não muito tempo depois.

Devia ter se livrado dela antes, mas logo Claire se aproximou e lhe deu a desculpa de que precisava.

Ou, melhor, Andreas Reichen tinha proporcionado a desculpa, pouco tempo antes que qualquer um dos dois conhecesse a bela Claire Samuels.

Roth se perguntava frequentemente se Reichen sabia do desprezo fervente que tinha inspirado quando ofereceu um gesto de amabilidade à frágil e pequena Ilsa em uma recepção no Refúgio. Tinha sido uma coisa pequena, na verdade, uma jaqueta seca para cobri-la quando Roth a enviara para um balcão empapado de chuva, por ter se atrevido a contradizê-lo diante de seus companheiros. Teve a intenção de castigá-la em particular, mas Reichen saíra e a descobrira sentada sozinha no frio. Incrivelmente, ele teve o descaramento de insistir que ela pegasse seu casaco e dispôs seu motorista a enviá-la para casa sem a permissão de Roth.

Mesmo agora Roth exasperava-se simplesmente em pensar nisso.

Exasperou-se também na ocasião, e esperou uma oportunidade para pôr Reichen firmemente em seu lugar. Encontrou sua chance quando Claire chegou a Hamburgo e chamou a atenção de quase todos os machos da Raça disponíveis na região. Reichen inclusive. Assim, Roth tinha esperado e observado, e, quando foi o momento, mandou seus homens para dar um jeito em Reichen. Então ele se lançou à tarefa de recolher os pedaços do coração da pobre e devastada Claire. Tomá-la como sua companheira não foi mais que a cereja de um bolo que já era delicioso.

Ah, ele teve de matar Ilsa para limpar o caminho, mas esse foi apenas um pequeno inconveniente para ter a satisfação de saber que havia mostrado seus argumentos a Reichen e roubado a mulher que ele amava.

Não pôde ficar mais surpreso ao saber que Reichen tinha reaparecido em Berlim naquele mesmo ano. Para crédito do jovem, depois do que provavelmente fora uma lição muito amarga, ele ficou muito longe de Hamburgo e de Claire. Até o verão passado, quando a prostituta humana que tinha sido a última amante de Reichen começou a farejar os assuntos de Roth.

Ele não teve a paciência para lidar com Reichen de novo, e assim enviou uma rápida e clara mensagem ao Refúgio de Berlim, onde Reichen e sua família viviam. Rápida e clara, mas não densa o suficiente, já que o ataque tinha deixado Reichen vivo.

Não acontecerá novamente, Roth prometeu.

Quando voltasse a ter Andreas Reichen em sua mira, o filho da mãe morreria. Melhor se pudesse enviar Claire com ele à morte.

As agradáveis e sádicas reflexões de como poderia alcançar esses dois objetivos formavam redemoinhos em sua cabeça quando o telefone celular no bolso do casaco tocou.

- Sim, senhor.

- Acredito que sua operação corre como o previsto - disse Dragos, em um tom que quase desafiava Roth.

- Tudo está perfeitamente sob controle, senhor. Como prometi que seria.

Dragos grunhiu.

– Continue assim. Estou quase terminando os preparativos aqui. Logo dou-lhe as novas coordenadas.

- Perfeitamente, senhor - disse Roth. - Vou seguir o plano como combinamos e aguardo novas ordens.

Capítulo 16

Na manhã seguinte, enquanto Reichen ficou em casa tentando não ser paranoico sobre o perigo que espreitava em cada esquina ou beco, Claire partiu com seus euros restantes e se dirigiu à cidade para trocar o dinheiro e buscar um pouco de comida para ela e roupas para ambos. Reichen tinha tentado convencê-la a esperar até a noite, quando ele poderia acompanhá-la – para o caso de ela se meter em problemas –, mas ela negou com apenas um olhar e o deixou sentado na casa. Ele tinha se esquecido do quão independente ela era, e uma parte dele admirava o fato de que várias décadas sob o jugo de Roth não lhe tinham roubado o espírito livre e faceiro.

Ficou preocupado, no entanto.

Ele sabia que estava a salvo de Roth ou de Dragos ou de qualquer outro membro da Raça pelo tempo que durasse o dia e o sol os mantivesse encerrados em suas malditas tumbas. Contudo, a parte protetora dele - a parte que ainda precisava aceitar o fato de não ser mais o líder de um Refúgio, responsável por manter seu lar e sua família fora de perigo - opôs-se veementemente à ideia de Claire caminhar por aí sem ele. Ela era muito preciosa, muito vulnerável em um mundo cheio de perigos ocultos. Ela era um tesouro digno de ser preservado a qualquer custo.

E ela não era *sua*...

Inferno, ela não era dele, mas era preciso esforço para se lembrar desse fato, especialmente depois da noite passada. Eles tiveram uma noite incrível juntos, fazendo amor na sala de estar com vista para o Atlântico, e depois no andar superior da casa, em cima da cama com dossel que fora de Claire quando ela era uma jovem morando na casa da avó. E outra vez ainda antes do amanhecer, quando ela se levantou para assegurar que todas as persianas e cortinas estavam fechadas para protegê-lo do sol.

Ele gostaria de tê-la seguido na ducha antes que ela partisse para realizar suas atividades, mas ela o repreendeu brandamente e o recordou que ainda teriam muito tempo juntos. Mas não tinham esse luxo, e ele sabia. Era fácil imaginar que aquele encontro - aquela pausa em um lugar idílico, sem as constantes lembranças da escuridão que deixaram para trás na Alemanha - poderia durar para sempre.

Mas não poderia.

Por mais que fosse ótimo estar novamente com Claire, eles não poderiam ficar juntos em Newport por muito tempo. Até que Roth fosse encontrado e eliminado, ela precisava estar em um lugar protegido e fora de seu alcance. Ela não gostaria disso, mas, enquanto Roth estivesse vivo e fosse capaz de pôr as mãos nela, Claire deveria ficar sob a guarda da Ordem. Quanto antes melhor.

Para Reichen, cada minuto em que não estava procurando Roth era uma oportunidade para o bastardo cavar mais fundo onde quer que estivesse e continuar suas maquinações junto a Dragos. Reichen sabia que tinha de gastar cada respiração e esgotar todos os esforços para caçar Roth. A vingança ainda ardia em seu ventre e seu problema com Wilhelm Roth não seria perdoado simplesmente porque tinha Claire para esquentar seu coração e sua cama.

Roth não podia continuar respirando, uma vez que era mau até a medula. Não enquanto pudesse decidir punir Claire e afastá-la novamente da vida de Reichen.

Com aquele pensamento alimentando-o, ele pegou o telefone celular que Tegan lhe dera e discou o último número da discagem rápida. O número tocou duas vezes antes que o sotaque britânico de Gideon respondesse do outro lado da linha.

– Quem fala? – ele atendeu, bem disposto apesar da intromissão na sua manhã

– Reichen. Peço desculpas por não ligar ontem à noite.

– Não se preocupe. Onde você está?

Nu depois da ducha recém-tomada, ele recostou-se em uma cadeira.

– Newport, Rhode Island.

– Encontrou sua mulher?

– Sim – respondeu Reichen, sem incomodar-se em esclarecer que ela não era, de forma alguma, "sua mulher". – Está tudo bem. Claire está a salvo, e eu também. Descobriu algo sobre Roth?

– Nada ainda, mas estamos trabalhando nisso. Estou falando com alguns contatos internacionais neste momento. Confie em mim, queremos colocar as mãos nesse bastardo tanto quanto você. Ele pode ser nosso vínculo mais sólido para chegarmos a Dragos neste momento, de modo que estamos trabalhando duro em cada pista que podemos recolher.

A forma como Gideon falou fez Reichen pensar que ele também deveria estar lá com os outros guerreiros, aprofundando-se em todas as pistas sobre o paradeiro de Roth e ajudando-os a encontrar o filho da puta. Estava ansioso por fazer precisamente isso, sentia coceira nas palmas com a necessidade de estrangular o pescoço de Roth até deixá--lo completamente sem vida por tudo o que o maldito havia feito.

– Então, como está aí em Newport? – Gideon perguntou. – Vai ficar aí por quanto tempo mais?

– Não muito – disse, apesar de sua resposta estar dividida entre o que seu coração queria e o que seu dever exigia. – Não muito tempo.

Tenho de esclarecer umas coisas, mas Claire e eu podemos ficar prontos para sermos pegos mais tarde esta noite, se você puder mandar alguém.

- Sem problemas. Posso mandar um dos homens aí mais ou menos uma hora depois do pôr do sol.

Reichen franziu a testa, calculando o breve espaço de tempo que teria para dar a Claire a notícia de que a tiraria de sua casa. Outra vez.

- É possível que eu precise de um pouco mais de tempo, Gideon. Claire não sabe que eu estou ligando ou que vamos sair esta noite de Newport. Ela acabou de sair de uma jaula dourada, tenho a sensação de que não está ansiosa para entrar em outra.

- Ah - o guerreiro deixou escapar um suspiro de pouca profundidade. – Então você precisa esclarecer algumas coisas ainda? Bem, boa sorte com isso.

- Certo - respondeu Reichen, sabendo que era uma conversa que devia ter antes com Claire, mas preocupado mesmo assim. – Entro em contato mais tarde para arranjarmos os detalhes.

Quando ele desligou a chamada, a fechadura da porta dianteira se abriu. Claire entrou, olhando com cautela dentro da casa para assegurar-se de que ele não seria atingido pela luz que se derramava em torno dela.

- Olá - disse sorrindo enquanto fechava a porta e ele ficava de pé, completamente nu, para saudá-la. – Você está nu.

- E você também deveria estar – ele disse, surpreso pela rapidez com que seu corpo respondia diante da simples visão do corpo (coberto) dela. - Como foi com as compras?

- Bem – ela levantou duas sacolas cheias de comida em uma mão e um monte de sacolas de lojas de departamento na outra. - Uma dessas é para você - disse, sustentando uma sacola com o logotipo de uma loja de roupas masculinas. - Este é um jogo de lençóis e travesseiros, e o resto é para mim. Mal posso esperar para vestir algo mais fresco.

Reichen caminhou para ela, com suas intenções descaradamente claras.

– Acho que eu deveria te ajudar.

O sorriso que ela lhe deu como resposta foi safado e o fato de que logo ele estaria separado dela novamente o fisgou com uma pontada no estômago.

– Primeiro você tem de me pegar.

Deixou cair as sacolas de comida e correu para a escada com as sacolas de roupa. Reichen se lançou atrás dela, dando um passo para cada três dos seus. Ele a pegou na metade do caminho até o segundo andar. Escutou um grito sobressaltado dissolvido entre risada... então, em pouco tempo, gemidos e suspiros de uma mulher plenamente satisfeita.

Naquela noite, depois de uma longa ducha quente, Claire se secava com a toalha, seu corpo ainda zumbindo das horas de amor que tinha passado com Andreas. Ela saiu do banheiro e o encontrou descansando como um rei na cama. Uma longa e musculosa perna dele estendia-se até o final do colchão, a outra estava casualmente dobrada. Estava apoiado nos travesseiros, o braço direito escondido atrás da cabeça. Os dermoglifos no torso, nos braços, antebraços e coxas estavam ainda com vida, mas pouco a pouco mudavam para o tom dourado de sua pele.

Mesmo em estado de repouso, o sexo dele era impressionante.

Ela não conseguia acostumar-se a vê-lo nu; aquilo sempre a deixava petrificada onde estava, e ela fazia uma pausa para admirá-lo. A lenta curva dos lábios dele dizia que ele sabia exatamente o que aquela visão provocava nela, e seu ego masculino – para não mencionar outras partes – orgulhava-se de ser observado de maneira tão frequente e encantada.

Claire rompeu o feitiço que seu corpo nu parecia exercer sobre ela e se aproximou para pegar a roupa limpa que tinha escolhido para vestir. Dirigiu-lhe um olhar irônico, enquanto tirava as etiquetas das calças jeans e do suéter cinza-claro.

- Você é mau comigo, sabia?

- Sem dúvida – ele respondeu. Mas, embora ela estivesse brincando, ele parecia sombrio; parecia preocupado de algum modo, como se pensamentos nebulosos lhe pesassem. Claire estava a ponto de perguntar o que acontecia quando ele se levantou da cama e caminhou até ela, levando-lhe uma saia de lã negra. – Use isto em vez das calças. E as botas de salto alto.

Ela o olhou, duvidosa.

- Quero te levar para um passeio. Você pode me mostrar sua cidade natal.

- Um encontro? - perguntou ela, sem dúvida emocionada pela ideia.

Parte dela perguntava-se por que Andreas passara o dia todo sem mencionar Wilhelm Roth ou seus negócios com a Ordem. Ela não queria que nenhuma dessas coisas interferisse em seu tempo juntos, mas não era tão ingênua para pensar que algumas horas de sexo - sexo realmente surpreendente, diga-se de passagem – seriam suficientes para fazê-lo esquecer da vingança que arrastava há anos.

Olhando para ele, ela sabia que aquele era um momento de prazer, uma pausa antes de uma tormenta. Que ela poderia despertar e descobrir que aquela breve fuga com Andreas tinha sido apenas um sonho. Esperou que aquela fração de tempo perfeito se fizesse em pedacinhos e caísse ao redor de seus pés.

Entretanto, o sorriso de Andreas era mais encantador do que nunca e o corpo dela ainda estava quente e latejante pelo resplendor do amor que eles fizeram.

- Já faz muito tempo desde que lhe convidei para um encontro adequadamente, Claire. Você aceita?

- Sim - ela assentiu com entusiasmo. - Eu adoraria.

- Vista-se. Vou tomar uma ducha e você me espera no térreo.

Feliz como uma colegial apaixonada, ela vestiu a saia e o suéter, calçou as botas sexy e desceu flutuando para esperá-lo na sala. Alguns minutos depois ele desceu, recém-saído do banho, barbeado e vestido, com os cabelos castanhos despenteados e úmidos ao redor do seu rosto. Claire sentiu um aperto no peito. Ele estava incrível em uma calça cinza e uma camisa de seda preta que ela lhe comprara. Tão maravilhoso que só o que ela queria fazer era tirar tudo aquilo e ter seu corpo nu contra o dela – dentro do dela – novamente e para sempre.

– Está pronta?

Ela assentiu e pegou sua mão estendida. Era uma noite agradável, fria mas clara, e eles percorreram a curta distância até o centro histórico de Newport. O lugar tinha mudado muito desde a última vez que Claire estivera lá, cerca de vinte anos atrás. Boutiques, lojas familiares e os restaurantes deram lugar aos hotéis e lojas de roupa e a restaurantes chiques.

A parte favorita de Claire na cidade continuava sendo o cais de Newport. O cais era um lugar mágico, especialmente à noite. Flutuando brandamente na corrente escura havia uma mescla eclética de iates e veleiros milionários junto a barcos de pescadores e turísticos. Beirando as calçadas que levavam ao cais, havia galerias, lojas e restaurantes radiantes com suaves luzes amarelas e vibrantes com o som da risada e conversa de uma multidão de turistas de final do outono que estavam lá a passeio, assim como Claire e Andreas.

Ali fora, no meio daquela imensa humanidade, tão anônima e tão longe do trauma e da violência da vida que deixara só há algumas noites, Claire quase podia fechar os olhos e imaginar um futuro em paz. O que era muito melhor com sua mão brandamente presa por Andreas. Com ele ao seu lado como estava, quase podia fingir que seu amor era como tinha sido antes, com nada mais que a aventura e a felicidade diante deles.

Claire tentou não pensar em Wilhelm Roth. Ela já não podia pensar nele como seu companheiro, se é que alguma vez ele havia realmente ocupado esse papel. Ela sabia que ele era perigoso, mais ainda agora, consciente de que ela dormira com Andreas. Ele lhe transmitira seu desgosto na noite anterior, enviando uma pontada de dor física pela conexão de sangue que compartilhavam. Sua mensagem não podia ser mais clara. Companheira ou não, Wilhelm Roth agora era seu inimigo tanto como era de Andreas.

Esse pensamento se aferrou a ela quando entraram em uma loja de chocolates junto ao cais.

– Venha – ele disse, levando-a às vitrines brilhantes que continham uma variedade de doces deliciosos.

Claire o olhou com curiosidade, sabendo que o sistema digestivo da Raça não podia processar os alimentos humanos, exceto em quantidades insignificantes e, em geral, apenas para efeito de aparentar ser um ser humano, quando e *se* necessário. O que era uma lástima, pensou, olhando a coleção de chocolates que deslumbrava os olhos e seduzia o paladar.

– Qual quer provar primeiro?

Ela mordeu o lábio inferior, em apuros para decidir.

– O brilhante com as bordas vermelhas parece delicioso. Ah, e também o pequeno com manchas de ouro. E o que tem coco em cima.

Enquanto estava vacilando entre suas opções, um homem calvo de meia-idade saiu da parte traseira da loja. Ele deu um sorriso amável e, com um gesto de saudação, deixou suas coisas atrás do balcão.

– Outra deliciosa noite de verão – disse. – Poderia ajudá-los com algo?

– A senhora gostaria de provar alguns de seus chocolates – disse Andreas.

– Perfeitamente. E quais deseja, querida?

Claire levantou a vista e encontrou o amável olhar do comerciante.

– Posso provar daquele quadrado ali?

Ele assentiu com a cabeça.

- Uma excelente escolha. É o chocolate da casa.

Claire deu uma pequena dentada e saboreou o gosto agridoce da porcentagem alta de cacau. O doce derreteu como manteiga na língua.

- Ah, meu Deus - murmurou diante da explosão de felicidade na boca. – É maravilhoso.

O homem sorriu, seus olhos pareciam deter-se no rosto de Claire durante um bom tempo antes de se voltar para Andreas.

- E para o senhor?

- Não, obrigado. Mas por favor, dê-lhe o que ela quiser.

O homem riu.

- Uma filosofia de sábios.

Claire apontou para um chocolate escuro com bordas vermelhas.

- Qual é esse?

- Chocolate preto com creme de framboesa. Quer um? – havia um olhar inquisidor e especulativo no homem e, quando Claire o olhou, sentiu que ele a reconhecia.

- Desculpe – ele disse, franzindo a testa –, mas já nos conhecemos?

- Não, acredito que não – ela disse.

Ele sorriu, coçando o queixo cinza.

- É que a senhora se parece com alguém que conheci faz muito tempo. A viva imagem, de fato.

- É mesmo? - perguntou Claire, e sua atenção se dirigiu para a etiqueta de latão prateado que levava o logotipo da loja e seu nome: Robert Vincent.

- Não acredito que nos conheçamos.

- É incrível. Você é exatamente igual a uma companheira de colégio. O nome Claire Samuels lhe diz algo? Significa algo para a senhora?

Ao lado dela, Andreas ficou em um silêncio mortal. Claire piscou, surpreendida por ouvir seu nome de solteira sair da boca do homem. É óbvio que poderiam ter sido companheiros de classe. Ela tinha viajado para estudar no estrangeiro quando tinha vinte anos. Se não fosse pelo sangue de Wilhelm Roth e pela composição química incomum de seu próprio corpo, ela teria sinais externos similares a meia-idade. Em vez disso, parecia a mesma de trinta anos atrás.

– M-minha mãe – balbuciou. – Você deve estar pensando em minha mãe.

– Ah! – o sorriso do homem ficou ainda maior. – Sua mãe, é óbvio. Meu Deus, vocês parecem irmãs gêmeas!

Claire sorriu.

– Ouço isso de vez em quando.

– Precisamos ir – Andreas interveio, um tom sombrio em sua voz.

– Como está sua mãe? – perguntou o homem.

– Bem – respondeu Claire. – Ela vive no exterior há muitos anos.

– Eu gostava dela na época da escola. Ela era a garota mais bonita de nossa classe. E também uma das mais amáveis. E tocava piano. Aí é onde a vi pela primeira vez. Eu era assistente do diretor da orquestra sinfônica do Ensino Médio.

– Buddy Vincent – Claire exclamou, recordando o moço simpático, mas com dificuldade, já que via um rosto cansado e envelhecido pelo tempo, um homem mortal.

– Ela falou de mim, então? – perguntou ele, sorridente. Andreas limpou a garganta com impaciência, mas Claire o ignorou.

– Você sempre foi muito doce – ela disse a Buddy, recordando como ele muitas vezes tentara fazê-la sentir-se bem-vinda e especial, em uma época em que ser diferente nem sempre era a coisa mais fácil. – Significou muito para ela tê-lo como amigo.

– Bom – ele disse. Aproximou-se para recolher uma pequena caixa de presente e começar a enchê-la com várias peças dos dois chocolates que Claire provara. – Nunca foi difícil ser amável com uma moça bela. Quando falar com ela, por favor, diga-lhe que mando lembranças.

– Eu direi – disse Claire.

Ele entregou-lhe a caixa cheia.

– Desfrute-os, com minhas saudações.

– Tem certeza?

– Vamos pagar por eles – disse Andreas, ao mesmo tempo. – Quanto custam? – Buddy sacudiu a cabeça.

– Não vou aceitar seu dinheiro. Por favor. São um presente.

Claire se aproximou e deu-lhe a mão gentilmente.

– Obrigada, Buddy. Foi um prazer vê-lo.

– Cuide-se. Você e sua bela mãe.

Claire disse um amável adeus a seu antigo companheiro de classe, e Andreas saiu num silêncio estranho e inquietante. Mais que isso, parecia francamente irritado por algo.

– Você está... com ciúmes? – murmurou.

– Ah, por favor... – ele bufou.

Claire jogou a cabeça para trás e riu.

– Ah, não posso acreditar. Você caminha pela multidão e todas as cabeças se viram para olhar para você, homens e mulheres. Eu por acaso chamo a atenção de um senhor inofensivo e...

– Nenhum homem é inofensivo, Claire.

– Buddy Vincent tem uns cinquenta anos de idade e é tão inofensivo quanto um gatinho... – ela registrou, sem deixar de sorrir e completamente marota.

– Mas continua sendo um homem – Andreas grunhiu. – E ainda está nos olhando.

– Mesmo? – Claire puxou a parte dianteira da camisa de Andreas para chamar sua atenção. – Então, melhor deixar de pensar nele e me dar um beijo.

Com um olhar sombrio que prometia mais do que um simples beijo, Andreas fez exatamente o que ela lhe pedia.

Capítulo 17

Nas primeiras horas de patrulha daquela noite, Kade captou o aroma de sangue humano recentemente derramado.

– Ali, naquele beco – disse a Brock e Chase, ao que ambos anuíram.

Os três guerreiros partiram juntos, cautelosamente e já com as armas engatilhadas. Desceram o trecho de asfalto sem iluminação que separava dois velhos edifícios de tijolo na parte mais abominável da cidade. A estreita faixa de pavimento era asquerosa e exalava um fedor terrível de resíduos humanos e lixo podre. Mas nada disso podia dissimular o cheiro acobreado que emanava do outro lado de um contêiner de lixo em mau estado.

Kade foi o primeiro a chegar ao humano morto. Era uma jovem mulher desta vez, dilacerada tão brutalmente quanto o homem que ele e Brock tinham encontrado na noite anterior. Para a desgraça dela, o vampiro que massacrara sua garganta havia também feito algo mais. A saia curta estava destroçada e ensanguentada na parte dianteira; as unhas brilhantes pintadas de rosa estavam quebradas; os joelhos, esfolados como se ela tivesse tentado, sem êxito, afastar-se de seu assassino.

– Jesus – Brock murmurou entre os dentes. – Esta garota é a filha de alguém. Talvez irmã de alguém. Que tipo de maldito animal faria...

O punho de Chase subiu em um sinal para cortar a conversa. Ele apontou para os telhados sobre suas cabeças. Alguém estava ali.

O rangido de uma pegada viajou até o beco na quietude da tranquila noite de outono.

Seria Hunter?

Aquele novo cadáver parecia se encaixar em seu aparente passatempo.

- Vou subir - Chase avisou.

- Não sem cobertura - Kade respondeu, mas o ex-agente já estava em marcha. Ele embainhou sua arma e saltou em silêncio sobre o contêiner de lixo, para então agarrar a parte inferior de uma escada de incêndios negra que dependurava-se ao lado do edifício. Quase sem fazer qualquer ruído, escalou os vacilantes degraus de ferro, depois pulou para o teto.

Um tiro estourou no instante em que Chase desapareceu de vista.

- Ah, merda – Brock uivou. - Aquele filho da puta demente. Você vai pela escada de dentro, eu subo por aqui.

Seguiram para o telhado por vias separadas e ambos chegaram em questão de segundos, para encontrar Chase no meio de uma poça de seu próprio sangue, com uma grande ferida aberta no peito. Estava gravemente ferido, mas respirava.

- Filho da puta - Kade disse, enquanto corria para o lado do guerreiro caído. – Não foi... ele - Chase gemeu, contraindo o rosto com o esforço. - Não era Hunter...

- O que você está dizendo? - Kade disse. - Quem diabos era então...?

Outra chuva de balas atravessou a escuridão, vinda de um ponto invisível. Metal assoviou; velhos tijolos se quebraram.

Kade e Brock devolveram o fogo, disparando para a fonte do assalto, mas sem ver nada sólido para onde apontar. Mais balas voaram sobre eles.

Brock gritou de dor repentina.

- Merda! Me acertaram.

- Maldição! - Kade grunhiu, olhando para cima a tempo de ver que o grande guerreiro negro tinha recebido uma bala na parte superior do bíceps. Tratava-se de uma ferida debilitante, mas nada grave. Chase, por outro lado... *ah, caramba*, ele estava realmente em mau estado.

A fúria por seus irmãos feridos rugiu pelas veias de Kade enquanto se esquivou de uma chuva infernal de balas. Vislumbrou um movimento – escuridão na escuridão – e viu seu agressor saltar para o terraço do edifício adjacente.

– O filho da puta está fugindo. Vou atrás dele.

Deixou Brock para cobrir Chase e correu atrás do enorme vampiro que saltava de um edifício a outro como um gato. Por não ser um Primeira Geração, como obviamente era sua presa, Kade não tinha a mesma velocidade, mas tinha determinação. Manteve-se perto, atravessando uma variedade de sistemas de ventilação, portas de acesso, tubos soltos, ferragens e outros objetos que de algum modo tinha encontrado em seu caminho pelos telhados de Boston.

Exatamente quando estava se aproximando do filho da puta, ele viu surgirem mais problemas em seu caminho. Em um telhado longínquo, outro Primeira Geração vestido de negro apareceu, carregando uma arma automática. Se ambos os vampiros viessem atrás dele com armas de fogo, ele estava mais do que fodido.

Mas o segundo Primeira Geração não abriu fogo contra ele. Ele atirou contra a presa que fugia de Kade.

Houve um ruído espantoso quando as duas pistolas iluminaram a noite. Kade ficou no terraço mais próximo e viu com assombro enquanto o combate armado se transformava em uma luta corpo a corpo.

A luta foi feroz. Ossos foram partidos, carne foi rasgada e sons que não eram nem de longe humanos dividiram o ar quando a batalha se intensificou.

Kade sustentou sua própria arma apontada e preparada para abrir fogo, mas em meio da briga não podia estar seguro de qual dos vampiros eliminar. Finalmente um ganhou controle sobre o outro golpeando a cabeça de seu oponente contra o concreto. Então, pegou o que parecia ser um pedaço de cano e o elevou por cima da cabeça. Soltou um rugido furioso e desceu o tubo como se fosse um martelo do próprio inferno.

Um ruído metálico e agudo soou um instante antes de um relâmpago de luz branca e pura sair disparado da escuridão.

Kade golpeou o chão. O instinto o levou a deitar-se sobre seu ventre e o manteve ali até o raio penetrante parar, um momento depois. Quando ficou escuro outra vez, sentou-se de cócoras. No outro terraço, o Primeira Geração vitorioso também começava a levantar-se. Apesar de a maior parte de seus músculos e quase a totalidade de seu bom senso lhe dizerem para ficar parado, Kade pegou sua arma e saltou através da distância para fazer frente ao Primeira Geração.

Ele se aproximou com cautela, o dedo preparado para encher de chumbo o filho da puta. Quando se aproximou, conseguiu dar uma olhada no Primeira Geração morto. Sua cabeça estava separada do corpo, queimaduras ainda ardiam em um círculo perfeito ao redor do pescoço e ele tinha os familiares dermoglifos que Kade vira no vampiro que tinha seguido na noite anterior.

No chão junto ao cadáver defumado havia uma coleira negra e amassada, equipada com algum tipo de dispositivo eletrônico. Um pequeno LED vermelho com luz de alerta logo se apagou.

Kade olhou o rosto do vampiro morto e amaldiçoou em voz baixa. Chase tinha razão. Não era Hunter. Pareciam-se o suficiente para ser relacionados em sangue – podiam até ser irmãos –, mas não se tratava do assassino Primeira Geração que se juntara à Ordem há umas semanas.

Não, Hunter estava agora diante de Kade, aproximando-se dele. Ele olhou sem emoção para a terrível morte que acabara de propiciar a alguém evidentemente muito próximo a ele – geneticamente falando. Adiantou-se, depois se inclinou para recuperar o estranho colar de seu ninho de sangue.

– A última vez que vi Dragos ele me disse que havia outros como eu – Hunter falou calmamente. – Estive seguindo esse daí pela cidade durante as últimas três noites. Ele não está sozinho. E mais ainda virão. Logo.

Kade passou uma mão pelos cabelos.

– Bem, você não é muito otimista, não é?

Hunter virou a cabeça e o olhou sem responder.

– Vamos – disse Kade. – Vamos cuidar dos outros e informar o complexo.

Ele não queria que aquela noite com Claire terminasse. O passeio pelos arredores de Newport tinha sido bastante agradável, principalmente pelo fato de poder ver o rosto de Claire se iluminar quando ela lhe mostrava todos os lugares de que se recordava, os lugares que ainda pareciam lhe importar. Aquele era seu lar, e não a Alemanha. Ela pertencia àquele lugar, com as brisas salgadas e o fresco outono da Nova Inglaterra ruborizando-lhe as bochechas com um profundo e rosado vermelho.

Reichen não conseguia vê-la voltando para a Alemanha. Ele não sabia onde estaria nos próximos dias ou semanas, ou o tempo que levaria para encontrar Wilhelm Roth e tirar-lhe a maldita vida. Nem sequer sabia se ele mesmo estaria vivo uma vez que toda a fumaça se dissipasse. Mas sabia de uma coisa: o tempo que estava passando com Claire, aquele momento, aquela inacreditável e brevíssima união que estavam experimentando, tudo aquilo se transformaria nas horas mais preciosas de sua vida.

Na verdade, se não sobrevivesse ao confronto com Roth, sua vida teria valido a pena apenas por ter visto Claire de novo e por ter a certeza de que Roth não poderia fazer nada para machucá-la.

– É realmente uma lástima que não possa compartilhar um desses chocolates comigo – disse ela, mordendo um pedaço enquanto entrava em casa junto a ele. Fechando a porta atrás deles, ele acendeu as luzes e observou o embalo fluido do quadril dela naquela saia negra que lhe abraçava a forma. Aquela era a vista mais tentadora da noite. – Tem certeza de que não posso convencê-lo a provar nem um pedacinho?

Ele fechou o espaço entre eles em um piscar de olhos. Beijou-a, a língua lambendo seus lábios suaves e em seguida penetrando o delicioso calor de sua boca. O chocolate era agridoce em sua língua, mas de nenhuma forma tão tentador quanto a sensação dela em seus braços.

– Uma delícia – murmurou contra sua boca. – Acho que vou ter de te comer.

Ela riu e deu um empurrão zombador, mas seus olhos brilhavam com interesse quando o olhou.

– Vamos dar um passeio pela praia.

Ele sacudiu a cabeça.

– Tenho uma ideia melhor.

– Ah, claro, aposto que tem.

Ele sorriu e acariciou-lhe suavemente a bochecha avermelhada.

– Em vez disso você faria algo por mim? – ele pediu. Diante do olhar inquisidor dela, ele tomou-lhe pelas mãos e a conduziu ao piano de cauda que estava coberto com uma cortina de tecido. – Toque para mim, Claire.

– Ah, não sei... – ela respondeu, evasiva, franzindo a testa enquanto ele tirava o grande pedaço de tecido e revelava o reluzente Steinway negro. – Faz tanto tempo que não toco nada. Tenho certeza de que seria terrível. Além disso, faz anos que esse piano não é afinado.

– Por favor – disse, negando-se a ser dissuadido. Eles sairiam de Newport em algumas horas (tão logo ele lhe desse a fatídica notícia e ligasse para a Ordem pedindo um carro) e este poderia ser um de seus últimos momentos juntos. Egoísta ou não, ele queria espremer cada último segundo daquela noite especial juntos. – Toque o que quiser.

Não estou interessado em perfeição. Quero apenas escutar sua música de novo. Por mim.

– Por você – respondeu ela, dando um suave sorriso enquanto puxava o banquinho e se sentava. – Mas não me culpe quando seus ouvidos começarem a sangrar.

Ele riu.

– Não me importa. Toque, Claire.

Ela levantou a tampa que protegia as teclas e suspirou pensativa quando pousou as mãos sobre elas.

Desde as primeiras notas, ela o cativou. Ele não conhecia a música, mas era maravilhosa – inquietante, triste e intensa. Havia um coração quebrado em cada nota, o movimento lírico era tão profundo e emocional, ele só podia ficar ali e deixar a música mover-se sobre ele... através dele.

Enquanto a via tocar a peça de cor, ele sentiu a profundidade da reação da própria Claire à música. Ela estava vivendo a música enquanto a tocava, cada refrão cheio de significado. Então ele se deu conta de que era uma obra original dela.

A bela composição tinha vindo do próprio coração de Claire... de sua própria alma.

– É sua – ele disse em voz baixa quando a nota final se desvaneceu. Ela o olhou com olhos brilhantes.

– Depois que você partiu, a música foi tudo o que tive por um tempo. Compus várias peças, incluindo esta. Parecia que... não sei... isso simplesmente saía de mim nas primeiras semanas depois que você partiu.

Reichen aproximou-se dela, movido pela força de tudo que estava escutando e sentindo na presença daquela mulher.

– É incrível, Claire. É incrível.

Sentou-se ao seu lado no banquinho. Ele olhou dentro de seus olhos escuros, seus dedos acariciando brandamente a lisa perfeição de sua cremosa pele morena.

Quando a beijou, não foi com fome abrasadora, mas com infinito cuidado e respeito. Ele a sustentava como se ela fosse feita de cristal, adorando sua boca como se fosse a mais rara delicadeza.

Ele a amava.

Ainda que tivesse tentado negar – inclusive para si mesmo –, a verdade o encarava de frente agora.

Ele amava aquela mulher, apesar de ela não lhe pertencer, apesar de ele não ser suficientemente bom para ela, nem agora e nem nunca. E nisso Roth tivera razão por todos esses anos.

– Ele sabe de nós – revelou Claire em voz baixa enquanto Reichen a tinha em seus braços. – Ele sabe que estivemos juntos... que eu estou com você agora.

Reichen não se assustou ao ouvir aquilo. O vínculo de sangue de Roth com Claire o havia traído. Mas o tremor de medo na voz dela fez ferver o sangue de Reichen.

– O que aconteceu? Ele fez algo com você?

– Ontem à noite, enquanto estávamos fazendo amor, ele me avisou que estava ciente de minha infidelidade. Não sei o que pode ter feito, mas sua mensagem de dor veio forte e clara contra mim.

– Você não me disse isso – Reichen a afastou e olhou fixamente seus olhos. – Por que escondeu isso de mim?

– Porque não há nada a fazer a respeito, Andre.

– O inferno que não há – ele chiou. – Assim que eu souber onde se esconde esse filho da puta, vou fazer *algo* com ele, o inferno que vou.

Claire sobressaltou-se e balançou a cabeça.

– Tenho medo do que ele fará com você. Ele vai te matar se tiver oportunidade. Você precisa saber disso. Não é difícil supor que foi ele quem tentou matá-lo em Hamburgo, anos atrás. Ele estava lá no Refúgio depois que você e eu discutimos. Eu estava chorando e contei a ele o que tinha acontecido, contei como desejava, mais do que tudo na vida, que você me quisesse como sua companheira. Contei tudo,

Andre. E, em seguida, eu fiquei sabendo que você tinha desaparecido. Eu não relacionei os fatos naquela época... mas agora...

Reichen a puxou contra seu enorme corpo musculoso e a beijou na cabeça.

– Você não fez nada de errado. Eu sempre senti que o ataque contra mim foi muito pessoal e violento para ser coincidência. Pode ser inclusive que nem fosse focado exclusivamente em nossa relação. Mas se Roth teve ou não uma mão nisso, não importa, porque o resultado final (a transformação que se apoderou de mim) foi o que me afastou de você. Essa era a única coisa que poderia me manter longe de você.

Ela o abraçou e afundou o rosto em seu peito.

– Sinto muito. Sinto por tudo o que ele te fez. Sua família, sua amiga em Berlim que ele transformou em Escrava... Ah, Deus, Andre. Sinto tanto por toda a dor que você sofreu.

Reichen a fez se calar, apertando-a com mais força.

– Isso é entre Roth e eu. Nenhuma parte da culpa recai em você. O que aconteceu comigo é insignificante. Mas minha família merece justiça. Assim como Helene.

Claire ficou em silêncio por um longo momento e, em seguida, perguntou-lhe brandamente:

– Você a amava muito?

Ele pensou em Helene e no forte laço de confiança e compreensão que os unia. Ela foi uma mulher extraordinária que tinha sido mais que apenas mais uma em sua longa lista de namoricos ocasionais e sem compromisso. Ele ficara devastado ao vê-la sem sua humanidade, mas isso não foi pior do que ter de acabar com ela por si próprio depois que Roth a transformara em apenas uma casca de ovo vazio, sua mente escravizada para cumprir suas ordens perversas.

– Eu me preocupava profundamente com Helene – ele admitiu. – Amei-a como melhor pude. Mas não fui capaz de lhe dar meu coração, porque ele já pertencia a outra.

Claire saiu de seus braços e o encarou.

- Meu coração sempre foi seu, você sabe - tomou o rosto dela entre as mãos. – Sempre amei você.

Ela fechou os olhos por um longo momento. Quando os abriu de novo, estavam cheios de lágrimas.

- Ah, Andreas. E eu ainda amo você. Nunca deixei de amá-lo.

Com um grunhido que não podia conter, Reichen raptou-lhe a boca em um beijo possessivo.

Quando ambos estavam ofegando com desejo, ele empurrou o banco do piano e a pôs de pé diante dele. As teclas soltaram uma rajada de ruídos discordantes quando Claire se apoiou nelas. Ele levantou a saia dela até as coxas.

- Ah, Jesus - ele sussurrou através de suas enormes presas. – Você está sem calcinha.

Ela sorriu insolente.

- Surpresa.

Se ele soubesse, eles jamais teriam conseguido sair de casa em primeiro lugar. Esfomeado pelo sabor dela, afundou a cabeça entre as pernas e furtou-lhe a doçura úmida que havia ali. Ela se agarrou a ele, retorcendo os dedos em seus cabelos. Ele a beijou sem piedade, precisando senti-la desfazendo-se contra sua boca. Enquanto ela se retorcia, gemendo e suspirando com o ataque de um orgasmo feroz, ele se agachou para desabotoar as calças e liberar aquela furiosa ereção.

Levantou-se do banco e se encaixou entre aquelas magníficas coxas. Tudo o que queria fazer era conduzir seu pênis de volta para casa, mas ela estava muito atraente para precipitar-se, o sexo dela estava profundamente avermelhado e suculento, um veludo negro e úmido. Ele segurou na mão seu enorme membro ereto e enfiou a cabeça enrubescida na fenda escorregadia do corpo dela, deleitando-se com os gemidos ofegantes de prazer que ela soltava.

A tortura o venceu totalmente antes dela.

A ponto de gozar diante dos meros gemidos de prazer dela, ele moveu seus quadris e empurrou seu mastro para dentro dela. Ela era puro calor ao redor dele, um invólucro de veludo engolindo-o faminto, da cabeça até os testículos. Ele começou a bombear, lentamente a princípio, ainda enganado o bastante para pensar que conseguia ter paciência quando se tratava de amar Claire. O corpo dela o ordenhava, o calor e a fricção úmida impulsionavam-no a tomar um ritmo mais urgente. Ele não podia parar, não aguentaria segurar nem por um segundo mais.

Apertou os dentes e soltou um rugido agudo quando seu sêmen explodiu para fora dele, nas profundezas dela. Ela chegou ao clímax com ele, suas unhas sulcando-o nos ombros largos enquanto gritava, enlouquecida com o próprio orgasmo. Ele murmurou seu nome uma e outra vez, seu membro ainda tão duro como mármore, mesmo quando os últimos tremores do orgasmo o afligiram.

Andreas ficou olhando-a nos olhos, impressionado como sempre por sua deliciosa e delicada beleza. Ele amava se ver ao lado dela, o contraste de suas peles, o ajuste perfeito deles quando se uniam. E amava o aroma especial de seu sangue quente, principalmente quando se mesclava com o perfume almiscarado de sua excitação e de seu gozo.

– Eu não quero deixar você esta noite – ele murmurou, olhando a cativante cor de seus olhos. – Eu não quero me afastar de você.

– Então não se afaste – ela o abraçou ainda mais apertado. – Desta vez, não vou deixá-lo partir.

Ele sorriu, o arrependimento e o dever rasgando-o por dentro. Pelo menos meia dúzia de vezes ao longo da noite, ele teve a intenção de explicar que seu tempo em Newport tinha terminado. Tinha essa intenção agora, também, mas em vez disso se encontrava perdido nos olhos dela. Perdido no prazer embriagante de seu corpo.

– Por enquanto – ele disse, beijando-a enquanto falava.– Nenhum de nós dois vai se afastar.

– Sim - ela disse, movendo seus quadris de uma maneira provocante. Então ela o olhou, seus olhos intensos e suplicantes. - Quer fazer algo mais por mim esta noite, Andre?

Ele grunhiu, inclinando a cabeça para provar a suave pele debaixo de sua orelha.

- Qualquer coisa.

- Faça amor comigo de novo, da forma que faria se estivéssemos juntos de verdade.

Ele se elevou para olhá-la, com a testa franzida.

- Beba de mim - ela disse, acariciando seu rosto com um toque tenro de amor. – Deixe-me fingir que estamos juntos como companheiros de sangue. Só por esta noite.

Deus, a ideia se acendeu por suas veias como um brilho de fogo. Podia sentir seus dermoglifos emergindo com as cores da fome e suas presas estendendo-se ainda mais em sua boca.

- Quero que faça isso - ela disse, uma ordem sutil. - Beba de mim como se eu fosse realmente sua.

O som que saiu da boca dele foi cru, profano. Ele retrocedeu, lutando contra a necessidade que disparou através de seu corpo. Mas Claire inclinou a cabeça para um lado e afastou os cabelos do pescoço. E então ele estava perdido.

Equilibrou-se sobre ela em um arranque primitivo de movimento, suas presas procurando a veia enquanto ele mais uma vez se afundava profundamente em seu calor acolhedor.

O sabor do sangue doce e quente dela arrebentou contra seus sentidos em uma corrente de poder crescente. Não pôde frear seu grunhido possessivo enquanto sugava-lhe com força a garganta. Tampouco pôde fazê-lo enquanto sustentava Claire apertada contra si e enfiava-se ainda mais fundo nela. Ele bombeou duro e rápido, não podia ser suave quando seu sangue o estimulava como a mais potente e embriagadora droga.

Ele nunca tinha conhecido este tipo de união primitiva e visceral, e aquilo o assombrou.

Honrou-o, de fato.

E envergonhou-o também – ele queria mais que tudo entregar-se a Claire da mesma forma, mas não podia, porque ela já estava unida a outro homem. Reichen podia oferecer sua veia, mas não importava o quanto ela bebesse dele, seu vínculo permaneceria com Wilhelm Roth.

Uma faísca de agressão e fúria começou a se acender em seu estômago quando ele pensou em outro macho reclamando Claire. O fato de ser Roth apenas colocava mais combustível na ira que ameaçava incendiar-lhe de dentro para fora.

Não, ele pensou ferozmente, negando o calor que estava tão impaciente para saltar à vida, só à espera de sua chamada.

Reichen concentrou toda a atenção em Claire, ignorando tudo, salvo o ritmo forte do pulso dela contra a sua língua e a pressão suave do sexo dela ao redor do seu. Deleitou-se com os suaves gritos quando ela gozou, memorizando cada rubor e tremor que percorriam o corpo rijo dela enquanto ele lhe dava prazer uma e outra vez mais, pouco disposto a permitir que aquela noite – que aquele fugaz momento juntos – chegasse ao fim.

Capítulo 18

– Como está Harvard? – perguntou Lucan a Gideon quando este saiu da enfermaria do complexo.

– Ainda está inconsciente, o que é provavelmente o melhor agora. Felizmente a bala atravessou, mas os buracos de entrada e saída que deixou no peito dele vão levar um tempo para se curar. Ele vai ficar bem, mas sentirá dores por um período e ficará fora de ação por no mínimo uma semana.

– Merda – resmungou Lucan. – A última coisa que precisamos é perder um dos nossos quando Dragos está aparentemente levando a cabo sua operação maldita.

A briga da noite passada na cidade tinha terminado em uma revelação infernal. A Ordem se deu conta do fato de que Dragos tinha outros assassinos altamente especializados como Hunter a seu serviço. A lealdade de todos eles era supostamente mantida por irremovíveis coleiras que projetavam raios ultravioletas e que eram programadas para detonar e arrancar a cabeça de qualquer um que manipulasse indevidamente os dispositivos ou desobedecesse a uma ordem. Mas o que Lucan e a Ordem não tinham suposto – e que, francamente, tinham temido supor – era que um ou mais daqueles assassinos poderiam ser da Primeira Geração da Raça, como Hunter.

Levando esse pensamento perturbador um passo adiante, era fácil supor que, se Dragos tinha outros assassinos de Primeira Geração a seu serviço, impressionantemente parecidos com Hunter – inclusive nos dermoglifos –, isso levava a crer que o bastardo filho da puta devia tê-los criado do zero a partir de um modelo – os Antigos pais da Raça de vampiros da Terra.

Um Antigo.

Como o que a Ordem recentemente descobrira mantido em hibernação dentro da rocha das montanhas da República Tcheca por provavelmente séculos e que Dragos havia despertado e recrutado sabe-se lá Deus há quanto tempo.

Se aquela criatura estava realmente viva e sendo utilizada para reproduzir novos vampiros com habilidades e força da Primeira Geração e se esse processo já vinha acontecendo há décadas, então não era apenas a Ordem ou a nação dos vampiros que deveria se preocupar, mas toda a raça humana. Criada em grande número, uma força tão brutal, tão sedenta de sangue e tão poderosa seria virtualmente indestrutível.

Os pensamentos obscuros seguiram Lucan enquanto ele e Gideon deixavam a ala da enfermaria e caminhavam pelos corredores serpenteantes rumo ao laboratório de alta tecnologia. Todo o complexo estava reunido ali, os guerreiros das patrulhas e as Companheiras de Raça. Hunter também estava presente, o enorme Primeira Geração se dispunha ameaçadoramente na parte dos fundos do cômodo, enquanto o resto do grupo havia tomado assentos ao redor da ampla mesa que ocupava o centro.

Lucan dirigiu ao macho uma breve inclinação de cabeça em sinal de boas-vindas, reconhecendo silenciosamente sua assistência naquela noite – uma ajuda que provavelmente tinha salvado mais de um traseiro dos guerreiros, além de oferecer à Ordem um olhar de perto sobre a maravilha tecnológica que era a coleira de raios ultravioletas usada pelo assassino morto. Embora estivesse em pedaços, Gideon tinha brincado com o artefato desde que chegou, tentando entender como funcionava e como poderia ser usado potencialmente contra seu usuário.

- Como está seu braço? - perguntou Lucan, dirigindo sua atenção para Brock, que se sentava entre Kade e Nikolai.

O guerreiro negro e corpulento encolheu o ombro ferido e esboçou um amplo sorriso.

- Vou me sentir muito melhor quando tiver a oportunidade de foder com um desses malditos fenômenos da natureza da Primeira Geração - ele dirigiu o olhar para Hunter. - Sem querer ofender.

O fixo olhar dourado do vampiro era tão plano quanto um quadro-negro.

- Não ofendeu – limitou-se a dizer.

Lucan tomou seu lugar junto a Gabrielle na cabeceira da mesa e se dirigiu à equipe reunida.

- Obviamente, depois do que ficamos sabendo há algumas horas, nossa missão para desativar Dragos e sua operação adquiriu um novo objetivo. *Imediato*. Não preciso dizer a nenhum de vocês que a última coisa de que precisamos é um assassino Primeira Geração solto na cidade, matando os humanos à vontade e causando estragos em geral. Agora, poderíamos supor que se tratasse de um único indivíduo, um incidente isolado, mas não sou do tipo que acredita em Papai Noel e Coelhinho da Páscoa. Preciso de respostas. Informações sólidas de com quem estamos lidando aqui. E preciso disso antes que Dragos envie seus malditos bonecos à nossa porta.

Houve algumas inclinações de cabeça ao redor da mesa. Mais de um dos guerreiros dirigiram a Lucan um olhar que transmitia o mesmo medo que ele sentia cada vez que pensavam na possibilidade de aquela guerra contra Dragos chegar ao complexo.

- Amanhã à noite quero uma varredura na cidade inteira - ele disse. -Vamos nos dividir: Tegan, Hunter e eu nos juntaremos aos grupos no caso de toparmos com mais indivíduos Primeira Geração. Esta é uma missão de extermínio. Se encontrarmos algum dos assassinos de Dragos, acabamos com ele. Quero enviar uma mensagem muito clara a esse filho da mãe e fazê-lo retroceder. Uma mensagem severa.

– Isso pode ser exatamente o que ele quer que façamos – Tegan respondeu. –Você já pensou que o que aconteceu nas últimas duas noites pode ter sido uma isca plantada por Dragos? Que ele pode estar tentando nos arrastar para um combate de ruas com seus subordinados para não irmos atrás dele?

Lucan assentiu com a cabeça.

– Pode ser. Mas se ele enviou assassinos à cidade, será que realmente podemos nos dar ao luxo de correr esse risco e não enfrentar a ameaça de frente?

Muito sutilmente, muito ternamente, Tegan deslizou a mão sobre a mão de Elise.

– Não, não podemos.

– Muito bem – disse Lucan. – Vamos dar uma olhada no mapa e separar os territórios de patrulha para esta noite.

Reichen fechou o telefone celular e passou a mão pelos cabelos.

– Jesus Cristo.

– Más notícias? – Claire saiu do banheiro envolta em uma toalha, seu corpo ainda cintilando com gotículas prateadas da água da ducha.

– Não são nada boas – respondeu ele, olhando para cima de onde estava sentado na beirada da cama. Era aproximadamente meia-noite e ele estava esperando que Claire saísse do banho e se vestisse antes de tocar no assunto de deixar Newport. Foi quando chegou uma perturbadora ligação da Ordem. – Dois guerreiros foram feridos mais cedo esta noite em um confronto com um dos partidários de Dragos.

– Santo Deus... – ela sussurrou. – Sinto muito em ouvir isso, Andreas. Que terrível!

Reichen anuiu com gravidade.

– Eles estão com um homem a menos agora e planejam uma patrulha intensiva na cidade amanhã à noite para desbaratar outras ameaças potenciais.

Claire avançou lentamente na direção dele, sentando-se ao seu lado, mas em vez de tocá-lo ela passou os braços ao redor de si mesma. Reichen podia sentir sua ansiedade tanto na forma hesitante como ela se movia como no repentino aumento de sua adrenalina, que ecoou forte em suas veias.

– Eles acreditam que Dragos está em Boston, então?

– Não sei. Mas já é bastante ruim que ele tenha enviado seus assassinos Primeira Geração para causar problemas.

– Ele tem assassinos que são da Primeira Geração da Raça? – a expressão de Claire dizia tudo. – Eu não imaginava. Dragos deve ser um inimigo muito perigoso.

– Sim – Reichen concordou. – Mas os assassinos Primeira Geração são só uma parte do que o faz tão perigoso. Ele tem outras coisas, também... A Ordem acredita que ele controla um dos Antigos, escondido em algum lugar que ainda temos de descobrir.

Claire franziu a testa.

– Mas todos os Antigos foram mortos durante a Idade Média. Foi a Ordem que declarou guerra contra eles e cuidou do extermínio. Até eu sei parte da história da Raça.

Reichen lentamente negou com a cabeça.

– Um deles escapou da guerra. Ele foi escondido secretamente em uma cripta na República Tcheca por muito tempo... até que Dragos o libertou. Vi a cripta vazia eu mesmo, no ano passado, quando escalei a montanha nos arredores de Praga com alguns dos guerreiros. Achávamos que ele já estivesse morto e transformado em cinzas, mas não. Parece que Dragos vinha mantendo a criatura viva por séculos, utilizando-o para criar uma geração nova com os vampiros mais poderosos que existem. Com tempo e recursos suficientes, Dragos pode criar um exército pessoal de assassinos Primeira Geração treinados para fazer sua vontade.

- Não se a Ordem o detiver - disse Claire, esperançosa.

- Nós *temos* de detê-lo - corrigiu Reichen. – Nós temos de atacá-lo onde quer que seja, de qualquer forma que pudermos.

Claire o observou com olhos cautelosos.

- Nós? Mas você não...

- Eu devo isso a eles - disse Reichen solenemente. - A Ordem esteve lá para mim quando precisei no passado e eu dei minha palavra de que estaria lá quando eles precisassem de mim. Não posso voltar atrás com isso.

- O que você está dizendo?

- Eles estão com um homem a menos em Boston agora. Preciso intervir e ajudá-los.

- Você vai para Boston?

Ele não sabia por que aquela notícia fez o pulso dela disparar, mas o fato é que sentiu o alarme ecoando em suas veias.

- Mas você não é um deles, Andreas. Você não é um guerreiro, como poderiam te pedir isso? – ela continou.

- Eles não me pediram nada. Ofereci minha ajuda porque eles são meus amigos.

Ela desviou o olhar, parecendo lutar contra aquelas palavras.

- Mas eu acreditei que estávamos... pensei que, depois de ontem à noite, depois de tudo o que dissemos um ao outro...

Ele colocou a mão amavelmente no rosto dela.

- Isso não muda nada do que compartilhamos aqui, ou como me sinto quando estou ao seu lado. Eu amo você, Claire. Mas esta não é uma escolha entre você e eles. É simplesmente meu dever. Minha honra. E se o trabalho em equipe com a Ordem e contra Dragos me levar mais perto de encontrar Roth, melhor.

Claire se levantou e caminhou para longe dele. Seus ombros estavam em uma linha tensa. Mesmo se ele não estivesse vinculado a ela pelo laço de sangue, saberia sem dúvida que ela estava preocupada com algo mais profundo que tudo o que havia dito até agora.

– Não quero que você vá, Andre. Você não pode ir para Boston. Não agora.

– Você deveria saber que essa tranquilidade aqui não duraria muito – ele se aproximou dela e brandamente a virou para encará-lo. – A Ordem vai enviar um carro. Estarão aqui dentro de uma hora.

– Você vai morrer – disse ela, com a voz despedaçada. – Andreas, você vai morrer se for para Boston. Posso sentir isso em meu coração. Se essa vingança não o matar, então sua fúria certamente o fará.

Ele levantou o queixo dela, forçando-a a olhá-lo diretamente nos olhos.

– Tenho mais razão para viver do que já tive em toda a minha vida. Não procuro a morte, mas não posso fingir: não terei um momento de paz até que Roth e sua corja sejam banidos do mundo. E você também não.

– Você não pode ir – ela se queixou, recusando-se a ouvi-lo. Quando ele começou a negar com a cabeça, Claire falou com ainda mais determinação. – O que você faria se eu te pedisse para esquecer seu ódio por Wilhelm Roth? O que faria se eu te pedisse para escolher...

– Não faça isso – ele sussurrou. – Não há escolha alguma para fazer aqui – afastou os cabelos dela do rosto, sentindo que algo belo deslizava-se por entre seus dedos. – Se eu ficasse agora, se até mesmo colocasse de lado meu ódio por Roth, o que faríamos quando ele viesse atrás de nós? Porque ele virá, Claire. Você sabe disso tão bem quanto eu.

– Então o enfrentaremos juntos. Sempre juntos. E quando chegar esse momento, nós o derrotaremos juntos.

Reichen negou com a cabeça lentamente.

– Esta é minha batalha, não sua. Não quero você por perto quando eu finalmente colocar as mãos em Roth. É um risco muito grande. O que acredita que aconteceria se o fogo dentro de mim começasse a arder e não parasse mais?

Meu Deus, ele tinha pensado naquele cenário terrível centenas de vezes, desde o dia no campo agrícola fora de Hamburgo. Ele tinha pensado sobre isso recentemente, como ontem à noite, e também hoje, quando até podia sentir as chamas quentes irradiando em seu ventre.

Como poderia perdoar-se se, de algum modo, fizesse qualquer mal a Claire?

– Não posso correr o risco – disse ele outra vez, com mais força agora. – E tampouco deixar você se arriscar. Quero que venha comigo esta noite ao centro de operações da Ordem. Você estará protegida no complexo e pode ficar lá até...

– Até quando? – ela fechou os olhos por um longo momento, absorvendo o peso de suas palavras. – Até que esteja morto ou muito próximo disso? Quer que eu cruze os braços e o observe perseguir sua própria destruição, Andre? Agora é você quem está pedindo muito.

Ele queria dizer para ela que seus medos eram infundados. Mais que tudo, ele desejava jurar que não tinha nenhuma dúvida sobre como as coisas iam acabar com Roth. Ele queria poder assegurá-la de que voltaria, de algum jeito, quando tudo isso acabasse, e que poderiam ter um futuro juntos – o futuro que Wilhelm Roth lhes tinha negado há tantos anos.

Mas não poderia enganá-la.

Acabar com Roth poderia exigir a última gota de seu controle. Se tivesse de liberar seu poder ao máximo para vencer aquele bastardo, então ele o faria. E se a situação exigisse isso, ele sabia que as probabilidades de manter qualquer traço de sua humanidade intacta era virtualmente nula.

Ele contemplou o belo rosto dela centímetros abaixo do seu e alisou com ternura uma mecha úmida que dependurava-se na testa.

– Vista-se agora, está bem? Podemos conversar um pouco mais, mas não temos muito tempo antes que nosso veículo chegue para nos recolher. E você vem comigo, Claire. Isso não está aberto a discussão.

Ela o olhou por um longo momento, mas não disse nada. Então, apertou seus lábios e sacudiu a cabeça.

– Eu sei onde está Roth, Andre.

Reichen não pôde emitir nenhum som sequer quando ouviu aquelas palavras saírem da boca carnuda de Claire. Ficou ali, parado, mudo e confuso, um sentimento de fúria velozmente ganhando vida nas profundezas de seu ser.

– Senti a presença dele através de meu vínculo de sangue ontem à noite, quando chegamos em Boston.

A confissão dela foi expressa de forma serena e estável, cheia de segurança, o que o fez respirar profundamente, embora seu pulso batesse em um ritmo violento.

– Ele está aqui nos Estados Unidos?

Ela assentiu debilmente com a cabeça.

– Em Boston.

O sangue de Reichen começou a crepitar.

– Você sabia? Você sabia disso e não me disse nada.

Ele não quis fazer parecer uma acusação, mas o calor tilintou surgindo à tona dentro dele, tornando difícil formar palavras. Sua cabeça zumbia e era difícil fazer qualquer coisa exceto lutar para controlar o fogo aceso que já começava a se dispersar através de seu corpo.

Roth estava a apenas uma hora de distância.

Todo esse tempo, tão perto de seu alcance.

– Eu não podia te dizer, Andre. Não queria dar uma informação que poderia matá-lo. Foi por isso que fugi do aeroporto sem dizer nada. Mas aí você me seguiu até aqui e eu pensei que talvez, se ficássemos algum tempo juntos, da forma que sempre sonhamos, eu poderia convencê-lo a renunciar à sua necessidade de vingança.

Reichen mal podia respirar. Suas narinas se encheram do forte aroma acre de fumaça e calor. Por suas extremidades, a eletricidade rangia, tornando-se mais quente a cada segundo.

– Merda, Claire. Você devia ter me contado. Eu precisava saber. Inferno, a Ordem precisa saber também.

– Eu não queria que meu vínculo de sangue com Roth colocasse em perigo você ou qualquer outra pessoa.

A visão dele começou a ficar vermelha pela ira e ele se afastou dela, fumegante.

– Claire, você foi a única que ficou em perigo esse tempo todo. Com Roth tão perto, ele podia saber que você estava aqui, também. Ele podia aparecer por esta porta a qualquer momento.

– Mas não apareceu – ela disse em voz baixa atrás dele. – Eu não podia dizer que sabia onde ele estava porque você teria ido atrás dele. Você não pode dizer que não teria insistido para eu ajudar a localizá-lo, Andreas. Você está tão determinado a fazer sua justiça, quanto tempo levaria até que me pedisse para usar meu vínculo de sangue e conduzi-lo até ele?

– Jamais – disse ele, consternado. Então, virou-se para confrontá-la, seu corpo transbordando calor. – Eu nunca a teria usado. Nunca. Deus, você não sabe isso?

– Acho que não estava disposta a arriscar – respondeu ela. – Andreas, por favor, não fique furioso comigo...

– Mas eu *estou* furioso com você! – ele rugiu, incapaz de refrear o medo que segurava firmemente seu coração. Seu peito subia e baixava com cada fôlego que introduzia em seus pulmões. Ele tremeu no fundo de seu ser, uma fossa de temor tão negro e infinito que o poderia ter tragado inteiramente. E o calor de seu poder destrutivo continuava elevando-se, queimando através da razão e do autocontrole. – Não posso ficar perto de você agora. Tenho de me afastar daqui.

Quando se moveu para passar diante dela, a mão de Claire, disparada, agarrou-lhe.

Tarde demais para advertir que não se aproximasse, ele sentiu os dedos dela fechando ao redor de seu braço. Ela gritou pela dor repentina e recuou, sustentando a mão no peito.

Ah, Meu Deus. Ele a havia queimado.

Ele tinha pisoteado duramente no coração dela e agora a havia machucado de outra forma. Como temia fazer cedo ou tarde.

Ele deu um passo diante dela e, com alguns passos longos e enérgicos, alcançou a porta.

– Andreas! – ela gritou atrás dele.

Ele não voltou o olhar para trás.

Seu corpo, letal pelo calor da fúria, saiu violentamente do quarto e saltou pelo balcão do segundo andar para o saguão logo abaixo. Ainda a ouviu gritar seu nome outra vez, mas não se deteve por mais que um segundo. Resplandecendo agora, por sua maldita pirocinese que gritava através de suas veias, suas extremidades, sua mente e sua alma, ele usou uma aguda ordem mental para abrir bruscamente a porta que levava à rua. E partiu para o ar fresco da noite sem olhar para trás.

Capítulo 19

Ele levou quase uma hora até ser capaz de controlar sua pirocinese. Continuava zangado com Claire quando voltou para casa, mas pelo menos não poderia mais machucá-la. Não que ela não sentisse alguma dor, reconheceu ele quando, caminhando pela entrada, chegou à casa e a encontrou parada do lado de fora com o guerreiro que tinha sido enviado de Boston para recolhê-los.

– Viu? – disse Rio quando avistou Reichen – Eu disse que ele voltaria.

A voz do macho da Raça tinha um forte sotaque espanhol. As cicatrizes que cobriam o lado esquerdo de seu rosto praticamente desapareceram quando ele dirigiu um sorriso de boas-vindas a Andreas e esticou a mão em cumprimento.

– É bom vê-lo, meu amigo.

– Igualmente – disse Reichen enquanto apertava brevemente a mão do guerreiro.

Dylan, a companheira de cabelos ruivos de Rio que o acompanhava, aproximou-se de Reichen e deu-lhe um beijo casual na bochecha.

– Estávamos todos um pouco preocupados.

– Desculpe – ele murmurou, inclinando o olhar para Claire. Ela mal o olhou, mas ele pode ver que ela embalava perto do peito os dedos queimados. Reichen se sentiu péssimo pelo fato de sua maldição tê-la machucado, mesmo que apenas um pouco. Queria falar, mas era melhor que tivessem aquela conversa em particular.

De qualquer maneira, Claire não parecia ansiosa para falar com ele; tampouco parecia querer discutir mais a respeito de acompanhá--lo ao complexo da Ordem. Ela seguiu Dylan até o veículo e se dirigiu ao assento traseiro.

- Tudo bem? - perguntou Rio quando as mulheres estavam o suficientemente longe para não escutar. – Você não me parece muito bem, amigo.

- Vou me sentir melhor quando ela estiver a salvo no complexo – limitou-se a dizer.

A verdade é que ele só se sentiria melhor quando tivesse a oportunidade de caçar e saciar a sede que o fogo lhe trazia. A última coisa de que precisava era ficar preso com Claire durante a próxima hora no caminho de volta a Boston. Já era suficientemente ruim a sede de sangue para refrescar as últimas brasas que continuavam queimando dentro dele; seria uma tortura ainda maior ter de refrear sua necessidade masculina sentado a centímetros da mulher pela qual seu desejo ardia tão forte.

Rio pareceu dar-se conta disso enquanto seguiam juntos para a caminhonete.

- Dylan não se importa se você quiser sentar na frente - disse ele. – Ela e Claire podem viajar juntas atrás e se conhecerem melhor. Dylan é melhor companhia do que qualquer um de nós.

Reichen não discutiria. Tomou o assento do passageiro da frente e acomodou-se enquanto Rio dava a partida no Land Rover e se dirigia à estrada que os levaria à interestadual.

Ele tinha razão sobre o fato de que a viagem seria um longo exercício de paciência e controle. Claire e Dylan conversavam em voz baixa atrás dele a respeito das coisas que mais amavam na Nova Inglaterra, e onde cresceu cada uma, e uma dúzia de coisas inofensivas e banais.

Enquanto isso, Reichen olhava fixamente o vidro polarizado da janela e tentava não pensar em sua fome.

Era uma batalha perdida.

Quando atravessaram o pedágio, saíram da autoestrada e chegaram aos limites internos da cidade de Boston, sua fome fervilhante estava insuportável.

– Preciso caminhar por um momento – disse a Rio quando o guerreiro se deteve em um semáforo vermelho. Ele não esperou pela permissão, apenas abriu a porta e saltou. – Vejo vocês no complexo daqui a pouco, sei onde encontrá-lo.

Do assento de trás, captou o olhar preocupado de Claire. E ele sentia a preocupação dela vibrar também em seu sangue. Ela temia que ele fosse atrás de Roth por sua conta.

Ele poderia estar tentado a fazer isso, não fosse pelo clamor de sua sede. Em vez disso, assim que a SUV se perdeu na escuridão, Reichen se embrenhou na densa vizinhança da classe operária. Tomou cuidado em permanecer nas sombras do beco, onde era mais fácil conciliar sua presença e suas obscuras intenções. Era uma noite chuvosa e tempestuosa em Boston, o que significava bem menos pedestres nas calçadas ou parados do lado de fora fumando um cigarro. Apenas um punhado de indivíduos mais ásperos e desesperados tinham alguma razão para estar nas ruas esta noite, Reichen era um deles.

Ele procurou as ofertas da cidade com olho esquálido, sabendo que, quando estava assim, levando seu poder ao extremo, era um predador em toda a extensão da palavra. Sua boca estava seca, suas presas ardiam na língua. Daquele modo, era tão perigoso como o Antigo sob a guarda secreta de Dragos. Um monstro sedento.

Enquanto Reichen rondava a parte traseira de uma rua estreita da vizinhança, o golpe de uma porta o fez levantar bruscamente a cabeça. Um homem humano com boina e jaqueta folgada pisou fortemente no frágil piso de madeira da varanda, gritando obscenidades à mulher de mais idade cuja silhueta era visível dentro da casa.

– Arraste esse seu traseiro de volta aqui, Daniel! Está me escutando? – gritava ela, alto o suficiente para que as quatro quadras ao redor a escutassem.

O jovem a ignorou e continuou caminhando enquanto gritava.

– Sim, sim, vá para o inferno você também, mãe! Volte para sua garrafa e se afaste da minha maldita erva! Você me deve vinte dólares pelas coisas que me roubou.

Reichen inclinou a cabeça, observando o humano atravessar para uma rua escura. Com a cabeça curvada e a boca ensaiando distraidamente todas as coisas que queria dizer à bêbada que o gerou, o menino nem sequer notou que não estava sozinho no beco estreito.

Não viu Reichen movendo-se atrás dele; provavelmente apenas sentiu algo como um sopro de ar gelado em seu pescoço tatuado. Antes que o humano tivesse a oportunidade de exclamar, Reichen saltou sobre ele.

Rapidamente, baixou o humano até o concreto rachado. Empurrou seu queixo para cima e para o lado, descobrindo a veia pulsante de seu pescoço. Mordeu profundamente e tomou um bom gole do sangue nutritivo e quente. Alimentou-se avidamente, com gula, ignorando a débil luta de seu Anfitrião. Cada gole amargo em sua língua pouco fazia para tirar a secura de sua garganta.

A fome persistia, mesmo quando a resistência do humano terminou. Reichen continuou se alimentando. Não podia parar. Nem sequer sabia como parar – uma das terríveis consequências de usar seu talento. Podia ter matado o homem, não fosse pela consciência repentina de um ferro gelado pressionando fortemente um lado de sua cabeça.

– Este bufê está fechado, idiota.

Reichen rosnou, mas uma pequena parte de reconhecimento chegava a seu cérebro. Continuou bebendo, desejando mais.

A trava da pistola soou com um forte som metálico de advertência.

– Recue, ou você vai levar chumbo.

Ele grunhiu, agora irritado pela interrupção e ainda faminto demais para deixar seu Anfitrião. O sangue escorria por sua língua e descia por sua garganta, mas o fogo em seu estômago continuava queimando, impossível de extinguir. Ele lançou um olhar fixo e selvagem ao lado para medir o macho da Raça que punha uma arma carregada em sua cabeça.

– Caramba! – o enorme vampiro resmungou. A ponta gelada da pistola caiu de sua têmpora. – Reichen? Mas que porcaria...

Reichen conhecia aquele homem enorme de cabelos selvagens e olhos verdes. O instinto o chamava de guerreiro-amigo, embora sua postura e seu tom há um momento pudessem ser de um assassino frio. Foi essa consciência instintiva que impediu Reichen de se voltar contra o vampiro quando uma mão forte pousou sobre seu ombro e fisicamente o separou de sua presa. Empurraram-no para trás fortemente enquanto o outro homem agarrou o humano e, com uma eficiente lambida, selou a mordida em seu pescoço.

Reichen observou, sentado no concreto, enquanto o grande macho da Raça repousava a palma de sua mão na testa do humano, apagando a lembrança do ataque.

– Agora, saia daqui.

O homem, atordoado, vagou aturdido para o final do beco.

– Tegan – Reichen murmurou pesadamente, dizendo o nome de que finalmente havia se lembrado.

O guerreiro aproximou-se.

– O que está fazendo aqui? A última notícia que ouvi foi que Lucan tinha enviado Rio a Newport para levar seu traseiro até o complexo.

Reichen deu de ombros.

– Tive uma... *urgência* durante a viagem.

Tegan não riu. Manteve aquele olhar feroz e fixo sobre Reichen, observando-o como se ele fosse uma granada a ponto de explodir.

– Você está péssimo.

– Estou melhor agora – respondeu Reichen, sentindo que o novo sangue enchia seus órgãos e células. Mas não tinha sido suficiente. Sua sede continuava corroendo-o, suplicando por mais. – Estou bem.

Tegan sorriu com escárnio.

– Você está tremendo e não consegue manter os olhos focados.

– Isso logo vai passar.

Desta vez, soltou um palavrão.

– Dê-me a mão – disse Tegan. – Não parece que consegue se levantar sozinho.

Reichen aceitou a ajuda, agarrando a mão de Tegan e deixando--se erguer.

Tão logo Reichen estava de pé, Tegan deixou escapar um suspiro. Suas presas ostentavam-se por detrás dos lábios grossos e de repente havia um brilho âmbar no verde de seus olhos. Reichen recordou que Tegan tinha a habilidade de ler as emoções com um toque, e imaginou a corrente de pensamentos inquietantes que transmitira nesse curto toque.

– Que demônios está acontecendo com você, cara? – ele perguntou.

– É o fogo... ele faz isso comigo depois de explodir. Não é grande coisa – quando falou, Reichen se perguntou sinceramente se aquilo era verdade. Convocar seu poder estava ficando mais fácil a cada dia, mas sair de seu efeito, essa já era outra história.

Talvez Claire tivesse razão quando o desafiou sobre sua fúria. Quantas vezes ele poderia fazer isso e sair inteiro? Logo chegaria ao ponto decisivo e o fogo comeria todo o rastro de sua humanidade? Se o fogo não o fizesse, ele tinha o pressentimento de que aquela sede instável o faria.

– Merda – Tegan exalou, estudando-o em um olhar avaliador. Tirou um celular do bolso da jaqueta e apertou um tecla. – Sim, sou eu. Estou na Jamaica Plain. Reichen está aqui comigo, vou levá-lo ao complexo.

As mulheres da Ordem fizeram Claire se sentir tão bem-vinda quanto ela sempre estivera entre seus contemporâneos nos Refúgios da Alemanha. Três Companheiras de Raça – Savannah, Gabrielle e Elise – tinham preparado um lindo jantar de sopa de creme e biscoitos caseiros, e Dylan lhe oferecido um apartamento privado que ficava sob o labirinto de corredores revestidos de mármore.

Haviam lhe dito para se sentir em casa, e ela não pôde resistir a passar alguns minutos farejando por aí o quartel que parecia infinito. Era fascinante e um pouco incômodo dar-se conta de que uma organização como a Ordem não existiria se não fosse necessária. Sentiu-se tão ingênua, refletindo sobre como Wilhelm Roth, sua Agência e seus companheiros se pavoneavam, presumindo serem os protetores da Raça, quando na verdade eram tão corruptos como um câncer, lentamente mastigando a fundação do que realmente era bom e justo. Wilhelm Roth tinha sido um vilão todo o tempo, e Claire tinha sido o tempo todo muito cega para ver.

Mas o que mais lhe doía era o fato de que tinha estado apaixonada por Andreas Reichen a maior parte da sua vida, e, agora que tinham uma milagrosa segunda oportunidade, poderia ser Wilhelm Roth quem os separaria outra vez. Ela só podia esperar que o bem vencesse um mal como Dragos. Ela só podia rezar para que, uma vez que o pior tivesse passado, ela e Andreas pudessem diminuir a importância do medo e da ira que havia entre eles agora.

A viagem de Newport a Boston parecera levar anos em vez de uma hora. Tinha odiado que ela e Andreas não tivessem a oportunidade de conversar antes da chegada de Rio e Dylan. E aguentava o nó da fria ansiedade que se instalou em seu coração quando, uma vez que chegaram à cidade, ele tinha saltado do veículo.

Ela não sabia aonde ele fora, mas ficou um pouco consolada quando Elise a informou que ele estava com Tegan agora, ambos presumivelmente no caminho de volta ao complexo.

Pelo menos, ele estava a salvo.

Pelo menos, ela teria a oportunidade de tentar consertar as coisas entre eles.

Claire virou por um dos sinuosos corredores brancos e seguiu o padrão de glifos negros incrustados no chão. As marcas eram fascinantes, especialmente quando estava perdida em seus pensamentos. Captou um débil aroma de cloro um instante antes que uma porta se abrisse à sua frente.

Uma menina de cabelo loiro parou em seco diretamente em seu caminho. Ela tinha uma toalha envolta em sua diminuta figura, com as alças de um rosado traje de banho inteiriço aparecendo por cima do tecido branco.

- Ah! - exclamou Claire, alarmada e surpreendida ao ver a menina no complexo. – Sinto muito, não a vi saindo...

Sua voz se apagou enquanto se encontrava olhando um par de amplos e luminescentes olhos da cor da prata polida. Era a cor mais estranha - não era exatamente uma cor, eram quase brancos. Lisos como cristal... hipnóticos.

- Eu só estava... - murmurou Claire, sem saber o que dizer a seguir porque, nesse instante, os olhos da menina começaram a mudar.

A superfície de suas íris ondulava, como quando uma pedra cai em um lago, causando tremores repentinos em sua superfície. Suas pupilas começaram a encolher em diminutos pontinhos, levando Claire profundamente dentro do encanto dos olhos da menina. Logo viu algo mover-se dentro das espelhadas profundidades.

Era uma imagem tomando forma rapidamente, entrando em foco enquanto Claire olhava fixamente, absorta em completa fascinação. Era uma mulher correndo na escuridão. Gritando, desconsolada.

Era ela mesma.

Claire observava enquanto a visão passava como uma cena de filme. Mas aquilo não era um filme, era *sua* vida. *Sua* angústia. Soube instintivamente, enquanto se observava chorando entre árvores e arbustos espessos, desesperada por alcançar algo - ou alguém -, sabendo, pela dor em sua alma, que o que procurava já estava perdido para ela. Havia um brilho cegante de fogo diante dela, um grande poço de escombros que rugiu com chamas e fumaça, lançando um calor tão intenso que a queimou como se estivesse caminhando em um forno.

Alguém gritou para que recuasse.

Ainda assim, ela correu para aquilo.

Não podia se afastar.

Mesmo sabendo em seu coração que ele havia partido, ela não podia afastar-se *dele*.

- Andre - ela murmurou.

A porta se abriu novamente e desta vez saiu uma mulher.

- Ah, Deus... Mira – exclamou, e rapidamente girou a criança para longe de Claire, enterrando o rosto da menina na proeminência de seu ventre inchado.

Claire saiu de seu transe como se tivesse sido esbofeteada.

- O que acabou de acontecer?

A outra mulher estava agora se ajoelhando na frente da menina, passando uma palma suave por suas bochechas e murmurando palavras tranquilizadoras. Ofereceu a Claire um olhar de desculpas.

- Olá, meu nome é Tess. Você deve ser Claire. Esta é Mira. Nós estávamos dando um mergulho. Está tudo bem com você?

Claire assentiu.

- Os olhos dela...

- Sim - disse Tess. - Mira é uma vidente. Ela geralmente usa lentes de contato especiais para silenciar esse talento, mas as tirou para não perder na piscina.

- Olá, Claire - disse Mira, agora com cuidado em manter seu olhar baixo. - Não foi minha intenção assustá-la.

- Está tudo bem - Claire sorriu e passou uma mão pela parte superior da cabeça úmida da menina, embora ainda estivesse muito aturdida pelo que tinha visto.

Tess parecia dar-se conta de seu desconforto. Os olhos verdes e azulados da Companheira de Raça grávida eram ternos, compassivos.

- Mira, por que não vai agora, querida? Estarei lá para ler uma história para você enquanto esperamos a Renata e o Niko voltarem da patrulha.

- Certo - a garotinha se voltou para Claire e murmurou para seus pés: - Um prazer conhecê-la.

- Igualmente, Mira.

Depois que ela se foi, Tess deu a Claire um sorriso compassivo.

- Foi algo horrível o que ela lhe mostrou?

- Sim - respondeu ela, muito afetada para explicar o que viu.

Tess fez uma careta.

- Lamento. Eu gostaria de poder dizer que as visões de Mira nem sempre se tornam realidade. Mas o dom dela é extremamente honesto e sincero. Ela não pode evitar. Nem sequer pode controlar, razão pela qual agora possui lentes especiais. Cada vez que usa seu talento, ela perde um pouco da própria visão.

- Que horrível! - Claire agora se sentia pior, por haver inadvertidamente tirado algo da menina. – Eu não tinha ideia...

- Não poderia saber, portanto, por favor não se sinta mal - disse Tess, amavelmente a absolvendo da culpa. - O vampiro que tinha Mira antes de ela vir para o complexo usava seu talento constantemente. Niko e Renata a tiraram dessa má situação há apenas algumas semanas. Temos a esperança de que sua visão possa ser restaurada com o tempo.

– Também espero – murmurou Claire, sentindo pena pela menina, mas seus próprios pensamentos estavam a quilômetros de distância.

Ela tinha de dizer a Andreas o que tinha visto.

Não tinha a ilusão de que ele escutaria nada do que diria, ou até que queria vê-la após a forma como tinham ficado as coisas em Newport. Mas tinha de tentar chegar a ele, mesmo que só para que ele ficasse a par daquilo e pudesse decidir por si mesmo o que fazer a respeito.

Claire sentiu a outra Companheira de Raça observando-a de perto como se entendesse o peso de seus pensamentos.

– Quando passei pelo quarto de armas agora há pouco, ele estava lá dentro com Tegan e Rio. Acredito que acabavam de entrar. Quer que eu te acompanhe até lá?

– Obrigada – agradeceu Claire e logo começou a caminhar junto a Tess, com o coração apertado batendo forte no peito.

Capítulo 20

Nos poucos minutos que Claire e Tess levaram para chegar à sala de tiros da Ordem, Andreas já não estava ali. Tegan e Rio estavam parados perto da linha de disparos com Gideon, revisando um carregamento de munições e armas de fogo sobre uma tábua, perto de um grande armário já cheio de armamentos. Tegan ergueu o olhar quando viu Tess chegando com Claire.

- Viu Andreas? - Claire perguntou ao temível macho Primeira Geração.

Ele assentiu gravemente.

- Vi. E estou seguro como o inferno de que não o recomendaria. Pelo menos não por algumas horas. Ele não está exatamente apto para companhia.

- Tenho de falar com ele, Tegan. É importante.

Quando o guerreiro parecia prestes a detê-la sumariamente, Tess interveio:

- Eu estava nadando com Mira na piscina. Ela não estava usando as lentes e Claire... viu algo.

- Ah, merda - Tegan não foi o único vampiro no cômodo a balbuciar uma escura maldição. Ele levou uma mão sob a mandíbula e então fez um gesto indicando o corredor afora. – O quarto dele é seguindo aquele saguão. Quinta porta depois da primeira curva.

Claire assentiu, agradecendo tanto a Tess como a Tegan, e em seguida se apressou para fora em direção ao saguão.

Ela encontrou a curva no corredor de mármore e deu uma olhada adiante para contar as portas fechadas enquanto andava rapidamente para a quinta delas.

Antes que alcançasse a metade do caminho para a porta, sentiu os cabelos finos atrás de seu pescoço começarem a se excitar.

A sensação viajou por sua pele como uma leve carga de corrente elétrica. Ela reconheceria esse sentimento em qualquer lugar.

Andreas.

Ela fez uma pausa em frente a uma entrada aberta à sua direita. O cômodo estava escuro, iluminado apenas por uma vela no fundo. Tratava-se de algum tipo de santuário. Uma capela, com paredes de pedra esculpida e fileiras emparelhadas de bancos que davam para um altar de pedestal simples e sóbrio.

Andreas estava ajoelhado diante daquele altar, sua cabeça escura inclinada para baixo.

Diminutos pulsos de luz patinavam por todo o seu corpo. Isto não era o calor em escala natural e o fogo que ela tinha testemunhado antes, mas um pequeno tipo de energia. Bem menos volátil, entretanto forte o bastante para fazer que seus membros e pescoço ardessem em reação. Enquanto ela olhava, os pulsos começaram a baixar e diminuir em força. Em pouco tempo, tinham descorado completamente.

Andreas estava pensativo e Claire não estava disposta a incomodá-lo.

Entretanto, era tarde demais. Ele virou a cabeça e abriu os olhos, perfurando-a com uma rajada de cor âmbar que tingia sua íris.

– Você não deveria estar aqui – disse ele, sua voz terrivelmente baixa e espessa pela presença das presas enormes. – Saia, Claire. Não quero que me veja deste modo – ela não precisava perguntar o que ele queria dizer com isso; mesmo que seu corpo estivesse liberado do controle da pirocinese, a miséria estava saindo a jorros dele em ondas evidentes. Ele estava preso a uma profunda sede de sangue. Suas presas estendidas e seus olhos transformados eram provas suficientes disso, mas foram seus dermoglifos que realmente a levaram a pensar nisso. As marcas de sua pele que estavam visíveis na frente aberta da camisa eram lívidas com as cores de fome.

Claire foi entrando mais no santuário da capela.

– Você está bem? – ela perguntou.

Ele grunhiu ameaçador quando ela se aproximou. Claire pensou que ele poderia levantar-se e afastar-se dela, mas ele permaneceu ajoelhado quando ela se moveu ao banco mais próximo e se sentou devagar.

A premonição que vira nos olhos de Mira ainda era muito para sua mente, mas quando olhou Andreas, sua preocupação por ele foi imediata. Ela queria estender a mão para ele, sacudir dos cabelos despenteados as gotas de chuva, tocar-lhe o rosto de qualquer modo, mas manteve as mãos presas ao corpo, incerta ainda se ele daria boas-vindas à sua bondade depois do modo que as coisas tinham ficado entre eles em Newport.

– Onde foi esta noite, Andre?

– Você quer dizer que Tegan não contou como teve de me tirar de um humano antes que eu esgotasse o pobre bastardo? Não disse que teve de pressionar um aço frio em minha têmpora e ameaçar enfiar uma bala em meu crânio para me trazer de volta aos meus sentidos?

Claire engoliu em seco.

– Não. Eu não sabia nada disso.

Diante daquela negação, ele desviou o olhar, sacudindo a cabeça quando olhou fixamente a chama da vela que bamboleava sobre o altar vermelho.

– A não ser que você tenha uma pistola oculta em algum lugar, eu te aconselharia a dar meia-volta e procurar o inferno de lugar mais longe de mim que puder.

Ela escutou o perigo em seu tom curiosamente sóbrio, mas ficou ali mesmo.

– Estou aqui porque fiquei muito preocupada com você esta noite. E porque muito em breve vai acontecer algo que me aterroriza.

Ele lançou um olhar penetrante para ela, suas sobrancelhas baixaram a intensidade do olhar âmbar brilhante.

– O que aconteceu? Tem algo a ver com Roth? Ele fez algo para machucá-la outra vez?

– Não, não é nada disso. Mas eu vi algo que com certeza está relacionado a ele – diante da expressão interrogativa dele, ela continuou: – Há uma menina aqui no recinto com o dom da premonição...

– Mira – ele deduziu, pelo que os guerreiros lhe contaram.

– Sim, Mira. Eu vi algo terrível nos olhos dela há alguns minutos. Eu vi sua morte, Andreas – Claire exalou brandamente e fechou seus olhos durante um momento, aflita somente por dizer essas palavras. – Vi um incêndio e escombros, e você estava lá dentro. Eu tentei salvá-lo, mas não pude chegar a tempo. E o fogo estava tão... tão quente...

Ele xingou brandamente e levantou. Sua expressão escura disse que estava preparado para negar o que estava escutando, mas Claire o cortou antes que tivesse oportunidade de falar.

– Senti sua morte, Andre. Eu estava lá, na visão. Era verdade. Se você não se libertar dessa necessidade de destruir Wilhelm Roth, acredito que vai morrer.

Ele escutou, sua mandíbula quadrada se imobilizou no que parecia ser uma severa aceitação. Como se por um momento soubesse que sua morte viria entre chamas e ruína, mas não visse nenhuma necessidade de fugir disso.

– Meu Deus... – disse ela, furiosa por entendê-lo apenas agora. – Sempre que deixa o fogo aumentar dentro de si, você encara a própria morte direto no rosto. Você sabia disso, não é? Você sabia disso todo o tempo, e ainda assim continua usando o mesmo poder que no final somente o destruirá.

Ele escutava como se fosse nada, sua expressão ilegível e exasperadamente impassível.

- Não tenho medo de morrer, Claire.

- Não - ela disse, forçando a palavra diante de sua língua sobre uma miserável risada. - Você não tem medo disso, Andre. Agora vejo isso finalmente. Você busca isso o mais rápido que pode. É tão fácil se afastar de mim? Deve ser, já que você continua fazendo isso.

- O que você quer que eu faça? - ele murmurou.

- Abandone sua vingança sobre Wilhelm Roth, aqui e agora. Deixe a Ordem acabar com ele quando perseguirem Dragos, mas não se envolva. Quero que fique longe dele. Acaso não pode fazer isso... por mim?

A mão dele deslizou amorosamente pelo rosto dela, os dedos se curvando ao redor da linha de sua mandíbula delicada.

- Você está me pedindo para dar as costas para aqueles que estiveram dispostos a arriscar suas vidas por mim no passado. Você está pedindo que esqueça tudo o que Roth fez a mim e à minha família, o que ele fez a tantas vidas inocentes? Você está me pedindo para ignorar um criminoso que não vacilaria em jogar sua fúria sobre você, Claire.

Ela examinou os olhos dele ensopados de uma cor âmbar – os olhos famintos de um vampiro – e viu como uma crua emoção crescia dentro dele.

- Há mil coisas que quero dizer, Claire. Promessas que desejo poder fazer. Mas fui muito longe com Roth agora. Provoquei uma guerra contra ele e isso não vai acabar até que um dos dois termine em chamas. Não quero que seja eu, mas não vou recuar diante de nenhuma situação.

Que Deus a ajudasse, mas naquele momento ela não queria perdoá-lo - por voltar para sua vida, por recordar tão intensamente que ela nunca tinha deixado de desejá-lo, e certamente pela possibilidade de perdê-lo outra vez depois de ter sentido um sabor tão extraordinário de felicidade.

Mas quando ele levou os dedos aos seus lábios com cuidado terno e uma reverência incondicional, a cólera e o medo de Claire se derreteram.

E quando ele beijou sua mão, e então seguiu com a mesma adoração suave para sua boca, ela se perdeu completamente.

Não tentou resistir quando ele recuou, sem fôlego e selvagem, antes de arrancar as roupas de ambos ali mesmo, no meio da capela sagrada. Seus beijos cresceram mais exigentes e mais selvagens. Ela se deleitou com a paixão dele e quase perdeu o fôlego quando ele a induziu a passar as pernas ao redor de sua cintura e a beijou o mais profundo que podia. Ele a atravessou com um longo e rígido impulso, raptando-lhe o agudo arquejo de prazer com a boca gostosa.

Então, moveu-se com ela, carne sobre carne, levando-a com a velocidade e a força que o marcava como um sobre-humano. Claire sentiu o mármore frio contra suas costas nuas. E, pressionando contra a junção de suas pernas arqueadas, ela sentiu o calor da carne rígida, quente e pulsante que a preenchia tão profundamente, tão deliciosamente.

Andreas a segurou em um abraço apertado quando a penetrou profundo, seu ritmo agressivo e sua consciência tranquila pois sabia que ela adorava aquilo. Claire entendeu a necessidade dele. Mais do que isso: ela também a sentiu. Deu as boas-vindas a cada estocada, a cada furiosa, cruel e deliciosa penetração.

Ela o queria ouvir gritar quando gozasse, mesmo que isso denunciasse à Ordem inteira a sua paixão. Ela não se preocupou com nada mais, exceto com ele e com o prazer de fazer em pedacinhos seus corpos unidos no que ela rezou para que não fosse a última vez.

– Possua-me – sussurrou ela contra o ouvido enquanto ele agitava os quadris contra ela em um ritmo cada vez mais urgente. – Ah, Deus, Andre... preciso sentir isso para sempre. Por favor, não pare, não pare...

Com um grunhido, ele a montou mais forte, enquanto a levava a um nível de clímax que ela sequer sabia que existia. Claire se fez em pedaços com um grito amortecido, enterrando o rosto nos ombros largos e musculosos dele quando seu corpo se contraiu em um grande movimento súbito de sensações maravilhosas, indescritíveis. Ele gozou com ela, exalando um obscuro xingamento quando lançou a pélvis apertada contra ela e a segurou mais perto, inundando o interior dela com sua quente explosão de prazer.

Reichen soltou-se das coxas de Claire e, com cuidado, colocou os pés atrás dela no terreno firme. Ele tremia com as réplicas de seu orgasmo, mas ainda mais pela necessidade palpitante de enterrar as presas naquele pescoço sensível.

Ele nunca havia se sentido mais vivo do que quando estava com Claire. Estar com ela somente amplificava a farsa que ele vivera por todos os anos que passaram separados. Depois que a maldição de sua pirocinese se fez conhecida, tinha sido tão cuidadoso em manter todo mundo à distância. Ele tinha escondido seu coração atrás de uma fortaleza de paredes grossas.

Mas não com Claire. Ela de algum modo tinha feito seu caminho por volta da fibra de quem ele era e de quem ele um dia esperou que pudesse ser. Ele era seu companheiro de todas as maneiras que importavam.

Mas não do modo que ela precisava.

Ele não devia ter feito aquilo com ela – por uma dúzia de motivos e mais alguns.

Nada do que tinha acontecido ia mudar sua mente sobre perseguir Roth.

Ela sabia disso.

Ele podia ver isso em seus olhos, quando ficou de pé diante dele com as bochechas vermelhas e os olhos marrons ainda obscurecidos pela escuridão aveludada de suas pupilas encharcadas pela paixão.

– Já falou com eles sobre como planeja ajudar a Ordem?

Não havia sentido algum em protegê-la da verdade quando era claro que ela o conhecia melhor do que qualquer pessoa já o conhecera, agora ou no futuro.

– Tegan e eu discutimos algumas coisas no caminho para cá. A partir de amanhã à noite, vou me juntar às patrulhas no lugar do guerreiro que foi ferido. Já que agora sabemos que Roth está em Boston, varreremos a cidade para localizá-lo também.

Ela assentiu brevemente e se moveu diante dele para recolher as roupas. Vestiu-se oportunamente, apressadamente, como se não pudesse se afastar dele rápido o suficiente agora.

Reichen deu uma sacudida leve de cabeça, sem ter as palavras corretas a que recorrer.

– Sinto muito, Claire.

– Eu sei – respondeu ela solenemente. – Eu também sinto.

Ele não tentou pará-la quando ela saiu da capela e desapareceu pelo sinuoso corredor.

Por mais duro que fosse manter os pés no chão, ele se levantou e permaneceu ali como uma estátua até estar seguro de que ela havia partido.

Em seguida, deixou-se cair sobre os joelhos e continuou rezando pela força necessária para levar sua vingança ao devido fim.

Capítulo 21

Era pouco depois do amanhecer quando Claire entrou na ducha em seus aposentos e se estirou para abrir o chuveiro. Observou fixamente, sem ver, o vapor quente que começava a se levantar do outro lado do vidro do box.

Ela o estava perdendo novamente.

E novamente para Wilhelm Roth.

Congelada ao pensar em tudo o que Roth já havia tirado de Andreas e dela mesma, ela se enfiou debaixo da água fervendo e ficou ali, tremendo pelo frio que reinava dentro de seus ossos. Em poucas horas, o sol se esconderia novamente e Andreas se uniria à Ordem em suas patrulhas de combate – dirigindo-se precisamente à cidade onde estava Roth agora. Dirigindo-se diretamente à morte.

Ele havia deixado muito claro que nada do que ela dissesse o impediria de ajudar a Ordem. Assim como nada o impediria de perseguir a justiça de que precisava, sem se importar com o preço disso. Ou o custo para o amor que ambos estavam redescobrindo depois de tanto tempo separados.

Pelo menos desta vez ele não estava partindo sem nenhuma explicação. Tinha suas razões. Boas, nobres razões. Nenhuma das quais, todavia, era fácil de aceitar.

Alguma parte desesperada e egoísta dela queria correr diretamente à cúpula da Ordem e rogar (de joelhos se fosse preciso) que eles reconsiderassem. Ofereceria qualquer coisa. Diria qualquer coisa.

Mas ela sabia que ele não poderia – ou iria – mudar de opinião.

Ele era um homem muito honrado.

E ela o amava demais, não iria tentar dobrar sua integridade apenas para satisfazer seu coração destroçado. Mas Deus, doía-lhe pensar em deixá-lo partir. Em perdê-lo para sempre.

Dor e fúria inundavam-lhe o corpo em chamas.

Sentia-se tão confusa e assustada... tão sozinha.

Sentou no chão de ladrilhos da ducha e deixou que a água quente e o vapor a sorvessem. Fechou os olhos e pensou no quão difícil seria quando ele saísse com os guerreiros naquela noite. Estar no complexo para esperar a volta dele mitigaria um pouco da dor em seu coração, mas apenas até que ela considerasse que Andreas estaria lá fora também para procurar sua batalha com Roth. E a essa equação adicionava-se, ainda, Dragos.

Claire quase não podia suportar imaginar o resultado de um confronto dessa magnitude.

Mas o que ela poderia fazer para avisar Andreas? Uma pequena e desesperada voz no canto de sua mente sussurrou-lhe que havia algo. Algo que ela, aliás, não havia considerado. Algo tão desagradável que lhe causou repulsa, fazendo-lhe a bílis emergir pela garganta, amarga e cítrica.

Ela podia ir diretamente a Roth.

Não para rogar por piedade. Ela sabia que ele não teria nenhuma, especialmente agora. Não quando se tratava dela ou de Andreas. Mas estava igualmente segura de que Wilhelm Roth desprezava perder.

Roth sempre fora consumido pela sede de ganhar, mesmo o mais corriqueiro dos concursos ou dos jogos. Será que ele estaria disposto a aceitar a única coisa que lhe restava para oferecer?

Claire não poderia ter certeza se não tentasse.

Com repulsa por si mesma pelo que estava prestes a fazer, mas sentindo que era sua última esperança, ela reclinou a cabeça e refreou por um instante a respiração. Ela era uma perita em colocar-se rapidamente em estado letárgico, mas encontrar Roth – e esperar que ele também estivesse dormindo - não era tão fácil. Agarrou-se à corrente de subconsciência e se desviou para o universo de sonhos, procurando por Roth, torcendo para encontrá-lo ali.

Levou vários minutos até sentir a borda de sua mente através do véu do sono.

O gelo se formou em seu estômago enquanto se movia em direção a ele, ignorando todos os seus instintos, que pediam, aos gritos, que ela fugisse o mais rápido possível. Viu-o na sua frente agora. Estava de costas para ela, apressando-se a fazer seu caminho através do que parecia ser uma espécie de arco de terra.

Claire o seguiu em silêncio, formulando seu desesperado chamado. Diante dele, uma pesada porta se abriu para deixá-lo passar. Claire deslizou atrás dele ao mesmo tempo em que o painel de pedra grossa se fechava.

Roth estava resmungando para si mesmo, em voz baixa, palavras ininteligíveis, cheias de veneno e frustração. Dentro da outra sala que tinha um aspecto mais clínico do que a primeira, ele passou por uma mesa cheia de microscópios, pratos e copos. Quando se aproximava do final da larga superfície, ele usou a mão e o antebraço para varrer um grupo de equipamentos para o chão. Claire ofegou quando o vidro quebrado explodiu na frente dela.

- Que merda... - Roth deu meia-volta. Quando a viu ali, seus olhos cruéis se entrecerraram e ele riu, um frágil, perigoso estrondo. - Ora, ora, ora... se não é minha cadelinha infiel.

Ela não deixou que sua bofetada verbal a afetasse.

– Precisamos conversar, Wilhelm. Temos de chegar a algum tipo de acordo antes de as coisas irem longe demais entre você e Andreas.

Nesse momento, ele riu, divertindo-se de verdade.

– Deixe-me adivinhar. Ele te enviou aqui para pedir misericórdia? Para pedir que eu recorra a meu senso de honra?

– Ele não me enviou, Roth. Ele nem mesmo sabe que estou aqui – quando ele arqueou as sobrancelhas com curiosidade, ela continuou. – Vim para pedir que você continue afastado de Andreas. Esqueça seu ódio por ele e o deixe viver sua vida.

Roth riu com sarcasmo.

– Você não pode estar falando sério...

– Mas estou – disse Claire. – E estou disposta a oferecer tudo o que tenho para garantir sua palavra, aqui e agora. Vou voltar para você, Wilhelm. Vou fazer o que você quiser. Jogue seu ódio contra mim. Apenas o deixe em paz. Por favor.

Os olhos de Roth se estreitaram como lâminas finíssimas de aço forjado, cortando-a inteira com uma malícia lúgubre.

– De verdade, você é tão ingênua assim, Claire? Eu não poderia me preocupar menos com ele – disse, carecendo completamente de quaisquer emoções. – Nem por você, se quer saber.

Uma esperança se acendeu, tênue, porém promissora. Mas Wilhelm Roth soltou uma gargalhada terrível que arrepiou os pelos finos e macios da nuca dela.

– Isso nunca disse respeito a você, Claire. Você não sabia? Jamais suspeitou? Você foi um prêmio que eu queria porque tê-la significaria tomar algo precioso dele. Destruir o Refúgio e as pessoas mais próximas a ele foi apenas um pequeno prazer que eu não havia previsto. Um prazer que me deleitou enormemente, no entanto.

– Você é doente, Wilhelm – o estômago de Claire se retorceu com desprezo. – Meu Deus. Você realmente é um monstro.

– E você, Claire, já está morta para mim – sussurrou ele, sua voz era um grunhido sem ar que a congelou até os ossos. – Você e Andreas já estão mortos. Apenas não sabem ainda. Vocês são obstáculos que se interpõem no caminho da grandeza, e serão removidos como tal. Vocês e a Ordem.

– Foi isso que você prometeu a Dragos? – perguntou ela, inexpressiva. – Há quanto tempo vem tecendo suas maldades com as dele?

Roth sorriu maliciosamente diante do desgosto dela.

– Nossa revolução começou mesmo antes que eu cometesse o engano de tomá-la como minha companheira. Não devia ter me incomodado em perder tempo com você, mesmo que me agradasse te tirar de Reichen. Poderia ter sido igualmente gratificante se tivesse te mandado para Dragos, como fiz com tantas outras nos últimos anos.

Claire lutou para dar sentido ao que ele dizia. *Outras mulheres*. Roth estava enviando mulheres – queria dizer Companheiras de Raça? – a Dragos. *Para que propósito?*, perguntou-se. Mas ela não precisou imaginar por muito tempo.

Da atmosfera etérea dos sonhos, uma parede de celas apareceu. Úmida, sem luz, uma horrível prisão delineou-se. E dentro havia mulheres cativas. Companheiras de Raça. De onde estava, Claire podia ver a marca de nascimento em forma de lágrima e meia-lua em algumas delas.

A mesma marca com que ela mesma havia nascido. A marca que sinalizava uma mulher humana capaz de unir-se a um homem da Raça e gerar seus filhos.

Santo Deus, havia umas vinte mulheres presas naquelas celas. Seu estômago se revolveu ainda mais ao ver que algumas delas estavam grávidas.

– O que está acontecendo aqui? – perguntou ela, horrorizada e enojada. – Que diabos você e Dragos estão fazendo?

Enquanto falava, elevando a voz em indignação, ouviu o uivo de um animal, vindo das profundezas do lugar onde estavam ela e Roth.

O uivo se elevou a um rugido - um doloroso e queixoso grito que vibrou através das plantas de seus pés e diretamente em sua medula.

O som era diferente de tudo que ela jamais escutara... um ruído totalmente estranho, que fez um nó de terror em seus pulmões.

Deus, que lugar era aquele? Que coisas terríveis Roth e Dragos estavam praticando ali?

O terrível grito continuou, tão forte que vibrou o chão sob seus pés. Roth jogou a cabeça para trás e uivou com a criatura invisível, irônico e sádico.

Em seguida, sorriu – um sorriso assassino.

- Você está morta, Claire. Tal qual essas mulheres aí dentro. Ele vai arrancar seus membros, um por um. A menos que eu tenha esse prazer primeiro. Pense nisso da próxima vez que deixar Reichen te tocar. Da próxima vez que deixar ele te foder, lembre-se do que te espera. Vou matar os dois, e vou desfrutar ao fazê-lo.

Depois, Roth e a câmara de terror se foram. A rede que os conectava no sonho foi interrompida, e Claire despertou, tremendo, ofegando no chão do banheiro sob a água quente da ducha.

- Ah, Santo Deus - murmurou, colocando o rosto entre as mãos vacilantes. A bílis subiu-lhe pela garganta ressequida. - Ah, meu Deus... o que foi que eu fiz?

Poucos minutos depois de despertar, Wilhelm Roth se deu conta da profundidade do erro que acabara de cometer com Claire.

No princípio, ficou em choque por vê-la em seu sonho – depois de tê-lo traído com Andreas Reichen –, o que alimentou sua ira, ele não esperava que ela tivesse a coragem de chegar tão perto dele, mesmo no reino dos sonhos. Depois de se surpreender com ela o espiando, Roth se deixara cair em sua provocação, incitando o medo dela com uma dura visão do que ele e Dragos eram capazes de fazer.

Encantou-se em deixá-la ouvir o rugido selvagem do Antigo em sua jaula. O horror dela ao ver as mulheres cativas que Dragos usava em todo tipo de experimentos tinha dado a Roth uma deliciosa emoção sádica que quase o fizera gozar.

Agora que estava acordado, teve tempo para considerar o preço de seu pequeno joguete.

Ele havia mostrado o laboratório e o quarto subterrâneo onde Dragos mantinha todos os seu segredos.

Será que ela entenderia o que tinha visto? Ele esperava que não.

Claire tinha uma mente inquisitiva, mas o que ela podia fazer com esse conhecimento? Dizer à Ordem, é óbvio, mas a salvação era que Dragos já estava antecipando um movimento por parte dos guerreiros em Boston. Ele esperava que a Ordem o encontrasse, desde a reunião que tinham interrompido perto de Montreal. Dragos estava fazendo novos planos, movendo as peças em seu tabuleiro de xadrez.

Ainda assim, Roth sabia que não podia deixar de informá-lo. Sabia que, sem dúvida alguma, Dragos descobriria a verdade em algum momento. Ele tinha de assumir o erro e deixar que as fichas caíssem onde deviam. Com sorte, sua cabeça não cairia com elas.

Formulando suas desculpas, Roth chamou Dragos em sua linha privada.

– Senhor – disse enquanto o outro vampiro respondia com um grunhido. – Perdoe a interrupção, mas tenho notícias, que, infelizmente, não podem esperar.

– Fale.

Roth contou sobre o encontro com Claire em seu sonho. Tomou o cuidado de omitir a maior parte de sua própria culpa, culpando a furtividade de sua Companheira de Raça.

– Ela me espiou sem meu consentimento, senhor. Quando a descobri ali, no sonho comigo, já era tarde demais para impedir que visse o laboratório.

– Humm – Dragos grunhiu, escutando em um silêncio enlouquecedor. – Está me cansando saber que essa mulher e seu companheiro ainda respiram, Herr Roth. Agora que tem as coisas encaminhadas em Boston, talvez seja hora de lidar com ela, como discutimos.

– Sim, senhor. Vou providenciar – disse. Ele limpou a garganta, sentindo a agressão passando pela linha telefônica, apesar da calma exterior de Dragos. – Para mim será um prazer pessoal acabar com a vida dessa puta... depois de deixá-la me assistir massacrando Andreas Reichen.

– Tenho uma ideia melhor – disse Dragos, sua voz suave e venenosa. – Quero que venha à sede depois do pôr do sol.

– Senhor? – Roth estava confuso. – E o que acontece com o vínculo de sangue?

– O que tem isso?

– Se ela disser à Ordem o que viu hoje, não é provável que os guerreiros usem seu vínculo de sangue para encontrar a mim e ao laboratório?

Houve apenas uma brevíssima vacilação do outro lado da linha.

– Esteja aqui ao pôr do sol, Herr Roth. As instruções o estarão esperando.

Capítulo 22

O complexo da Ordem em Boston era uma maravilha arquitetônica e tecnológica. Mesmo com a gravidade das razões de Claire para estar ali, ela não podia deixar de ficar impressionada com a extensa rede subterrânea de corredores e câmaras ocultas debaixo da grande mansão de pedra calcária que erguia-se na rua.

A Ordem vivia em indiscutível comodidade, mas ficava claro que se tratava de uma situação tática. O ponto principal da sede - o centro de tudo - era o laboratório de alta tecnologia, com seus bancos de computadores, equipe de vigilância, gráficos e mapas estratégicos das principais cidades dos Estados Unidos e do exterior. Claire tinha entrado em uma área de guerra e, embora todos a acolhessem como uma hóspede, ali, sentada na mesa de conferências, ela estava bastante consciente do fato de que seu companheiro ainda era Wilhelm Roth e de que ela era o vínculo mais próximo com aquele indivíduo em aliança com o inimigo mais traiçoeiro da Ordem.

- Todos estão a caminho - Gideon disse após chamar o resto dos guerreiros e suas companheiras para escutar o que Claire tinha a dizer.

Uma das residentes do complexo, de aspecto majestoso, com cabelos castanhos-acobreados, apoiou a mão sobre a de Claire em uma mostra de apoio feminino. Seu nome era Gabrielle, e ela era a Companheira de Raça do líder da Ordem. Lucan fora o primeiro a inteirar-se da inquietante notícia que Claire tinha reportado depois de visitar os sonhos de Wilhelm Roth. O grande vampiro Primeira Geração começou a caminhar pela sala, suas longas pernas levavam-no pela extensão do lugar em não mais do que meia dúzia de passos, enquanto Rio e Dylan o olhavam do outro lado da mesa.

Claire não sabia o que esperar da Ordem e, francamente, estivera mais do que apreensiva ao chegar a Boston na noite anterior. Surpreendeu-se por ver que não eram cruéis conforme sua reputação entre a população geral da Raça pintava, mas sim profissionais, um grupo de companheiros de armas muito unidos.

Com suas Companheiras de Raça, que viviam no complexo com eles, a Ordem era uma comunidade não muito diferente de qualquer um dos Refúgios que Claire havia conhecido. Os guerreiros e suas companheiras obviamente velavam uns pelos outros.

Eram uma família.

Claire sentira uma pequena pontada de inveja por isso, mas sentiu ainda mais culpa quando considerou o fato de que Wilhelm Roth poderia ter algo a ver com o perigo que ameaçava os guerreiros agora. Depois do horror que tinha visto em seu sonho recentemente, ela estava repentinamente, sem hesitação, comprometida com a causa da Ordem. Tudo o que pudesse fazer para evitar que Roth – ou Dragos – causassem mais dano, ela faria.

Infelizmente, desde o pôr do sol, seu vínculo de sangue com Roth parecia estar diminuindo progressivamente. Ele estava em movimento, estava certa disso. Poderia ter estado em Boston algumas noites antes, quando ela chegara da Europa, e mesmo na noite anterior, quando dirigiram de Newport a Boston, mas seus sentidos diziam que ele já não estava na cidade. Ela estivera explicando isso a Gideon e aos outros que estavam reunidos no laboratório de alta tecnologia antes do início das patrulhas da noite.

– Você tem alguma ideia de onde Roth poderia ir? – Savannah, companheira de Gideon, sentou-se junto dele perto das mesas de trabalho. A mulher alta e negra era uma presença tranquilizadora na sala, uma fonte de serenidade que parecia ser um bom contraponto à energia frenética de Gideon. – Havia algum lugar que reconhecesse no sonho?

Claire sacudiu a cabeça.

– Nada que eu pudesse identificar, infelizmente. Eu gostaria que houvesse.

– Acha que ele percebeu que você sabia que ele estava em Boston? – Rio perguntou com a voz cantada em um belo sotaque espanhol, suas sobrancelhas escuras baixas sobre os olhos de topázio esfumaçado.

– É possível que pudesse ter suspeitado – Claire supôs. – E se eu o senti, imagino que ele também deva ter sentido minha presença na cidade.

Gideon assentiu.

– Isso poderia ser motivo suficiente para que abandonasse a cidade, se ele acreditasse que poderíamos te persuadir a nos entregar essa informação.

– E se porventura ele estiver cumprindo ordens de Dragos – Dylan disse prontamente ao lado de Rio –, então poderia ter partido para algum lugar perto da guarda do maldito. Talvez se soubermos onde ele está agora, encontremos também Dragos.

Gideon franziu a testa, pensativo, e em seguida olhou para Claire:

– Vamos outra vez ao que viu em seu sonho. Talvez Roth tenha nos deixado algumas pistas que ajudem a encontrá-lo.

Claire começou a se lembrar desde o começo da caminhada que fizera em sonho. Enquanto relatava os detalhes de seu confronto com Roth, as portas de vidro do laboratório de alta tecnologia se abriram e Tegan entrou com alguns outros guerreiros, todos vestidos para o combate, trajando preto da cabeça aos pés. E atrás deles estava

Andreas, vestido de maneira similar e olhando tudo tão letal como seus companheiros fortemente armados.

O coração de Claire vacilou diante daquela visão maravilhosa. Tinha pensado em ir diretamente a ele depois de sua caminhada em sonhos com Roth, mas não achava que pudesse suportar estar perto dele depois da forma como tinha partido da capela. E uma parte mais covarde dela sabia que ele ficaria furioso ao descobrir o que ela tinha feito. O olhar que ele lhe lançou ao entrar na sala com Tegan dificilmente poderia ser descrito como amistoso. Era evidente que já tinha sido informado da finalidade desta reunião improvisada da Ordem.

– Do que mais você consegue se lembrar, Claire? – Gideon perguntou. – Você disse que viu equipamentos químicos e mesas forradas com material de laboratório.

Ela assentiu.

– Sim, havia microscópios, computadores, vidros e ampolas químicas. Tudo parecia muito técnico, mas eu não poderia dizer com certeza que tipo de experimentos estão fazendo ali.

– E mais à frente do laboratório havia celas trancadas – continuou Gideon.

– Sim. Fileiras de celas com várias mulheres presas. Companheiras de Raça. Algumas delas estavam grávidas – Claire sentiu o olhar fixo de Andreas nela enquanto falava. Queimava-lhe a forma como ele a olhava em silêncio diante de toda a sala. – Falando com Roth, tive a impressão de que as Companheiras de Raça estão sendo... *oferecidas* à criatura.

– Para acasalamento – concluiu Gideon, lançando um olhar sombrio na direção de Tegan. – Uma nova Primeira Geração irrompendo diretamente de um Antigo.

Claire reviveu a sensação de enjoo que tivera no sonho.

– Ele disse que providenciava as Companheiras de Raça a Dragos desde muito antes de eu o conhecer, o que faz trinta anos.

– Jesus – Tegan rosnou. – Quantos Primeira Geração poderiam ser criados no transcurso de poucas décadas?

– Se houvesse um fornecimento contínuo de Companheiras de Raça? – Gideon replicou. – Estremeço ao imaginar.

– E quem disse que Roth é seu único fornecedor? – Rio acrescentou gravemente. Olhou Dylan. – Informe-os das pessoas desaparecidas. Quantos desaparecimentos de Companheiras de Raça foram registrados nos Refúgios, meu bem?

– Desde quando? – respondeu ela, sua expressão sóbria. – Embora os números tenham aumentado muito nos últimos tempos, encontramos informes que remontam ao começo do século passado. Isso sem contar o número de mulheres que desaparecem das populações humanas a cada ano, que também poderiam ser Companheiras de Raça – voltou-se para Claire para explicar: – Há alguns meses, quando Rio me encontrou, descobri que meu talento especial é ver gente morta. Bem, Companheiras de Raça mortas, melhor dizendo. Vi várias no abrigo onde minha mãe trabalhava, e elas me pediram que ajudasse suas irmãs em cativeiro e as salvasse antes que "ele" matasse a todas. Disseram que havia outras, ainda vivas, que estavam presas embaixo da terra, na escuridão. Também me disseram o nome de seu raptor: Dragos.

– Ah, Jesus Cristo! – sussurrou Claire, assombrada.

– A busca por elas se tornou um pouco obsessiva para mim. Desde então, tenho procurado nos registros de pessoas desaparecidas e tentado seguir as pistas para ver se algumas dessas mulheres foram vistas, e para onde poderiam ter ido. Talvez possamos encontrá-las. Se pudermos salvar uma só vida, já valerá a pena.

– Eu te ajudarei, se puder – disse Claire. – Se tiver de cobrir todo o território dos Estados Unidos e da Alemanha para encontrar Wilhelm Roth e obrigá-lo a abandonar Dragos, eu o farei.

Dylan sorriu.

– Já gosto de você.

– Isso não é uma má ideia, sabia? – Gideon levantou da cadeira giratória e correu de volta para um dos grandes mapas da Nova Inglaterra pendurados na parede. Assinalou um pino vermelho em um lugar próximo à fronteira de Nova York e Connecticut. – Sabemos onde Dragos foi visto recentemente. Sabemos que ele uma vez teve uma residência em Nova York em um de seus disfarces. Se começarmos a procurar nessa região, e varrer para a costa, talvez encontremos algo – olhou Claire. – Está muito perto do amanhecer para fazermos algo ainda esta noite, mas você estaria disposta a participar de uma missão de reconhecimento e usar seu vínculo de sangue para tentar descubrir o paradeiro de Roth?

– É claro – disse ela, fingindo não ouvir o baixo, porém audível grunhido que emanava de Andreas. Ele poderia tentar dissuadi-la, mas sua mente já estava clara. Ela também estava nessa batalha agora, gostasse ele ou não. – Estou pronta e à disposição.

Capítulo 23

Reichen alcançou Claire enquanto a reunião no laboratório se dispersava. Ele ficou para trás enquanto o resto dos guerreiros saíam da sala para se prepararem para a última missão da noite na cidade. Seu olhar penetrava Claire em uma explosiva mistura de indignação e medo absoluto.

– Que diabos foi tudo isso? – exigiu saber enquanto ela, Gabrielle e Savannah saíam do laboratório juntas. – Quando Tegan me disse que você tinha feito contato com Roth, eu não acreditei. Que diabos você estava pensando, Claire? Ou melhor: você *estava* pensando?

Ela engoliu a saliva diante daquele assalto verbal, mas não se alterou.

– Tudo bem – disse às duas Companheiras de Raça que a acompanhavam. – Andreas e eu precisamos conversar a sós.

A fúria de Reichen ardia a fogo lento enquanto as companheiras de Lucan e Gideon se foram e o deixaram plantado no corredor com uma muito desafiante e imperturbável Claire.

– Meu Deus – ele disse, sentindo como se o ar tivesse sido tirado dele. A mesma sensação, aliás, que teve quando recebeu a notícia de que, depois daquele encontro na capela ter terminado tão estupidamente, Claire visitara em sonhos seu companheiro. – O que achou que ia conseguir se aproximando de Roth como fez?

– Eu tinha minhas razões – limitou-se a responder ela de maneira uniforme.

– Por exemplo?

– Não importa. Ele não estava interessado em negociar. Tenho certeza de que isso é uma pequena surpresa para você.

Reichen sorriu irônico.

– Roth nunca negocia. Ele se apodera das coisas. E quando não pode simplesmente se apoderar delas, ele as rouba. Ele as mata, Claire. Que diabos você pensou que podia ganhar procurando-o, mesmo em sonho?

Ela começou a se afastar dele, como se tivesse a intenção de deixá-lo plantado no corredor sem resposta alguma.

Antes que pudesse dar dois passos, ele a agarrou pelo braço e a puxou para si.

– O que você pediu a ele, Claire? Sua liberdade? A misericórdia dele? – ele franziu a testa, tão furioso pela pequena imprudência dela quanto aliviado com o fato de ela estar viva e quente em suas mãos, que a apertavam agora. – Pensou que ele simplesmente a libertaria se pedisse?

– Não – disse ela, seu queixo levantado orgulhosamente, sustentando a resposta seca. – Eu não pedi que me deixasse ir, Andre. Pedi que me levasse de volta... mas apenas com a condição de que deixaria você viver.

Ela bem poderia tê-lo golpeado no esterno com um soco inglês, pois o efeito seria o mesmo.

– Você o quê?!

Cristo, a ideia de ela voltar para Roth – sob quaisquer condições que fossem – era suficiente para fazer o sangue de Reichen ferver. Ela se oferecera a Roth em troca dele? Deus, Reichen queria rugir sua indignação aos céus.

– Mas ele não me quer. Nunca quis, aliás – disse ela sacudindo a cabeça enquanto desprendia-se daquele aperto. – Ele me disse que só me tomou como companheira porque sabia que com isso conseguiria machucar você. Ele vem tentando machucá-lo há muito tempo, Andreas.

Que o ódio de Roth se estendesse por muitos anos não era surpresa para ele, mas podia processar apenas um pouco disso enquanto a gravidade do que Claire tinha feito – do que estava disposta a fazer por ele – agia como se fosse óleo quente derramado em seu coração.

- Você tem alguma ideia de como teria me ferido se o filho da puta tivesse aceitado sua oferta?

- Provavelmente não tanto como me fará mal quando você morrer tentando acabar com ele.

Reichen merecia aquilo, e ele sabia que merecia. Mas isso não o impediu de bloquear o caminho enquanto ela tentava desvencilhar-se dele novamente.

- Você não vai a nenhum lugar perto dele, Claire. Nem com a Ordem nem com um maldito exército ao seu lado. Ouvi o que você disse ali e sei que quer nos ajudar a derrotá-lo, mas você não vai deixar o complexo, não enquanto Roth estiver lá fora. Eu te proíbo.

Ela ficou boquiaberta.

- Você o quê? Você proíbe...

- Não vou permitir que você faça isso.

- E eu não me lembro de ter pedido sua permissão – replicou ela, sua ira saltando em seu pulso agora, tão aguda que ele também podia senti-la. - Depois do que vi no sonho de Roth hoje, tenho de ajudar a Ordem a derrotá-lo. De qualquer jeito que puder. Eu acreditei que, de todas as pessoas, você poderia entender isso.

Reichen sacudiu a cabeça, negando-se a sequer considerar a ideia.

- Você não vai fazer, Claire. Eu não vou deixar.

Ela o olhou fixamente durante um longo momento. Então, algo chamou sua atenção no outro extremo do corredor.

- Seus parceiros estão esperando.

Ele se virou para olhar e encontrou Tegan, Rio e alguns outros machos da Raça, de pé perto do elevador que os levaria para o piso superior. Assentiu para eles, indicando que precisaria de mais um minuto. Quando olhou de novo, Claire já não estava de pé diante dele, mas caminhava a um ritmo determinado pelo corredor.

– Maldição – sussurrou entredentes.

Em seguida, voltou-se novamente para os guerreiros e uniu-se a eles para as patrulhas da noite.

Wilhelm Roth sentia os olhos frios e sem emoção dos cinco assassinos Primeira Geração olhando-o fixamente enquanto ele realizava outra verificação nos sistemas do laboratório subterrâneo de Dragos. Tudo estava em seu lugar, precisamente como ele fora instruído a fazer, e agora tudo o que podia fazer era aguardar. E ter esperança de que Claire estivesse com a Ordem agora, chorando pelos maus-tratos que ele infligira a ela e a Andreas Reichen e contando a todos os guerreiros sobre a maldita visita a seu sonho.

Por mais difícil que fosse encontrar a localização do abrigo oculto de Dragos, a Ordem era engenhosa e determinada. Essas eram as qualidades com que Dragos contava para levá-los pela metade do caminho à armadilha que ele e Roth tinham preparado.

O vínculo de sangue de Claire e seu ridículo senso de honra fariam o resto.

Roth não tinha dúvida de que seu futuro estava no êxito daquele ataque ofensivo contra os guerreiros. Em caso de falha, se nenhum dos assassinos o matasse, então Dragos certamente o faria. Enquanto fazia a inspeção final nos detonadores e de quilos de explosivos, perguntou-se se não tinha sido enviado numa missão suicida.

Mas não tinha nenhuma intenção de morrer aqui.

Os guerreiros, entretanto...

Uma vez que fossem guiados até sua armadilha, não havia nenhuma possibilidade de algum deles sair de lá com vida. Ele apenas poderia esperar que a Ordem enviasse todos os seus membros atrás dele. Seria um grande prazer ver o grupo perecer em um só golpe.

Melhor ainda se esse número incluísse Claire e seu amante.

Satisfeito por estar tudo preparado no laboratório, Roth se dirigiu à área da prisão de luz ultravioleta para verificar tudo uma última vez. Queria que tudo fosse perfeito para a chegada iminente da Ordem... e consequentemente seu fim.

Estava um silêncio dos infernos.

Lucan e o resto da Ordem haviam passado a maior parte da noite revistando minuciosamente a cidade, em busca de qualquer sinal de Dragos ou dos assassinos - ao que parecia, um monte de Primeira Geração despejados nas ruas para atrair a Ordem.

Várias horas de busca em cada prédio abandonado, armazém, beco sem saída e terraço, e Lucan ainda estava com as mãos vazias.

E da mesma forma fora com o resto das equipes de patrulha naquela noite. O comandante da Ordem acabara de falar com Niko e Renata, que haviam procurado nos arredores do rio Mystic junto a Dante e Hunter. Nem rastro de problemas além da merda costumeira da humanidade contra seus irmãos.

Francamente, a relativa paz que estava encontrando essa noite não parecia certa para ele.

Algo parecia... à espera.

Lucan ainda podia sentir em sua medula que alguns problemas sérios estavam aumentando na cidade na outra noite. Os assassinatos humanos foram significativos em brutalidade e descaramento. A Ordem estava sendo atraída ao jogo de uma maneira muito eficiente, então por que Dragos pararia os golpes, agora que tinha sua atenção?

Enquanto Lucan fazia um varredura visual de sua área na última hora antes do amanhecer, não podia deixar de sentir que ele e o resto da Ordem se encontravam a caminho de um tsunami. A maré e o vento tinham soprado forte, deixando um estranho e falso estado de calma.

Tudo estava em silêncio agora, mas a qualquer momento uma senhora onda iria se derramar sobre eles e consumir tudo o que encontrasse pelo caminho.

Capítulo 24

– Continuo dizendo que estaremos desperdiçando tempo e oportunidade preciosos se ao menos não considerarmos um reconhecimento durante o dia – disse Renata, a companheira de Nikolai, saltando da bancada na sala de armas e começando a passear com as botas de combate e as roupas negras. Os cabelos compridos e negros até o queixo estavam soltos da tira que os prendia para trás durante as patrulhas e agora balançavam livremente ao redor do belo rosto enquanto ela discutia seu ponto pela segunda vez. – Quero dizer, vamos, meninos! Recuso-me a ficar deitada aqui, sem sair, só para nos manter a salvo. O pior que podemos encontrar durante as horas de luz são Escravos, e eu desafio qualquer um de vocês a me dizer que eu não elimino uma mente humana escravizada até em meus sonhos. Com uma mão atada atrás das minhas costas.

Niko sorriu para sua mulher.

– Ela tem um bom ponto, Lucan. Nós não estamos falando de combate, apenas de enviá-las para buscar informações e trazer o que puderem.

Lucan grunhiu, olhando sob os cílios escuros.

– Eu não gosto dessa ideia.

– Tampouco eu gosto – assinalou Rio. – Mas sei que Dylan estará a salvo com Renata. Se as mulheres estiverem dispostas a fazer isso, então deveríamos deixá-las ajudar. Você já disse, Lucan: precisamos de toda a ajuda disponível.

Reichen se sentou ao lado e escutou em silêncio, remoendo sua própria opinião, a qual era basicamente que concordaria com qualquer decisão da Ordem, *contanto que* deixassem Claire fora disso. Infelizmente para ele e para suas opiniões, Claire parecia ter outros planos.

Ele a sentiu na soleira da porta da sala antes de vê-la, o impulso de sua união com ela virou a cabeça em sua direção como se seu centro estivesse conectado com ela por um arame. Ela entrou com a companheira de Dante, ambas movendo-se para a parte de trás da sala enquanto o debate continuava entre Lucan e Renata.

– Pense nisso, Lucan. Se trabalharmos à luz do dia, isso nos daria uma vantagem de oito a dez horas – enfatizou ela.

– O que, na atual conjuntura, poderia ser uma vantagem crucial para nos aproximar de Dragos. Se a retirada que vimos esta noite é uma indicação de que eles estão assustados e fugiram, então não temos nenhum tempo a perder.

Múltiplas cabeças assentiram em concordância com Renata.

– E se a retirada for um indicador de algo mais? – perguntou Lucan severamente. – E se eles não deixaram Boston abruptamente porque estão preocupados em serem encontrados, mas sim porque estão trabalhando em algo maior?

– Atualmente, acredito que precisamos assumir que não é medo mas sim uma estratégia – a voz de Claire chamou a atenção de todos para a parte de trás da sala de armas. Ela olhou ao redor do grupo, persistindo mais tempo sobre Reichen. Seu olhar estava ferido, e ele podia sentir a angústia que demonstrava seu coração pulsando incômodo no peito. – Não conheço Dragos, mas conheço Wilhelm Roth muito bem. Ele nunca opera com medo. Ele se acha invencível, mais inteligente que todos os outros. Onde quer que esteja, ele tem um plano alternativo para atacar, mais forte do que antes.

– O que é o maior motivo para usar qualquer vantagem que tenhamos para encontrá-lo – acrescentou Rio.

O olhar de Lucan viajou de Claire a Dylan, passando por Renata, o trio de Companheiras de Raça que sairia à luz do dia em missão.

– Todas estão de acordo, então? Querem fazer isso?

– Sim – responderam em uníssono.

Ele considerou por um longo momento, logo assentiu solenemente.

– Tudo bem, então. Gideon vai traçar as coordenadas da melhor área para que comecem a busca. Antes que saiam, faremos uma reunião para uma revisão final no laboratório de tecnologia.

Com alguns comentários de assentimento ao redor, a reunião começou a se dispersar. Reichen moveu-se em direção a Claire, mas Renata e Dylan a envolveram em uma conversa rápida antes que ele pudesse alcançá-la e oferecer uma dúzia de diferentes desculpas que estivera ensaiando mentalmente desde seu último encontro.

Ela lhe lançou apenas um olhar muito breve quando passou, transmitindo uma mensagem clara. Ele não podia dizer nada sobre o que ela estava fazendo. Ele tinha se negado a prometer o que não podia e agora ela estava lhe devolvendo o golpe. O sabor de seu castigo era mais amargo do que o fel dos infernos.

Claire se afastou dele, seguindo com suas duas companheiras para discutir a missão à luz do dia que colocara um vulto sinistro de gelo no estômago de Reichen.

No momento em que o sol levantou, a frustração de Claire com Andreas já tinha se esgotado há tempo. Ela compreendia o lado dele e seu aborrecimento. Ela tinha sido insensata ao pensar que poderia negociar com Roth. Mais insensata ainda ao pensar que podia conseguir o bem-estar de Andreas. Especialmente depois da visão que tivera de sua morte atroz.

Tudo o que ela sabia era da necessidade de se agarrar intensamente a ele. Fora por isso que ela lhe pedira para abandonar aquela busca por vingança e lhe suplicara para deixar que a Ordem lutasse a batalha com Roth e Dragos. Aquele tinha sido um momento de entusiasmo, egoísmo e desespero, um momento que a havia deixado cega para tudo exceto para seu amor por ele. Tudo o que ela tinha era sua necessidade de mantê-lo por perto para que nada nem ninguém pudesse afastá-los outra vez.

Mas quando Claire se preparou para deixar o complexo com Dylan e Renata naquela manhã, ela se deu conta de que tinha pedido muito. No laboratório tecnológico do complexo com os outros, ela observou as companheiras de Rio e Nikolai passarem poucos momentos tranquilos murmurando ternas palavras e os abraçando.

Presenciando as suaves despedidas e os persistentes abraços dos dois casais que se separariam durante o dia, Claire sentiu uma pontada de vergonha pelo que tinha esperado de Andreas. Seu amor não era mais sagrado que aqueles outros. A segurança de todos não era mais importante que a de qualquer guerreiro ou de suas Companheiras de Raça.

Andreas estava certo em resistir ao que ela lhe pedira.

Claire poderia ter dito muito, mas ele não tinha vindo vê-la com o resto da Ordem. Em seu lugar estavam Tess e Savannah, que a puxaram em um rápido e quente abraço quando ela, Dylan e Renata começaram a reunir seus equipamentos para a missão diurna. Lucan e Gabrielle chegaram um momento depois; o líder da Ordem assentiu sombriamente enquanto sua Companheira de Raça abraçava brevemente Claire.

– Meus agradecimentos por sua boa vontade em nos ajudar a rastrear Roth – disse ele em sua profunda voz de superioridade. – Não espero que seja fácil para você. Ainda há tempo para que mude de opinião, se você não...

– Não – interrompeu Claire, sacudindo suavemente a cabeça. – Eu quero fazer isso. Depois de tudo o que descobri sobre ele, eu *preciso* fazer isto.

Um severo assentimento foi a única resposta de Lucan quando Gideon chamou a atenção de todos para uma olhada final através do quadrilátero que tinha marcado para que as fêmeas seguissem.

Claire escutou as instruções que a levariam ao sul de Boston, entrando em Connecticut, começando uma varredura no limite do estado de Nova York, onde ela sabia que Dragos uma vez enfrentara o companheiro de Dylan, Rio, mas conseguira escapar. Dali, a missão de reconhecimento cobriria tanta área quanto fosse possível durante as horas de luz, esperando que em algum lugar do caminho o sangue de Claire levantasse um sólido rastro que a Ordem pudesse seguir depois, na escuridão da noite.

– Darei a cada uma um telefone equipado com GPS – estava dizendo Gideon agora, afastando o mapa que tinha esboçado na parede para pegar os três aparelhos na mesa. Ele os entregou para Claire, Dylan e Renata. – Assegurem-se de mantê-los ligados o tempo todo. Nós vamos monitorar a localização e o progresso de vocês, mas queremos confirmações a cada hora, no mínimo. Consigam uma pista de Roth e telefonem o quanto antes. Telefonem para avisar sobre tudo o que virem ou sentirem, qualquer uma de vocês, enquanto estiverem nesta missão. Se por qualquer motivo precisarem parar o carro, nem que seja para correr por dois minutos ao banheiro, telefonem. Compreendido?

As três assentiram em conformidade, embora Renata o fizesse enquanto girava seus olhos para Claire e Dylan. Debaixo de seu chapéu escondia o cabelo ébano e a Companheira de Raça usava botas de sola plana, calças jeans escuras e um suéter de gola negra, bastante passáveis como roupas de rua, se ninguém olhasse de muito perto para os vultos que zumbiam em seus magros quadris. Um pequeno arsenal de lâminas e pistolas estavam embainhadas no cinturão de couro que lhe rodeava a cintura.

À impressionante coleção de armas dela, Nikolai acrescentou mais uma: era uma pistola de aparência asquerosa, de cano longo igual ao comprimento do braço de Claire. Ele a entregou a Renata, e colocou um carregador de munição em sua palma aberta.

- Seu especial de ponta oca de titânio? - murmurou ela, e logo sorriu como se tivesse recebido um buquê de rosas premiadas.

Duas covinhas gêmeas emolduraram o largo sorriso de Niko.

- Nada diz mais "amo você" do que balas feitas sob medida.

Renata o beijou e riu, metendo no bolso o carregador e pendurando a pistola cuidadosamente na correia sobre seu ombro.

- Desnecessário, mas doce. Obrigada, meu bem.

- Esses disparos que defumam Renegados não são apenas para matar vampiros - disse Lucan. - Eles acabam com um Escravo também. Não hesitem em disparar se sentirem a situação grave em algum momento.

Renata assentiu.

- Confie em mim – disse, enviando em seguida um olhar confiante a Claire e a Dylan. - Prontas para pegar a estrada, garotas? Vamos dar o fora logo.

Claire deslizou o telefone para dentro do bolso de suas calças soltas, colocando-se em movimento logo em seguida com as outras duas mulheres, em direção às portas de vidro automáticas do laboratório tecnológico. Ela não podia evitar que seus olhos percorressem o corredor ao lado, procurando Andreas. Mas ele não estava ali, tampouco estaria. Ela não sabia se o afastara ou se já o havia perdido antes daquela contenda infrutífera poucas horas antes.

Não que aquilo importasse.

Ele não estava ali.

Ele não pertencia a ela, e provavelmente jamais pertenceria.

Claire supôs que aquele era um ótimo momento para começar a se acostumar com esse fato de uma vez por todas.

Capítulo 25

Reichen rondou os corredores do complexo durante a maior parte da manhã, tentando sem êxito desfazer-se dos espasmos e dos tremores que lhe atormentavam o corpo. Caminhou silenciosamente e descalço pelo longo e adornado mármore branco do saguão, obrigando-se a fazer uma pausa a cada vinte passos mais ou menos, quando os tremores e as ânsias de vômito eram muito fortes para permiti-lo continuar.

Seu peito estava pesado e o ar fresco do complexo golpeava-lhe a pele como uma rajada de gelo ártico. Os jeans pesavam úmidos em suas pernas banhadas de suor. Ele estremeceu e apoiou-se na parede para estabilizar-se enquanto sua cabeça zumbia e outra onda de náusea apoderava-se de seu estômago. Quando abriu os olhos, suas íris âmbar brilhavam avermelhadas. Saboreou o toque acobreado de sangue em sua língua e compreendeu com certo alarme que suas presas estavam totalmente expostas e, afiadíssimas, abriam-lhe a carne do lábio inferior. Seus dermoglifos pulsavam em cores que denunciavam a fome intensa.

– Merda – ele sibilou entredentes enquanto a fresca dor golpeava-lhe uma vez mais o estômago vazio e atirava-lhe de joelhos no chão duro e polido.

Agachado e ofegante, ele cruzou os braços na altura do estômago e conteve um gemido selvagem que lhe roçava o fundo da garganta afoito por sair. Seus ouvidos zumbiam com o som de seu próprio sangue correndo pelas veias, numa palpitação enlouquecedora. Inclinou-se para frente para plantar a testa e a bochecha contra a gelada pedra debaixo de si até que a agonia passasse, simplesmente concentrando-se em respirar... inspirar, expirar, inspirar, expirar...

Que Deus o ajudasse, mas sua sede de sangue retornava de novo, pior do que nunca. Por grande parte da manhã, a sede afligira-o como um corvo sobre a carniça, o único motivo que o afastara quando Claire e as outras Companheiras de Raça partiram em busca de informações para a Ordem.

Felizmente para ele, a maioria dos guerreiros e de suas companheiras estavam agora no laboratório de tecnologia ou em seus aposentos privados – uma pequena misericórdia, já que ele teria apenas atirado insultos se alguém passasse e o visse em tão lamentável condição.

Convocando cada pedaço de sua vontade, Reichen se forçou a ficar de pé e começou a cambalear pelo corredor. Estava próximo da sala de armas, e a escuridão da sala vazia lhe foi bem-vinda enquanto ele se arrastava ao interior e desabava contra a parede mais próxima. Deixou-se cair ali, esgotado e miserável, sua respiração entrecortada através das presas brancas.

Pode ser que tivesse dormido por alguns segundos ou por uma hora, ele não tinha ideia de quanto tempo se passara antes que o suave som da abertura da porta o sacudisse, despertando-o, e as luzes do campo de tiro brilhassem ao seu redor. Os refletores ricochetearam no espelho de cristal da área de treinamento, e através do cansaço de sua visão, viu que Tegan estava parado perto da porta, sua mão mal se afastando do interruptor de luz.

O guerreiro murmurou um xingamento e disse algo a respeito de *déjà vu*, mas o cérebro de Reichen estava muito fraco para tentar compreender o que dizia. Sentou-se ali em sua miséria, grunhindo uma advertência ao outro homem para que o deixasse sozinho.

Tegan riu com escárnio e, em vez de deixá-lo, deu alguns passos em sua direção. Seus penetrantes olhos verdes pousaram sobre Reichen com um sinal de fria compreensão.

– Está se sentindo tão mal quanto parece, pelo visto.

Reichen engoliu a saliva com força, a garganta muito seca para falar. Olhou para o Primeira Geração que considerava um amigo, seus olhos lacrimejando com o contínuo palpitar que golpeava com força sua cabeça. Captou o brilho do olhar entrecortado de Tegan, sabia que o guerreiro podia ler a agonia nas cores de seus abatidos dermoglifos expostos.

– Aquele sangue que você tomou na cidade há algumas noites deveria ter durado mais – disse ele, sua profunda voz lisa como aço forjado. A mandíbula de Tegan se contraiu, as narinas palpitaram ligeiramente com sua respiração contida quando ele se agachou de cócoras diante de Reichen. – Faz quanto tempo que essa sede o persegue?

O macho da Raça alemão conseguiu apenas gesticular um encolhimento vago de ombros.

– O dia todo... Na verdade ela nunca me deixou, mesmo depois que me alimentei.

– Merda – Tegan passou uma mão grande pelos cabelos escuros e revoltos. – Sabe o que é isso, não é?

Reichen grunhiu, deixando os olhos se fecharem, cedendo ao peso enorme das pálpebras.

– É por causa da pirocinese – murmurou com voz rouca. – Quando os incêndios acabam... logo chega a fome de sangue. Acontece toda vez.

– E cada vez que acontece, a fome piora – disse Tegan, e não era uma pergunta. – Merda, Reichen. Pode ser por causa da pirocinese, mas o que você está sentindo é o primeiro sinal do vício por sangue, cara. Você ainda não caiu nele completamente, mas está começando a ceder, e sabe bem o que está acontecendo, não é?

Reichen tentou negar com um movimento da cabeça, mas Tegan não era idiota. Quando Reichen olhou o rosto do guerreiro, viu a desoladora compreensão ali. Inferno, ele estava olhando para um homem que também já provara daquela sede absurda. Um homem que, ao julgar pela gravidade em seu olhar, ainda era perseguido pela lembrança de um vício por sangue – um vício ainda mais profundo do que o que atormentava Reichen.

Ele queria perguntar como Tegan havia lutado com isso – como vencera a feroz sede que poderia converter até mesmo os membros mais fortes da Raça em selvagens assassinos –, mas exatamente naquele momento seu estômago deu-lhe outro aviso violento. Ele grunhiu pela dor e pelos espasmos, seus membros contraindo-se, seus músculos todos retesando-se ao limite.

– Respire fundo – ordenou Tegan. – Você tem de ser mais forte do que a sede. Não deixe que ela se apodere de você.

Reichen fez o que o macho dizia, disposto a escutar qualquer conselho que ajudasse a aliviar parte de sua agonia. Mas demorou vários e vários minutos antes que o pior da crise passasse. Uma vez calmo, assentiu fracamente, aliviado pela pequena paz que seguiu a dor.

– Fale-me sobre a pirocinese – pediu Tegan quando Reichen soltou um suspiro, se arrastou até uma posição mais cômoda e sentou-se. – Como conseguiu dominá-la tão bem até agora? Caramba, nós nos conhecemos há muito tempo, cara, vários séculos, e eu sequer imaginava que você tinha essa habilidade.

– Não tenho orgulho dela – murmurou Reichen, em um eufemismo.

A expressão de Tegan era sóbria, mas não acusadora.

– Você acha que eu também já não fiz coisas de que me arrependo? É difícil passar um ano sequer sem machucar alguém ou fazer algo que não tinha a intenção. Se começasse a contar toda a merda que fiz de mau ou que desejaria poder voltar atrás e refazer... Acredite, cara, não temos tempo para isso. Então, por que você não começa primeiro? Fale sobre a pirocinese.

Talvez aquela fosse apenas a forma de o guerreiro o distrair, animando-o a falar em vez de antecipar o próximo *round* de agonia, mas, fossem quais fossem os motivos de Tegan, Reichen se viu explicando como vivera a maior parte de sua vida sem saber da maldição que lhe espreitava de dentro. Disse primeiro a Tegan como havia descoberto as chamas por causa da traição de Roth há trinta anos... e o quão horrorizado ficara ao perceber, pela primeira vez, o que o calor de sua pirocinese podia fazer a qualquer um que chegasse perto o bastante.

– Matei uma jovem inocente, Tegan. Em questão de segundos, ela estava tão carbonizada que não poderia sequer ser reconhecida como humana – sentiu-se completamente nauseado outra vez. Não por causa da sede de sangue, mas sim pelo profundo aborrecimento que não havia diminuído e provavelmente nunca o faria. – Depois disso, eu estava decidido a não deixar que meu poder surgisse de novo. E trabalhei como um maldito para assegurar que não o fizesse. Logo Roth enviou sua equipe de morte ao meu Refúgio e não houve nada que eu pudesse fazer para controlar o fogo de novo. E essa maldição levou tudo e todos os que me importavam.

– *Quase* todo mundo – disse Tegan, seus brilhantes e sutis olhos verdes resplandecendo. – Há quanto tempo está apaixonado por Claire?

Reichen soltou um profundo suspiro.

– Há muito tempo. Eu nem mesmo me lembro de quando não era apaixonado por ela.

– Você bebeu dela, não é mesmo?

Ele assentiu. Já não tinha sentido algum negar.

– E depois da pirocinese você bebeu dela novamente?

– Sim – confirmou Reichen, recordando a primeira vez que havia posto suas presas naquela garganta suave, na noite em que foram ao escritório de Roth em Hamburgo. Parecia ter sido há uma eternidade. – Bebi dela uma noite depois de ir ao Refúgio de Roth.

– Como se sentiu depois de beber de Claire? A sede era tão forte depois de você ter o sangue dela correndo dentro de você?

Reichen considerou por um momento.

– Menos, suponho. Não tão forte, não.

Não havia notado até então, mas agora estava seguro de que beber de Claire havia diminuído sua necessidade de uma overdose de sangue. Ele sempre ansiava por ela, mas de uma maneira muito diferente daquela que o acometia depois de a pirocinese o converter em algo muito próximo a um animal.

Reichen assentiu.

– Eu faria qualquer coisa por ela, Tegan. Inclusive me afastar, como fiz há tanto tempo.

– E agora... – incitou Tegan.

– Agora...

Reichen franziu a testa, pensando na maneira como havia deixado as coisas com ela. Ela havia pedido apenas que ficasse com ela – algo que ele queria mais que qualquer outra coisa –, mas em seu coração ele sabia que não poderia lhe dar isso. Não quando seu poder estava tão perto de governá-lo. Mais perto do que queria admitir, inclusive a si mesmo. E havia também o fato de que Wilhelm Roth e Dragos estavam respirando, ainda caminhando livremente e com intenção de levar a cabo seus planos sádicos.

O poder de Reichen era terrível, mas provavelmente era também uma arma necessária naquela guerra que piorava a cada minuto. Ao menos então poderia servir a um propósito – um propósito nobre. Poderia então servir a algo além de suas próprias necessidades e desejos.

– Um ataque de fúria mais e eu realmente não sei se serei capaz de me afastar disso, Tegan. Cada vez meu poder aumenta mais, torna-se mais forte. Menos controlável. A sede de sangue depois é bastante infernal, mas o fogo em si é a morte para qualquer um que se aproxime. Não me importa o que possa me acontecer, mas Claire... - deteve-se abruptamente, se recusando a considerar a ideia. - Ela não merece ser parte de meu inferno pessoal.

Tegan arqueou uma sobrancelha escura.

- Você realmente acredita que ela não é parte disso? Só porque se afasta dela não significa que ela estará mais segura sem você.

- Ela viu minha morte, Tegan.

- O quê?

- A garotinha, Mira, mostrou-lhe hoje cedo uma visão de minha morte. Claire me disse que viu as chamas e a fumaça. Que se viu correndo para o fogo, para o calor, para tentar me salvar.

- Jesus.

Reichen assentiu severamente.

- Você entende, é claro, que não posso deixá-la fazer isso. Ela não pode estar próxima de mim, não quando esse fogo comanda. Feri-la é a única coisa que eu não poderia suportar. Quero-a a salvo de Roth também. Não me importa quanto tempo leve para acabar com esse bastardo, encontrá-lo e vê-lo morrer.

- Sim, bem... sobre isso... - disse Tegan -, você pode ter sua oportunidade mais cedo do que pensa. Na verdade, essa é a razão de eu ter vindo te buscar. Recebemos uma informação de Claire e das outras há poucos minutos.

O alarme vibrou através do sangue de Reichen, ainda mais forte do que a sede de sangue.

- O que aconteceu? Ela está bem?

- Claire está bem. Não aconteceu nada, mas ela percebeu a presença de Roth algumas horas ao sul daqui. Ficava mais forte quanto mais se aproximavam de Connecticut, portanto, elas o estão rastreando, esperando para encurralá-lo em algum lugar antes do pôr do sol.

– Roth está em Connecticut agora? Onde, exatamente? – Reichen engoliu com dificuldade, cada músculo de seu corpo tenso e preparado. Sentiu as faíscas de sua ira começando a despertar. Reconheceu a necessidade de contê-la, mas sua preocupação com Claire bloqueou todo pensamento racional. – Maldição! Eu não a quero nem perto daquele bastardo filho da puta!

– Acalme-se – disse Tegan, notando rapidamente a óbvia nota de calor que começara a ranger sob a pele de Reichen. – Claire não está em perigo nessa operação, eu lhe garanto. As garotas estão marcando o caminho, e dentro de algumas horas já estarão de volta a Boston com qualquer informação que encontrem.

Reichen acalmou-se, e encostou-se na parede. Xingou secamente e deixou cair a cabeça entre os joelhos. Podia sentir Claire em seu sangue, seu vínculo lhe dava a garantia necessária de que ela, de fato, estava bem. Ela era uma calma sob a corrente de raiva em suas veias, a água fresca que aliviava o seco calor do fogo esperando a oportunidade para devorá-lo.

– E se isso for longe demais, Tegan? – disse com voz inexpressiva e vazia, mesmo para seus próprios ouvidos. – E se, depois de tudo o que passamos, tudo o que fiz para tentar protegê-la, não for suficiente? O que acontece se a visão for verdadeira? A única coisa de que não posso protegê-la é de mim. O que acontece se um dia Claire se aproximar muito, e esse maldito fogo a destruir?

– E se a visão for um engano? – disse Tegan. – E se ela for a única capaz de salvá-lo de si mesmo?

Reichen olhou o forte guerreiro Primeira Geração que uma vez havia derrubado dezesseis cruéis vampiros em uma façanha de lendária eficácia – *com uma mão apenas*. Tegan nunca fora a mais cálida das pessoas, mas havia uma tranquila sabedoria em seus olhos agora – um conhecimento sábio que não estivera presente quando Reichen o vira pela última vez, um ano atrás, em Berlim. O amor por sua

Companheira de Raça, Elise, o havia transformado de algum modo, fazendo-o mais forte e ao mesmo tempo suavizando alguns de seus lados mais duros.

Mas Tegan e Elise tiveram obstáculos diferentes a superar.

A relação de Reichen com Claire fora complicada praticamente desde o começo. Agora se tornara impossível.

– Não posso me arriscar – disse Reichen. – Não vou me arriscar. Se eu tiver de afundar, inferno, eu afundo sozinho.

Tegan exalou bruscamente e mostrou seus dentes com um sorriso que não era muito amigável.

– Uma explosão de glória, não é?

– Algo do tipo – respondeu Reichen.

O guerreiro ficou de pé abruptamente e lançou um olhar avaliador.

– Você pode pensar que está mantendo Claire fora de perigo colocando-a de lado agora, mas o único que está protegendo é a si mesmo. Se afundar, seja pela pirocinese, seja pela sede de sangue, é isso o que vai matar aquela mulher, e você sabe disso. Você só quer se assegurar de que não esteja aqui para ver.

Reichen não tentou negar a acusação. Não que Tegan lhe desse oportunidade: ele afastou-se de onde Reichen estava sentado e saiu da sala de armas, batendo a mão enorme no interruptor de luz em seu caminho e inundando o lugar de novo na escuridão.

Wilhelm Roth estava no telefone com Dragos quando suas veias cobraram vida com a presença de sua ex-Companheira de Raça. Pela forma como seu pulso se movia por seu vínculo de sangue com ela, ele estava seguro de que Claire estava a cerca de uns vinte quilômetros de onde ele estava... e se movia cada vez mais perto.

Que diabos ela estava fazendo?

Olhou o relógio no laboratório de Dragos e franziu a testa ao ver que passava um pouco da uma da tarde. Plena luz do dia.

Será que ela e Reichen não haviam pedido ajuda à Ordem afinal de contas? Ou será que os guerreiros por alguma razão lhes negaram asilo no maldito complexo em Boston?

Roth não podia pensar em nenhuma razão para que Claire estivesse por ali no meio do dia – provavelmente sem a proteção de Reichen ou de outro guerreiro de Boston.

Será que ela seria realmente tola o bastante para procurá-lo de novo por sua conta?

Roth poderia ter rido de tal idiotice se não fosse pelo fato de que seu objetivo atual para Dragos dependia de que Claire levasse a Ordem diretamente às suas mãos. Se viesse sozinha, ela acabaria com todo o plano.

– De repente ficou muito calado, Herr Roth. Algo errado? – perguntou Dragos. Sua voz tinha que competir com um estrondoso ruído de fundo no outro extremo da linha, um ruído metálico que não mascarava a fúria que brotava sob a superfície da aparente calma do vampiro. – Você estava me dizendo que tudo está sob controle, como combinamos.

– Sim, senhor – respondeu Roth. – Mas há algo... estranho.

– Algo *estranho*? – o tom era tão leve como uma lâmina suspensa sobre uma cabeça prestes a rolar. – Fale.

– É Claire. Estou sentindo-a se aproximar, senhor. Acredito que está se aproximando do laboratório. Estou seguro de que ela também me sente. Minha hipótese é que ela veio me procurar.

– Que horas são? – perguntou Dragos, sua voz elevando-se sobre a repentina explosão de uma buzina e sobre uma voz apagada chiando algo ininteligível em um alto-falante do armazém.

– Começo da tarde, senhor. Uma e pouco.

Dragos grunhiu e ficou em silêncio por um longo momento.

– Se sua encantadora Companheira de Raça for procurá-lo, de todo modo, devemos então ajudá-la a chegar aí. Descreva a fêmea a um segurança. Diga que os quero na rua em dez minutos. Que a encontrem e a levem para a instalação.

– Mas e o plano? – interveio Roth. – Pensei que precisávamos dela para atrair à Ordem até nós.

– Sim – sussurrou Dragos. – E assim será. A dor dela atrairá o macho com quem ela vem dormindo e ele se assegurará de que a Ordem o acompanhe em uma missão de resgate.

– Devo torturá-la? – sugeriu Roth, dilacerado entre o deleite da iminente dor de Claire e sua própria agonia, já que seu vínculo de sangue com ela absorveria tudo a que ela fosse submetida.

Dragos riu no outro extremo da linha.

– Deixarei os detalhes por sua conta, Herr Roth. Entre em contato assim que tiver mais notícias.

– Sim, senhor – respondeu Roth.

Desligou o telefone e começou a imaginar as muitas maneiras lentas e sádicas de como fazer Claire gritar.

Capítulo 26

Claire secou as mãos com uma toalha de papel e saiu do banheiro público de um posto de gasolina em uma área rural, em algum lugar perto da fronteira de Connecticut. No meio da tarde, o sol já começava a descer por entre as copas dos pinheiros, dos carvalhos e dos arbustos sem folhas que cobriam a região de bosques e colinas do estado. Ela entrecerrou os olhos, protegendo-os dos raios de cor laranja cegante e desejando que tivessem umas horas a mais para continuar sua busca.

As Companheiras de Raça estavam bem perto agora e Claire podia sentir durante todo o caminho um calafrio persistente percorrer-lhe a medula óssea. Durante as últimas horas, ela, Renata e Dylan tinham revistado a área onde o vínculo de sangue de Claire aumentara quase a um ponto insuportável. Elas estavam estreitando o cerco sobre Wilhelm Roth quilômetro após quilômetro, reduzindo sistematicamente a gama de lugares em que a Ordem provavelmente o encontraria. Algumas horas mais e Claire tinha certeza de que elas teriam reduzido a localização do maldito a um quilômetro quadrado.

Se pelo menos o dia de outono tardio pudesse estender-se um pouco mais, ela pensou, impaciente quando atirou a toalha de papel usada em uma cesta de lixo e caminhou rumo ao Land Rover preto da Ordem estacionado no posto de gasolina. Renata estava enchendo o tanque para a viagem de volta a Boston, sua atitude de prudência casual quando se apoiou contra o veículo e olhou os medidores digitais na tela da bomba. Claire notou que o braço direito da fêmea estava cruzado pela parte dianteira de seu corpo, com a mão oculta sob as dobras de seu casaco escuro, sem dúvida apoiada na culatra de uma pistola ou envolvendo o punho de uma de suas lâminas. Ela era tão atenta quanto qualquer um dos guerreiros e, Claire imaginou, tão letal também, quando a situação justificasse tal força.

Assentindo com a cabeça à medida que se aproximava de Renata, Claire subiu na caminhonete e fechou brandamente a porta do passageiro atrás dela, cuidando para não despertar Dylan, que estava tirando um rápido cochilo no assento traseiro. Tinha sido um dia longo, ainda mais pelo fato de que nenhuma delas conseguira dormir muito antes de deixar o complexo naquela manhã. Claire estava esgotada, mas não podia suportar a ideia de desistir antes que conseguisse armar um cerco sólido a Roth. Ela se virou no assento para recolher o mapa em que estavam trabalhando, no qual ressaltaram, em manchas amarelas, verdes e laranjas, as áreas onde seu sentido de Roth tinha sido mais forte.

– Onde diabos ela está? – sussurrou em voz baixa, ouvindo o *ding* do sino do posto quando um automóvel se deteve na bomba. Colocou toda sua concentração na batida daquele alarme sombrio que redobrava seu pulso, tentando não pensar no fato de que Roth sentia a mesma coisa.

Será que ele sabia o quão perto ela estava de encontrá-lo agora? Sem dúvida. O simples fato de o sol ainda não ter se posto não lhe deu nenhum tipo de consolo quando pensou na sua expressão de fúria, se porventura ela caísse em suas mãos outra vez. Ele iria matá-la, certamente. Mas não antes de descontar sua irritação nela e fazê-la desejar estar morta.

Tocada por esse pensamento, Claire virou-se novamente em seu assento para guardar o mapa. Foi então que ela se deu conta dos dois homens que saíam do carro ao seu lado. Os homens grandes estavam ambos vestidos de negro, com jaquetas de couro e botas de combate.

Eles a olharam e ela os olhou, e um calafrio correu fundo nos ossos de Claire. Os olhos deles eram cruéis, estranhamente vazios.

E aquela não era a primeira vez que ela via aquele par de humanos naquele dia.

Já os tinha visto algumas horas antes, quando ela, Renata e Dylan pararam para almoçar em um restaurante gordurento em uma cidade vizinha. Difícil não reparar em toda aquela roupa escura e toda aquela ameaça latente. Difícil passar por cima da forma como os dois homens a estudavam agora, trocando um olhar sem palavras entre eles antes que um deles voltasse para tirar algo do porta-malas.

Claire pulou no assento quando Renata abriu a porta do carro.

- Estão nos seguindo.

- Notei - disse Claire quando Renata se deixou cair no assento, fechando a porta com uma mão e girando a chave do contato com a outra. – Já os vi antes. Estavam nos encarando também. Há algo de errado com eles... com os olhos deles. Sinto calafrios.

- Isso é porque são Escravos - disse Renata com total naturalidade, pondo a caminhonete em marcha.

No assento traseiro, Dylan sentou e respirou fundo e rápido.

- Ah, merda. Temos companhia.

- Sim, temos - respondeu Renata, olhando pelo espelho retrovisor. - Aperte o cinto.

Dylan começou a dizer algo mais, mas então Renata pisou no acelerador e os pneus do Land Rover chiaram no pavimento. Elas saíram do posto de gasolina e entraram na estrada. Em questão de segundos, os Escravos já estavam atrás delas.

Claire virou-se para medir a distância.

– Estão nos alcançando rapidamente. Ah, meu Deus, vamos bater...

O solavanco repentino do impacto fez o veículo saltar e derrapar pela estrada.

Felizmente, Renata conseguiu manter o equilíbrio, corrigindo a vibração brusca do veículo para a outra via. Acelerou, ganhando a distância de alguns carros, antes que o sedan investisse de novo, tentando obrigá-las a sair da estrada.

– Tem um pequeno acesso mais adiante à direita – disse Dylan, sua voz elevada para ser escutada acima do ruído do motor e do ar golpeando a cabine. – Entre ali, Renata. É um pouco mais à frente daquela árvore morta, está vendo?

– Estou vendo – disse Renata –, mas não quero correr o risco de capotar e de sermos apanhadas no meio do bosque. Espere. Acho que posso deixar para trás esses bastardos.

– Não vamos ser apanhadas – Dylan insistiu. – Você tem que virar agora!

Claire voltou o olhar ao cabelo castanho da Companheira de Raça e viu a segurança em seu olhar.

– Como pode ter certeza disso?

– Por causa do fantasma da Companheira de Raça que está sentada aqui ao meu lado dizendo que essa é nossa melhor oportunidade de sobreviver.

Claire sentiu que seus olhos se arregalavam.

– Isso basta para mim – disse Renata, aliviada e diminuindo apenas o suficiente para poder virar e entrar no atalho esburacado que Dylan lhe havia indicado bosque adentro.

– Siga em frente – Dylan instruiu. – Siga até eu dizer que pare.

– Certo – Renata continuou, levantando pó e pedregulhos em seu caminho.

Atrás delas, os Escravos no sedan tiveram de pisar em seus freios com força, enquanto deslizavam de lado para fazer a curva.

Conseguiram, embora com certa dificuldade, retomar rapidamente a cola das Companheiras de Raça. Através da nuvem de escombros entre os dois veículos, Claire podia distinguir apenas os dentes e os escuros olhos de tubarão dos dois Escravos de mente humana.

Será que eles eram Escravos de Roth ou pertenciam a alguém mais perigoso ainda – Dragos? Ela não queria saber. Esperava apenas que as habilidades de Renata no volante e o talento de Dylan fossem suficientes para salvá-las, senão...

Senão as árvores daquele bosque poderiam ser a última coisa que elas veriam.

– Mais rápido, Renata! – Dylan insistiu. – Siga em frente o mais rápido que puder!

O Land Rover balançou e ricocheteou, ramos de galhos secos raspando nas laterais e batendo no para-brisas e nas janelas como indômitos tentáculos espinhosos.

E os Escravos ainda as perseguiam.

– Vire à esquerda! – Dylan gritou. – O mais rápido que puder, Renata. Vire à esquerda e acelere!

Claire agarrou-se no porta-luvas quando o veículo virou-se bruscamente sobre as rodas dianteiras. A parte traseira da caminhonete traçou um arco no que parecia uma volta em câmera lenta, com a elegância de uma bailarina.

Claire olhou pela janela bem a tempo de ver que estavam girando sobre a borda de um penhasco. Alguns metros abaixo delas um rio corria entre pedras do tamanho de um carro pequeno.

Ela não pôde conter o grito. Tampouco pôde fazer outra coisa senão olhar com espanto e aflição o modo como o sedan vinha direto para elas nesse mesmo instante. Ele chocou-se no para-choque traseiro com um nauseante ruído de metal, empurrando-as para frente conforme o carro dos perseguidores catapultava pela beirada do precipício e caía na água lá embaixo.

– Jesus Cristo! – Dylan gritou. – Funcionou! Vocês viram aquilo?

Renata parecia longe da celebração. O Land Rover, descontrolado, parou abruptamente quando o para-choque dianteiro chocou-se contra o tronco de uma árvore pequena. Os air bags saltaram pelo impacto, soltando um assovio e um sopro de fumaça. Aturdida e agitada, Claire levou alguns segundos para desinflar um pouco o seu.

Renata, enquanto isso, retirou com calma o obstáculo de seu caminho e saltou do veículo. Dirigiu-se para a parte traseira da caminhonete e pegou a arma de aspecto desagradável que Nikolai lhe dera. Logo se aproximou rápida porém cautelosamente da beirada do precipício.

Claire e Dylan saíram e a seguiram, correndo para seu lado exatamente quando a Companheira de Raça apontava para os Escravos, que estavam lutando para sair de seu carro antes que o rio os levasse. Renata deu apenas dois tiros e cada um acertou seu alvo com precisão infalível.

Os Escravos, ambos sangrando pelos buracos na cabeça, foram carregados sem vida pelas correntes velozes.

– Todo mundo está bem? – perguntou, olhando para cima com uma tranquilidade constante, desconcertante até.

– Estamos bem – respondeu Claire, ainda assombrada por tudo o que acabava de presenciar, bem diferente da forma eficiente e fria com que Renata matara os dois atacantes letais.

Conforme as mulheres se afastaram da beirada, Dylan paralisou.

– Acho que estamos perto de localizarmos Roth, o que significa que estamos perto de colocarmos as mãos no maldito Dragos.

– É isso o que a Companheira de Raça morta está dizendo agora? – perguntou Claire.

– Sim – Dylan lentamente levantou a mão para indicar a floresta ao redor delas. – Ela e duas dúzias de outras como ela. Estão saindo das árvores umas atrás das outras e ficando de pé diante de nós.

Claire engoliu saliva em seco enquanto olhava para o bosque vazio, os últimos raios de luz do dia iluminando tudo com um resplendor avermelhado. Ela não podia ver o que Dylan dizia, mas seus pelos começaram a se arrepiar na parte de trás do pescoço.

– Acho que devemos ligar para o complexo – disse Renata.

– Sim – Dylan murmurou. – Boa ideia. Porque acho que podemos estar paradas bem em cima do covil de Dragos.

Capítulo 27

Reichen havia dormido a maior parte do dia, mas despertou ainda agitado com a necessidade de se alimentar. Depois de seu confronto com Tegan, ele conseguira, de algum modo, ir da sala de armas para o seu quarto provisório no complexo, onde desabou sobre a cama e rapidamente entrou em um estado de inconsciência.

Agora, graças a uma ducha e roupas limpas, finalmente era capaz de ficar de pé por vontade própria. Estava ansioso pelo impulso de caçar. Sabia o suficiente sobre a sede de sangue para compreender que a fome somente pioraria se ele se alimentasse agora, mas isso não diminuiu sua marcha quando percorreu o corredor para ingressar nos elevadores que o levariam ao nível da rua e para a cidade que pulsava com a humanidade além das grades da sede da Ordem. O simples pensamento dava-lhe água na boca e suas gengivas estavam doloridas com o inchaço das presas enormes.

Lá em cima o sol ainda estava se pondo, mas Reichen não se preocupava com uns minutos de queimaduras ultravioletas. Aproximou-se lentamente dos elevadores e apertou o botão.

Enquanto esperava, impaciente como um gato selvagem, escutou fortes pisadas que vinham de outra direção. Os guerreiros Kade e Brock dobraram a curva do corredor, ambos vestidos com roupa de combate e trazendo um completo armamento pesado. Parecia que estavam preparados para a guerra.

– E aí – disse Kade, seus olhos lupinos se estreitando quando ele saudava Reichen com um ligeiro movimento de sua mandíbula quadrada. Seu cabelo um pouco arrepiado estava coberto por uma boina de malha negra, igual à que se estendia pela cabeça raspada de Brock. Os dois grandes machos se detiveram quando Reichen girou para eles.

– Como vão? – perguntou aos guerreiros, esperando que não perguntassem a mesma coisa.

– Saímos em poucos minutos para os subúrbios de Connecticut, cara – disse Brock, sua profunda voz em um tom estrondoso de disposição para a batalha. – Com um pouco de sorte, teremos o maldito traseiro de Dragos em uma bandeja antes que a noite termine.

– Dragos... – Reichen ecoou. – Temos alguma pista dele?

– A melhor até agora – concluiu Kade. – Gideon está recebendo as coordenadas de Renata enquanto falamos.

– Quando elas retornaram?

Brock sacudiu lentamente a cabeça.

– Não retornaram. A Land Rover está quebrada, então, vamos buscá-las quando anoitecer.

Um alarme ressoou dentro de Reichen, provocou um repentino alvoroço em seu corpo.

– O que você quer dizer... elas sofreram algum acidente?

– Bateram em uma árvore – disse Kade. – Poderia ter sido muito pior, se os Escravos que estavam tentando tirá-las da estrada realmente tivessem colocado as mãos nelas. Todas estão bem, e os malditos estão mortos. Renata deu um jeito neles.

– Jesus Cristo – o sangue de Reichen corria gelado.

Escravos.

Um acidente de carro. Disparos.

Claire...

- Gideon está no telefone com elas agora? - perguntou.

Kade assentiu.

- Onde?

- No laboratório de tecnologia.

Reichen começou a correr como uma alma que foge do diabo, os pés e o coração palpitando pela necessidade de escutar a voz de Claire, de ouvir de seus próprios lábios que ela realmente estava bem.

A maior parte da Ordem estava no laboratório com Gideon, todos reunidos e repassando as coordenadas no mapa pendurado na parede do fundo do laboratório. Tegan, Nikolai, Rio e o ex-assassino Primeira Geração de nome Hunter estavam todos vestidos como Kade e Brock, com armas dependuradas na cintura, e todos tinham um propósito letal estampado no rosto.

Reichen entrou na sala e se dirigiu diretamente para Gideon, bem a tempo de escutar o guerreiro terminar sua conversa com Renata e desligar a chamada.

- Preciso falar com Claire.

- Ela está bem - disse Gideon. - A situação está totalmente sob controle.

- O inferno que está - rugiu ele, tremendo de preocupação por sua fêmea. – Elas foram atacadas por Escravos e agora estão sozinhas lá fora? Que porra aconteceu, hein?

- Sabíamos que a missão não era completamente sem riscos - disse Lucan sobriamente. Quando Reichen virou-se para enfrentá-lo, o líder da Ordem continuou: - As mulheres também conheciam os riscos. Aceitaram e conduziram tudo muito bem. Bastante bem, de fato.

Reichen tranquilizou-se o mínimo possível.

- O que aconteceu?

Gideon fez um rápido relatório dos feitos que Renata havia informado: a certeza de que elas estavam a poucos quilômetros de Roth, a chegada dos dois Escravos que aparentemente as seguiam desde a tarde, a perseguição em grande velocidade que acabou em um bosque a umas três horas de distância da cidade e a assombrosa notícia de que o dom psíquico de Dylan não apenas garantiu a segurança das mulheres como também, aparentemente, as havia levado diretamente às imediações do que poderia ser o covil oculto de Dragos.

Embora aturdido ao ouvir os extraordinários acontecimentos do dia – mas igualmente aliviado ao saber que nem Claire nem as outras duas Companheiras de Raça estavam feridas –, uma parte de Reichen inundava-se de confusão e de culpa.

Claire devia ter ficado apavorada quando ela e as companheiras foram atacadas. Ao menos, sua adrenalina devia ter saltado. E, entretanto, seu vínculo de sangue com ela não lhe informara nada.

– Você não sabia? – disse Tegan, seu olhar parecia ler tudo através dele.

Reichen sacudiu lentamente a cabeça. Ele ficou dormindo enquanto Claire se encontrava em sério perigo. A consciência de que poderia ter falhado em protegê-la o golpeou como uma punhalada no peito.

E agora ela estava lá fora, vulnerável, perto de Roth o bastante para poder senti-lo e, provavelmente, ao alcance de Dragos também.

Reichen se arrepiou diante daquele pensamento macabro. Sentiu o primeiro rastro do rangente calor começar a florescer em suas vísceras enquanto a Ordem repassava o plano da noite. Empurrando o fogo para o fundo, toda a sua concentração focada em Claire, ele escutou o plano dos guerreiros: fazer uma busca na floresta onde as fêmeas estavam, com o objetivo de descobrir o que poderia ser a base de operações de Dragos. Segundo a informação que o vínculo de sangue de Claire lhes oferecia, eles estavam seguros de que encontrariam Roth, mas o ideal seria localizar o próprio Dragos, tirar o bastardo de seu esconderijo e acabar com ele de uma vez por todas.

Os guerreiros começaram a se dispersar. Aqueles em uniforme de combate partiram pelo corredor, enquanto Lucan, Dante e Gideon ficariam fiscalizando a missão do complexo. Quando Reichen avançou para unir-se a Tegan e aos outros em seu caminho pelo corredor, Lucan o deteve com um olhar.

– Esta é uma missão da Ordem, e não podemos permitir nenhum elo fraco na cadeia – diante da expressão de desaprovação de Reichen, Lucan continuou. – Escute, cara, você foi um ótimo aliado até agora, Reichen. Mas Tegan me pôs à par de algumas coisas. O que está acontecendo com a pirocinese e os efeitos posteriores. Também fiquei sabendo do que Claire viu nos olhos de Mira. Isso não é pouca coisa, cara, e não podemos permitir nenhum risco neste momento.

Reichen sustentou o perspicaz olhar cinza do guerreiro Primeira Geração.

– Eu me vinculei a ela, Lucan. Eu a amo. Se quiser que eu me mantenha fora disso, vai ter de me matar aqui mesmo e agora.

Um silêncio caiu sobre o laboratório e sobre o grupo de guerreiros parados ao redor deles.

– Dei à Ordem todo meu apoio – disse Reichen. – E isso me custou muito, mas estou lidando com as consequências. Agora estou pedindo que me dê uma coisa: quero Roth morto. Preciso de Roth morto e a Ordem quer o mesmo. Deixe-me acabar com aquele bastardo filho da puta, mesmo que seja a última coisa que faça.

– *E se* for a última coisa que fizer? – pressionou-o Lucan.

Reichen sacudiu lentamente a cabeça, sentindo a determinação correr por suas veias em uma velocidade muito maior até mesmo do que nos piores picos de sua fúria pirocinética.

– Não pretendo perder essa batalha, Lucan. Tampouco pretendo perder Claire.

O vampiro Primeira Geração o olhou por um longo momento, seus olhos cinza escrutinando-o firmemente.

– Muito bem – disse por fim. – Vista-se e dê o fora daqui. Que Deus o abençoe, Reichen. Tenho a sensação de que você vai precisar.

O último raio de sol se escondeu atrás da linha oeste enquanto Claire, Renata e Dylan abandonavam a Land Rover perto do rio e tomavam o caminho de terra para a estrada. Tinham resgatado tudo de importante da SUV – mapas, notas, armas e munições – e estavam subindo um atalho perto da estrada principal, como os guerreiros haviam instruído a Renata no telefonema há pouco.

Enquanto caminhavam pelo estreito atalho, Claire não podia deixar de olhar por cima do ombro ou saltar a cada ruído inesperado que saía da escuridão do bosque à sua volta. O dia havia sido suficientemente inquietante, mas o zumbido em suas veias – a terrível certeza de que Wilhelm Roth estava perto – era o que lhe dava a sensação de formigamento na pele e deixava todos seus sentidos à tona.

A todo momento, ela retomava sua visita ao sonho de Roth, como que para se lembrar de como ele prometera fazer sofrer Andreas e ela. E também se lembrava, com muita clareza, das numerosas mulheres metidas nas celas de Dragos, que poderiam estar não muito longe de onde ela e suas duas companheiras estavam. Doía-lhe pensar nos horrores que as cativas Companheiras de Raça poderiam estar passando. Horrores que tinham acabado em morte para muitas delas, como evidenciava o grupo de espectros que se apresentara a Dylan naqueles remotos bosques.

Dragos tinha de ser detido. Wilhelm Roth também, e qualquer outro membro da Raça que aprovasse o tipo de tortura e terror que ela vira pela mente subconsciente de Roth.

Claire sabia que homens como ele tinham de desaparecer da face da Terra, mas ainda assim temia por aqueles que tinham como missão de vida destruir tal *espécie* do mal. Ela se preocupava com Andreas e com a angustiosa visão de fogo e morte que ela orava para que nunca se tornasse realidade.

Enquanto ela e suas companheiras procuravam refúgio para esperar os guerreiros, Claire não podia deixar de pensar na noite que se aproximava e que poderia ser apenas o começo de uma escuridão ainda maior.

Capítulo 28

Reichen se sentou ao lado de Tegan no assento traseiro de um Land Rover preto, no que parecia um percurso interminável pela curva noroeste de Connecticut. Rio estava ao volante e Nikolai, ao seu lado, mantinha contato constante por telefone celular com Renata, desde que os guerreiros saíram de Boston três horas antes. Atrás deles, em outra SUV, ia o resto da equipe que os acompanhava na missão: Kade, Brock e Hunter.

Há quase quarenta e cinco minutos, eles tinham saído da interestadual e começado um deslocamento serpenteante ao longo de uma estrada rural, seguindo tanto as coordenadas que as mulheres tinham dado quanto a intensidade dos vínculos de sangue que atraíam Niko e Rio para suas companheiras, mesmo sem o uso de mapas ou GPS. Do mesmo modo, a atração sensorial de Reichen por Claire estava intensificando-se conforme percorriam as sinuosas vias de asfalto iluminadas pela lua.

– Acabamos de passar o pequeno posto de gasolina que você mencionou – Niko disse em seu telefone celular quando o estabelecimento fechado desapareceu atrás deles na escuridão noturna. – Agora estamos chegando perto da curva. Vocês devem ver as luzes do Rover a qualquer momento. Vamos piscar os faróis para que saibam que somos nós.

Mais adiante do veículo, a estrada cintilou luminosa quando Rio acendeu intermitentemente as luzes altas algumas vezes.

– Sim, estamos vendo vocês – Niko disse quando uma figura escura saiu do bosque alguns metros adiante e agitou um sinalizador.

Observando atrás de Nikolai, Reichen não respirou até que Rio conduziu o Rover para o acesso onde as três Companheiras de Raça esperavam. Seu olhar procurou e se fixou duramente em Claire. Ela parecia tão vulnerável e fora de lugar rodeada pela noite e pelo bosque escuro, para não falar do fato de que Wilhelm Roth não podia estar longe dela agora.

Mas Reichen leu apenas um pequeno resquício de medo nela. O batimento cardíaco de Claire era constante e forte e seu modo de andar era firme quando ela e suas duas acompanhantes saíram ao encontro do veículo.

Logo que Rio estacionou a caminhonete, tanto ele como Niko saltaram para envolver suas companheiras em abraços aliviados. Reichen e Tegan também saíram. Tegan caminhou para trás para receber o segundo veículo que já chegava pelo atalho de terra. Em voz baixa, circulavam conversas sobre táticas e estratégias e comentários rápidos sobre os planos estabelecidos para registrar minuciosamente a área onde Dylan vira os fantasmas das Companheiras de Raça. Era latente a esperança de lançar um ataque ofensivo sobre o possível esconderijo de Dragos.

Enquanto isso, Reichen não podia afastar os olhos de Claire. Ele caminhou para ela, cruzando os braços musculosos quando a vontade – a *necessidade* – era de envolvê-los ao redor dela e abraçá-la forte. Não estava seguro de que ela daria as boas-vindas à sua preocupação depois da forma como as coisas tinham ficado no complexo.

– Você está bem? – perguntou, ao notar que ela também lutava para manter as mãos sob controle junto ao corpo enquanto ele se aproximava. – Meu Deus, Claire. Fiquei sabendo do que aconteceu hoje. Você não tem ideia de como fiquei preocupado...

Ela lançou um olhar ilegível, registrando as roupas negras de combate e as muitas armas da Ordem embainhadas no cinturão grosso ao redor do quadril dele. Então, olhou-o nos olhos uma vez mais e assentiu com a cabeça.

– Estou bem – disse com voz apagada. – Obrigada pela preocupação.

Deus, ele odiava aquela cortesia forçada da mesma forma como odiava a escassa medida de um braço que agora os separava e que mais parecia ser um quilômetro. Claire olhou-o com aquela expressão aperfeiçoada de placidez que tinha antes pertencido a Wilhelm Roth – a máscara cautelosa e agradável das fotografias dela que Reichen vira naquele porta-retrato em Berlim. Agora, ela estava oferecendo a ele aquele olhar. Deixando-o de fora com o mesmo tipo de distância cordial que antes reservara para desconhecidos e outras pessoas em quem não confiava.

A compreensão lhe cortou fundo, apesar de ter feito por merecer. Inferno, merecia muito mais que isso, quando se tratava de Claire. Ele tinha virado de cabeça para baixo o mundo inteiro dela, colocando-a na mira de uma inevitável guerra pessoal. Mas o que era muito pior era o fato de ter voltado para a vida dela apenas para arrastá-la para o centro de seu conflito com Roth.

– Claire – ele disse em voz baixa, porém grossa, as palavras destinadas apenas a seus ouvidos. – Quero lhe pedir desculpas por tantas coisas, por...

– Por favor, não o faça – ela o olhou na escuridão, dando uma sacudida leve de cabeça. Não havia reprovação em sua voz, nenhuma ferida aberta. Apenas resignação. – Você acredita mesmo que espero que me diga o que sente? Não, Andreas, não mais. Sobretudo agora. Quando tudo isso terminar esta noite, então você poderá dizer o que tiver de me dizer.

Ela se preocupava que ele estivesse caminhando para sua morte, e talvez ele o fizesse. Ele soltou um suspiro lento, surpreso como sempre pela força que ela levava em seu interior. Acariciou-a por um segundo breve, memorizando a textura de veludo de sua pele cálida e doce.

– Eu sempre te amei, Claire. Você sabe disso, não é mesmo?

Ela pressionou os dedos meigamente contra os lábios grossos dele.

– Não se atreva a dizer adeus – sussurrou com ferocidade. – Maldição, Andre, não se atreva.

Reichen beijou-lhe as suaves pontas dos dedos e não demorou muito para passar o braço nas costas dela e atraí-la para mais perto. A fome queimava-lhe por dentro, sangue e desejo ardendo juntos em chama baixa, a dupla necessidade que se centrava na mulher que encaixava tão bem em seu abraço.

– Você é minha, Claire – grunhiu ele em sua boca enquanto a beijava, longa e profundamente. Ao seu redor, os guerreiros se preparavam para se separar e começar sua busca nos bosques circundantes. Reichen deu um passo para longe de Claire, sentindo o espaço vazio entre eles como uma repentina rajada de ar frio. – Tenho de ir agora.

– Eu sei – disse ela em voz baixa. – Mas vai voltar para mim, não vai? Dessa vez, quero que você me prometa, Andre... prometa que voltará para mim.

Ele jogou um rápido olhar à escuridão do bosque, seus sentidos formigando diante da dura batalha que logo aconteceria. Voltou a olhar para Claire e embriagou-se com a visão dela. De sua bela e extraordinária Claire. Depois daquela noite, ela ficaria livre de Roth para sempre. Reichen se asseguraria disso. Depois daquela noite, Claire estaria a salvo, não importava o que ele tivesse de fazer para garantir isso.

– Tenho de ir – ele disse de novo.

O olhar dela estava implorando, uma lâmina que o cortava como aço forjado.

– Andre... prometa.

– Mantenha-se a salvo, Claire. Eu amo você.

Ele partiu ao lado de Tegan e dos outros guerreiros e não olhou para trás.

Claire ficou ali durante um longo momento, olhando aturdida enquanto o bosque tragava Andreas e os outros guerreiros. Ela tinha mantido sua aparência valente por mais tempo do que pensou que seria capaz, mas, agora que ele partira, sua coluna vertebral parecia menos firme, suas pernas estavam um pouco mais instáveis debaixo dela. Assustou-se quando uma mão aterrissou brandamente sobre seu ombro.

– Ei – era Dylan, sua expressão suave e pormenorizada. – Vamos para o carro, Claire. Está mais quente lá dentro. Rio e eu ficaremos ao seu lado até que tudo isso termine de uma vez.

Claire deixou-se levar para o veículo que os esperava, dando-se conta tardiamente de que Renata tinha se unido aos guerreiros. Dentro do Land Rover, Rio estava com um rádio que o mantinha em contato com cada membro da missão, inclusive Andreas. Aquela conexão com ele, ainda que por um aparelho eletrônico, deu a Claire um pequeno grau de conforto. Pelo menos ela podia ouvir a voz dele de vez em quando e saber que, de certa forma, ele ainda estava com ela. Ainda estava vivo.

Ela se negou a considerar as muitas formas terríveis como aquela noite poderia terminar. Em vez disso, agarrou-se à lembrança do abraço quente de Andreas, do beijo apaixonado, das palavras de amor.

Ele *precisava* voltar para ela.

Ele *precisava* sobreviver.

Enquanto mantinha esses pensamentos perto de si como um escudo, a voz profunda de Tegan veio através do receptor montado no painel da Rover.

– Merda, acho que temos algo aqui – houve um rangido de movimento no fundo, o ruído das botas vagando cuidadosamente sobre folhas secas. O guerreiro baixou a voz a um sussurro. – Ah, inferno, sim... com certeza temos algo aqui. Celeiro arruinado a aproximadamente quatrocentos e cinquenta metros a nordeste da Rover.

– Copiei – chegou o grunhido baixo de Brock. – Movam-se agora.

Claire trocou um olhar ansioso com Dylan quando mais guerreiros informaram que estavam cercando a localização que Tegan dera.

– Dois Escravos a postos do lado de fora, armados com semiautomáticas – Tegan adicionou. – Reichen e eu estamos indo em direção a eles. Todos os outros mantenham a retaguarda.

Segundos depois, disparos estalaram do bosque longínquo.

Capítulo 29

Wilhelm Roth virou as costas para os monitores ligados às câmeras do velho celeiro depois que a Ordem ceifou a vida dos Escravos que faziam guarda na entrada. Os Escravos eram desnecessários, nada mais do que um obstáculo para manter as aparências. Apesar de tudo, a Ordem poderia suspeitar se Dragos e ele desdobrassem um tapete vermelho para lhes dar as boas-vindas. Ele deixava-os pensar que tinham de fazer um pouco de esforço para merecerem seu prêmio, fazendo-os acreditar que tinham a situação sob controle quando, na verdade, sua chegada fora prevista – *programada* – todo o tempo.

Agora que tinham conseguido entrar na instalação subterrânea, seria apenas uma questão de minutos até que o grupo de guerreiros e Andreas Reichen encontrassem o caminho pelas catacumbas direto ao coração do covil de Dragos. Alguns minutos depois de terem entrado, todavia, eles se dariam conta da armadilha e entenderiam que não havia escapatória.

Em questão de minutos, Roth teria o grande prazer de matar todos de uma só vez.

Sorriu com alegria genuína e fez alguns gestos à meia dúzia de assassinos Primeira Geração que estavam reunidos com ele na sala de controle.

– Dois de vocês vêm comigo – disse, sem importar quais das criações de Dragos o faria, já que os assassinos altamente treinados eram nascidos e criados para fazer frente à morte. – O resto protege a entrada. Assegurem-se de que ninguém entre ou saia.

Quatro deles se moveram para cumprir aquelas ordens. Wilhelm Roth saiu da sala de controle à espera de seu momento de triunfo sobre Andreas Reichen e seus companheiros condenados.

Tegan e Nikolai foram os primeiros a entrar no túnel úmido e escuro escavado profundamente na terra e fortificado com suportes de aço e concreto. Segundos depois de descerem, Niko voltou a subir e fez um sinal para Brock, Kade e Reichen. Hunter e Renata ficaram fora, de guarda, cobrindo a saída.

Uma vez que haviam se livrado dos guardas da entrada, Reichen e os outros entraram no velho celeiro, que, logo deram-se conta, não era tão velho, apesar das aparências. Nada lá embaixo era sequer um resquício do que parecia do lado de fora.

No outro extremo do túnel, vários metros abaixo, um abrigo do tamanho de um ginásio amplo e comprido. As luzes fluorescentes davam ao lugar um aspecto pálido e um resplendor branco, iluminando mesas e cadeiras que tinham sido cuidadosamente empilhadas contra uma parede. As portas vaivém com escotilha redonda pareciam levar para uma espécie de cozinha e área de serviços, ambas também vazias e, evidentemente, fechadas ao público, embora os aromas de alimentos recém-cozidos ainda estivessem no ar.

– Adivinha quem vem para o jantar – disse Kade arrastando as palavras em voz baixa.

Brock franziu a testa enquanto assentia.

– Seres humanos.

– Escravos – Tegan corrigiu com um grunhido. – Muitos deles. Dragos mantém um batalhão aqui.

Nikolai grunhiu.

– Sim, mas para quê?

– Vamos descobrir – Tegan disse, assinalando para que se movessem através do corredor. Arrastaram-se sem fazer ruído, atravessando múltiplos corredores, passando por porta atrás de porta e por vários quartos impessoais.

– Jesus Cristo – sussurrou Kade. – De quantos Escravos o maldito bastardo precisa, afinal de contas?

– Do bastante para fazer sua expansão – disse Reichen, detendo-se em frente a um par de portas de aço para espiar por uma fenda.

Além das portas havia um enorme laboratório com armários meio esvaziados e gavetas de arquivo abertas, os cubículos de trabalho torpemente limpos e um piso cheio de equipamentos quebrados no que parecia ter sido uma evacuação apressada. Os guerreiros entraram com cautela, tomando nota do pouco que restara ali. Havia um punhado de microscópios destruídos, lâminas partidas e equipamentos que pareciam ter sido um dia o sonho mais louco de algum químico.

– Vejam isso – Kade disse, do outro lado do laboratório. Ele indicou um cilindro de aço inoxidável com tampa, que mais parecia uma gigantesca panela de pressão. – Que diabos acham que isso faz?

Reichen e Tegan aproximaram-se com Brock e Nikolai. Olhando o interior do enorme cilindro, Kade retirou os selos na parte superior e abriu a tampa. O conteúdo tinha sido eliminado. Entretanto, não havia dúvida do propósito daquela máquina.

– É um tanque criogênico – disse Reichen.

Tegan assentiu. Assinalou com o queixo para outra sala próxima, onde estava uma linha de cúpulas de acrílico, como poderia se esperar ver na maternidade de um hospital de humanos.

– As incubadoras. Jesus Cristo. Dragos está fazendo uma grande fábrica de crias aqui embaixo.

– Ou estava.... – disse Nikolai. – Ele obviamente fugiu às pressas.

– Talvez soubesse que viríamos – Brock sugeriu. – Não sei quanto a vocês, mas eu estou começando a sentir algo estranho.

Kade lançou ao seu companheiro um olhar afirmativo.

– Também não estou gostando nada disso. Está muito fácil. Isto poderia ser algum tipo de armadilha.

– Todos os ratos parecem ter fugido desse navio – disse Nikolai. – Talvez estejam certos. Dragos não deixaria um sistema como este vulnerável ao ataque, a menos que fosse uma ação deliberada. Eu apostaria meu braço direito que ele esteve aqui e levou tudo de valor com ele.

– Dragos pode ter desaparecido – interrompeu Reichen –, mas Wilhelm Roth continua aqui em algum lugar, e eu vou me encarregar de encontrar aquele bastardo filho da puta – a ira o fez centrar-se em um objetivo mais imediato, que era, todavia, crucial. – Podem voltar se quiserem, mas eu vou seguir em frente.

Os olhos verdes de Tegan brilhavam perigosamente.

– Há muitas perguntas sem resposta para voltar atrás sem cobrir cada centímetro quadrado desse inferno. Pro inferno se você acha que vamos te deixar fazer isso sozinho, Reichen.

Reichen sustentou fixamente seu olhar e sentiu uma profunda apreciação por aquele guerreiro. Por toda a Ordem, de fato. O resto dos guerreiros não hesitou em concordar com Tegan, ou em ficar ao lado de Reichen e se dirigir mais fundo na instalação vazia.

Exatamente quando as operações secretas de Dragos não podiam ser mais inquietantes, Reichen vislumbrou uma ala longa de celas semelhantes às que Claire dissera ter visto no sonho de Roth. Exceto que nenhuma delas continha Companheiras de Raça em cativeiro – um fato de pouco consolo, contudo, já que, pelas condições das celas, era óbvio que elas tinham sido evacuadas recentemente.

– Inferno – Niko murmurou quando o grupo entrou na área para ver o lugar de perto. – Deve haver umas cinquenta celas aqui. Se estavam ocupadas com mulheres, o que Dragos fez com todas elas?

– Ele as transferiu, sem dúvida – disse Tegan. – Provavelmente para o mesmo lugar para onde transferiu todo seu pessoal e equipamentos, embora ele possa ter separado seus arquivos agora que se viu obrigado a abandonar este lugar.

– Essa porcaria toda é doentia – Brock comentou enquanto olhava o interior de uma das celas e passava a mão pela cabeça.

– Vocês não viram nada ainda – Kade tinha se aproximado de uma porta intensamente reforçada, agora aberta. Entrou na sala do outro lado e deixou escapar um rosnado. – Que porcaria é essa?

Reichen e os outros guerreiros o seguiram. Um silêncio prolongado se estendeu por cada um dos machos da Raça, do mais jovem do grupo ao Primeira Geração mais velho, que Reichen nunca vira abalado a ponto de ficar sem palavras.

Do outro lado daquela porta havia uma ampla plataforma ligeiramente erguida do piso. E sobre ela havia uma grande cadeira com grilhões pesados construídos para um indivíduo de tamanho imenso e força descomunal. Aparelhos tão grossos como uma perna humana. Grilhões para poderosos pulsos que deviam ter mãos grandes o bastante para esmagar o crânio de um humano adulto como uma noz.

– Aqui é onde ele vinha mantendo o Antigo – disse Tegan, o primeiro deles capaz de falar. – Mas que inferno. Ele controlando o maldito durante esse tempo todo.

– Como? – perguntou Nikolai, e logo deu uma olhada abaixo perto dos pés e exalou um xingamento sujo.

– Barras de luz ultravioleta. No piso e também no teto. Todo o perímetro da plataforma está rodeado por uma ampla gama de acessórios de luz ultravioleta. Ativadas, as barras conteriam até mesmo o Antigo mais forte.

As palavras mal tinham saído da boca de Niko quando escutou-se um repentino zumbido e uma mudança no ar ao redor deles. A luz intensa explodiu de todas as direções, tão brilhante e quente que

Reichen e os outros não tinham outra opção senão cobrir os olhos com os braços. O odor era de pele chamuscada. No início, Reichen imaginou que seu fogo tivesse despertado do nada. Segundos depois, todavia, deu-se conta de que tratava-se de algo ainda pior.

Reichen olhou para cima além da rajada de luz, para um vidro na área de monitoramento da cela, que os guerreiros não tinham visto até aquele momento.

Dentro daquela área estava Wilhelm Roth, sorrindo com notória satisfação sádica ao ver Reichen, Tegan e o resto dos guerreiros cercados por todos os lados pelos raios de luz ultravioleta. Roth deu uma ordem a dois grandes homens com roupas negras, olhar duro e carregados até os dentes com armas automáticas. Aqueles homens usavam colares de polímero negro ao redor do pescoço, suas cabeças eram raspadas e suas gargantas, cobertas com dermoglifos de Primeira Geração. Cada músculo, cada polegada deles era uma arma letal. Os dois assassinos saíram pelas escadas laterais da parte superior da plataforma.

Apontaram as armas para Reichen e para os outros presos dentro da cela e abriram fogo.

Capítulo 30

O coração de Claire golpeou ruidosamente em seu peito diante da repentina cacofonia de disparos que estalaram no dispositivo de comunicação sobre o painel do veículo. Junto a Dylan e Rio, ela monitorara os progressos da equipe dentro do covil de Dragos, o medo retorcendo como uma serpente venenosa em seu estômago a cada passo que Andreas e os outros guerreiros davam dentro daquele lugar horrível.

Agora o medo dela disparou em sua garganta, explodindo para fora em um berro quando os sons de balas zumbindo, gritos e caos encheram a atmosfera do veículo.

– Ah, meu Deus! – gritou, seu sangue muito frio correndo nas veias. – Ah, meu Deus! Não!

Desesperada, instintivamente virou-se para a porta a seu lado no assento traseiro, mas Rio foi mais rápido e apertou a mão sobre seu ombro, mantendo-a em seu lugar.

– Fique aqui, Claire. Você não pode fazer nada para ajudá-los – disse, com seu sotaque espanhol e seus intensos olhos com cílios escuros. Murmurou uma maldição entredentes quando mais disparos estalaram através do receptor.

Em seguida, outro desastre, desta vez na porta de entrada do celeiro, onde Renata e o macho Primeira Geração Hunter estavam posicionados.

A voz de Renata entrou no veículo em um ataque sem fôlego.

– Ah, inferno. Temos companhia. Quatro guardas à vista neste momento fora do velho celeiro... Caramba, acho que são Primeira Geração.

Bam! Bam! Bam!

Mais balas começaram a voar fazendo ruído estalado, interrompendo Renata e ecoando pelo bosque como trovões sinistros.

– Jesus! – Dylan murmurou de seu assento ao lado de seu companheiro na parte dianteira da caminhonete. – Rio... o que devemos fazer?

– Fiquem aqui, as duas – ordenou severamente o macho, tirando uma pistola de aspecto perigoso do coldre em seu cinturão e carregando-a. Abriu a porta do lado do condutor e saltou. – Permaneçam na Rover e mantenham-na ligada, caso precisem arrancar o traseiro daqui. Vou para lá.

Os assassinos Primeira Geração derramaram uma chuva de balas sobre Reichen e os outros guerreiros capturados na cela de raios ultravioletas. Devolver o fogo não era fácil. As barras de luz eram cegantes e ardentes, reduzindo o espaço para esquivar das balas que vinham, enquanto os guerreiros lançavam de volta uma descarga de disparos com suas próprias armas.

De canto de olho, Reichen viu Tegan receber uma bala no ombro. Outra roçou Nikolai na coxa, deixando-o agachado por um segundo antes que se erguesse e carregasse uma segunda pistola, lançando vários projéteis da semiautomática. E acima, bem seguro atrás do vidro blindado que o protegia do combate, Wilhelm Roth continuava assistindo ao massacre, deleitando-se. Sorrindo, como se tudo fosse meramente entretenimento e ele já tivesse ganhado aquela guerra.

A fúria de Reichen inundou-o em um fervor rápido e severo.

A pirocinese estava se elevando em seu interior; ele sentiu a onda de calor correndo sobre sua pele e observou com aceitação indiferente que as balas, em vez de perfurar-lhe o corpo, chocavam-se contra seu campo de energia psíquica e caíam.

– Fiquem atrás de mim! – gritou para Tegan e para os outros, abrindo os braços grandes para criar um campo mais amplo de proteção. – Não muito perto – advertiu. – O calor vai desviar as balas, mas também pode matá-los.

Os guerreiros se aproximaram tanto quanto era prudente, utilizando o corpo de Reichen como escudo enquanto continuavam devolvendo o golpe aos seus agressores, que tinham a vantagem de um movimento sem restrições e munição aparentemente sem fim.

A visão de Reichen começou a deformar-se. Sua pirocinese estava se fortalecendo mais rápido agora, ardendo mais forte do que nunca quando ele elevou o olhar para Roth. Deixou que sua raiva se expandisse, instigando as chamas a crescer ainda mais dentro dele. Convocou cada pedaço de fogo a seu comando, deixando que se agitassem e turvassem em suas vísceras, disposto a fortalecer-se e mantendo as chamas além do ponto de dor. Além até mesmo do ponto de prudência.

Algum pingo puído de instinto dizia-lhe que estava atraindo coisas terríveis, mas ele empurrou de um lado a razão e intensificou as chamas radiantes. Degustando a necessidade de vingança – de uma justiça final e sangrenta – como um licor forte e amargo em sua língua.

– Wilhelm Roth! – berrou sombriamente, concentrando todo seu ódio, toda sua energia em vermelho vivo sobre o macho que tinha tomado tanto dele, mesmo antes de ordenar o massacre de sua família no Refúgio de Berlim. – Esta noite você vai morrer, Roth!

Centralizando seu talento, Reichen empunhou a mão e deu um murro nas vigas de luz ultravioleta da cela. Sentiu que elas não queimavam, diferente do calor que já lhe cobria todo o enorme corpo. Olhou para cima e teve grande satisfação diante do repentino e boquiaberto assombro inscrito na expressão de Roth. Sorriu cheio de ódio e saiu da cela do Antigo com um rugido que misturava o triunfo e a fúria assassina.

Os dois assassinos Primeira Geração continuaram disparando com suas armas inúteis. Reichen elevou o olhar para eles, o calor ondeando para fora de seu corpo com intensidade nuclear. Convocou poder para suas elevadas e empunhadas mãos, e o liberou sobre a dupla. Esferas de fogo gêmeas saíram em disparado de suas mãos e golpearam seus alvos em um instante, incinerando-os no impacto, reduzindo corpos e armas a cinzas sedimentadas e pedaços de metal fundido que caíam da parte superior das escadas duplas.

– Santo Jesus! – um dos guerreiros alardeou atrás dele, mas Reichen não teve tempo de saborear aquela pequena vitória.

Não quando Roth estava com olhos arregalados em pânico, afastando-se da janela como se estivesse preparando sua fuga.

Reichen se agachou e saltou no ar. Em um movimento fluido, o fogo envolvendo todo seu corpo, ele se lançou, saltando do chão e alcançando a lâmina grossa de vidro que o separava de sua presa. Travou os olhos com Roth, curvando os lábios fora de seus dentes e presas quando bateu contra a janela e observou a barreira romper-se em um milhão de pedaços derretidos.

Wilhelm Roth olhou boquiaberto a imponente coluna de fogo infernal que tinha transformado Andreas Reichen em algo incrível demais para expressar. Ele já sabia que o talento único do macho da Raça era a pirocinese, mas aquilo... aquilo estava além do esperado. *Muito além do esperado.*

O poder de Reichen era impressionante e Roth não pôde evitar olhar fixamente, mudo de assombro e temor, quando o macho caminhou majestosamente em direção a ele. O chão de concreto derretia sob as botas de Reichen. As luzes fluorescentes do teto estalaram e fumegaram quando ele passava debaixo delas, avançando centímetro a centímetro através da sala de monitoramento. Roth recuou, sentindo seus cabelos e sua pele chamuscados pela intensidade do calor ondulante de Reichen.

– Acha que pode conseguir algo me matando? – perguntou à forma ardente que espreitava com evidente intenção letal. – Viu este lugar, Reichen. Pode imaginar para o que foi utilizado durante todos estes anos. Dragos criou seu próprio exército aqui embaixo. Fez muito mais que isso, e não pode ser detido agora. Realmente acredita que minha morte fará diferença no grande esquema das coisas?

- Vai fazer diferença para Claire - foi a resposta profunda e deformada pelo calor. – Vai fazer diferença para mim.

Roth continuou recuando, até que os medidores e os interruptores do painel de controle da cela ficassem atrás de si.

- Deixe-me ir e talvez seus amigos lá naquela cela vivam.

- Não pode machucar ninguém. Não mais - o olhar de Reichen ricocheteou de ponto a ponto no painel de controle. Os circuitos crepitaram, disparando faíscas e fumaça. Roth teve de desviar das pequenas explosões, o olhar ardente de Reichen conduzindo-o para o fundo, no canto da sala, como um covarde. Roth grunhiu, furioso por ter sido posto de joelhos, particularmente por este macho, cuja morte tinha desejado e procurado por muito tempo.

Quando Reichen se aproximou mais, as chamas assassinas saindo por todos os poros de seu corpo, Roth fez uma brusca investida para um dos indicadores no painel de controle. Ele entendia que não fugiria desta luta agora, mas não aceitaria a derrota sozinho.

Com um grunhido de determinação, Roth bateu o punho sobre o interruptor que ativava a detonação de emergência do laboratório. As sirenes começaram a soar imediatamente. Os alarmes gritavam em todas as direções, assinalando o começo de uma irreversível contagem regressiva. Roth começou a rir.

- Meu Deus. Isso quase valeu a pena: saber que vou morrer aqui ao seu lado e ao lado de grande parte da Ordem. Ver esse olhar em sua cara agora... sua derrota é evidente, Reichen, vejo o horror e a indignação, a dor emocional... está tudo aí, em seus olhos – deu um suspiro maliciosamente dramático. – Eu só queria poder levar Claire conosco quando todo este maldito lugar voar pelos ares nos próximos cinco... quer dizer, quatro minutos e quarenta e nove segundos.

Capítulo 31

Claire queria que aquilo tudo fosse um sonho, um terrível pesadelo do qual ela simplesmente pudesse despertar e tudo voltasse ao normal; queria poder voltar três noites atrás, quando ela e Andreas estavam sozinhos na casa em Newport, fazendo amor, caminhando pelo cais, abraçando-se sob a luz da lua.

Porém, o som da cruel voz de Wilhelm Roth – a percepção do que ele acabara de fazer a Andreas e aos guerreiros dentro do celeiro abandonado... às Companheiras de Raça que estariam em luto em questão de minutos – penetrou a alma de Claire como um veneno.

– Não posso ficar aqui nem um segundo mais - murmurou ela, encontrando-se com o olhar cinzento de Dylan.

– Não podemos sair, Claire. Você não está ouvindo os disparos na entrada?

Claire apenas escutava. Rio tinha partido havia poucos minutos. Ele, Renata e Hunter estavam ocupados com os assassinos Primeira Geração que tinham atacado a entrada. Era perigoso sair do veículo e Claire sabia disso. Entretanto, enquanto olhava ansiosamente através do para-brisa fumê para o bosque que a rodeava, ela sentia o mais profundo temor.

- Ah, meu Deus... não. Isso não pode ser a visão de Mira.

Abriu a porta e deslizou fora da Rover, compreendendo naquele momento que a premonição da menina estava prestes a se tornar realidade. Ali mesmo, nos próximos assombradores cinco minutos.

Dylan também saiu do veículo e segurou Claire pelos braços.

– Claire, por favor, volte lá para dentro. Você não pode...

– Este é o mesmo bosque que vi nos olhos de Mira – gritou ela, tomada pelo pânico da certeza. O mesmo lugar onde senti a angústia de perder Andreas naquele monte de escombros fumegantes e de cinzas. Uma explosão, Dylan. Uma explosão é exatamente o que Mira me mostrou. Isso realmente vai acontecer. Ah, Deus meu... não!

Soltando o frouxo aperto da outra Companheira de Raça, Claire correu para o escuro bosque adentro, com o coração destroçado a ponto de estraçalhar-lhe o peito e o nome de Andreas como uma desesperada oração sobre seus lábios.

Cada célula no corpo de Reichen gritava para que ele descarregasse sobre Wilhelm Roth todo o poder de sua fúria. Seria questão de um instante para transformar o bastardo em nada mais do que cinzas que ele pisotearia com suas botas de guerreiro.

Entretanto, a incineração de Roth com uma só explosão de sua raiva era muito misericordiosa. Não, ele merecia sofrer, especialmente depois da covardia que tinha demonstrado ao ativar explosivos dos quais nenhum dos guerreiros presos na cela de raios ultravioletas teria alguma esperança de escapar. Seus amigos não deveriam ter de morrer por causa de seu ódio por Wilhelm Roth.

Foi esse pensamento, mais do que qualquer outro, que deu a Reichen a habilidade de ignorar seu ódio e liberar sua raiva sobre o painel de controle que abrangia toda a parede posterior da sala. Lançou um raio de fogo atrás de seu maior inimigo, diretamente sobre os medidores e dispositivos de controle, até que finalmente surgiu um estalo forte e todo o espaço ficou submerso na escuridão.

Ele não viu Roth se mover até que o bastardo filho da puta tivesse conseguido fugir por uma porta lateral. Reichen girou para a janela danificada e viu os guerreiros saltando da plataforma desativada da cela.

– Reichen! – ele reconheceu a voz profunda de Tegan, mesmo que sua visão estivesse alagada pela cor âmbar e ondulando com o calor que se intensificava cada vez mais em seu interior. – Reichen, vamos! Deixa o filho da puta. Ele já está morto se ficar aqui.

Era verdade, pensou Reichen. Entretanto, pela forma como seu corpo estava agora, a forma como suas veias ferviam como lava, sua mente estava fixada em uma coisa apenas: a destruição. Deu-se conta de que era chegado o momento que ele temera durante tanto tempo.

Ele tinha ido longe demais. Os incêndios estavam se intensificando em seu interior e ele já não os podia controlar.

– Reichen! Mas que inferno! – gritou Tegan, vacilante quando o resto dos guerreiros sabiamente se apressavam a sair do lugar. – Esqueça Roth e vamos tirar o traseiro deste lugar antes que essa merda toda vá pelos ares!

– Cuide dela por mim – ele, de alguma forma, conseguiu dizer, sentindo a garganta ressecada como lenha queimada, cada sílaba arranhando-a. – Coloque-a em algum lugar seguro... faça isso por mim, Tegan.

Ele não esperou para escutar o xingamento escuro que veio da sala abaixo. Reichen saiu atrás de Wilhelm Roth, confiando em seu amigo guerreiro para atender seu pedido. Se pudesse ter certeza da segurança de Claire, não precisava de nada mais.

Nada além de saber que Wilhelm Roth estava morto.

Ele espreitou pelo corredor por onde imaginava que Roth havia partido, observando o arco de metal dobrado, o aço e os reforços de concreto do subterrâneo que denunciavam-lhe a presença. Os carros vazios de fornecimentos de metal se afundavam junto dele, as janelas de vidro das portas e dos escritórios se estilhaçavam pela mera intensidade das chamas vermelho-vivo que rodeavam suas extremidades e seu torso como um impenetrável, vivente casulo de energia causticante.

– Wilhelm Roth! – rugiu ele, aproximando-se do vampiro que estava a uma dúzia de metros de distância.

Roth esteve correndo como o animal que era, mas agora ia mais lento, até que deteve-se. Sem dúvida, ele percebia a inutilidade de tentar escapar da morte que se aproximava, fosse pelas mãos de Reichen ou por suas próprias, quando o detonador explodisse em cerca de três minutos.

Roth se voltou lentamente para ele.

– Você me surpreende, Reichen. Pensei que seu amor por minha infiel companheira fosse mais forte do que seu ódio por mim.

Reichen grunhiu. Ele não ia discutir com esse lixo sobre Claire ou sobre seus sentimentos por ela. Roth devia saber que, com menos de três minutos no detonador, nenhum dos dois ia sair do subterrâneo antes que tudo explodisse.

Reichen olhou para frente, concentrando toda sua atenção para abster-se de incinerar Roth no ato. Queria fazer valer os dois últimos minutos de sua vida, e não lhe ocorria nada melhor que matar Roth segundo a segundo, queimando sua existência centímetro por centímetro. Quando se aproximou, Roth não teve outra opção senão recuar, enfiando-se mais perto do final do corredor.

Observou que a pele de Roth começava a tingir-se de vermelho. Aproximou-se um pouco mais, fazendo-o recuar mais. Gotas de suor brotaram na testa e no lábio superior de Roth, depois em todo seu rosto e garganta. Reichen avançou mais. Roth gemeu quando sua pele exposta começou a se encher de bolhas enormes e queimar. Um fedor se levantou quando os cabelos loiros também começaram a chamuscar sob o calor implacável do talento de Reichen.

Roth gritou quando sua roupa começou a fumegar.

– Vá em frente e faça o seu pior – balbuciou ele, ofegando de agonia, entretanto encontrando ainda a capacidade de camuflar seu terror, os lábios queimados em um notório sorriso sádico. – Você se esqueceu de meu vínculo de sangue com Claire?... Enquanto eu estiver vivo, ela sente minha dor. Torture-me e estará torturando-a também.

Claire gritou e caiu no chão de joelhos. Mais adiante dela, na escuridão, viu Renata, Hunter e Rio derrubarem o último dos assassinos Primeira Geração na frente do velho celeiro. Através do buraco da entrada, Claire observou como Kade e Nikolai, depois, Brock e Tegan surgiram das profundezas do covil de Dragos. E Andreas? Estava prestes a chamar os guerreiros, mas a dor aguda que a envolvera tão de repente roubou seu fôlego.

Essa dor a acometera tão rapidamente, um calor que lhe atropelava o corpo como se estivesse de pé no centro do próprio caldeirão do diabo. Ou, melhor dizendo, Wilhelm Roth estava de pé naquele inferno diabólico. Era sua agonia que a estremecia, sua dor fazendo eco no sangue dela.

Andre.

Ele era a fonte da dor de Roth. O que significava que ainda estava vivo. Ainda respirando em algum ponto daquele lugar, então ainda tinha uma oportunidade de sair antes que o pior acontecesse. Ainda tinha uma oportunidade de voltar para ela. Claire se arrastou até ficar de pé, impulsionada pela esperança.

Ela fez força contra o doloroso enlace psíquico com Roth e voltou a correr. Se Tegan e o resto dos guerreiros tinham conseguido sair bem, então ela estava segura de que Andreas não podia estar muito longe.

Capítulo 32

Reichen retrocedeu assim que se deu conta de que estava machucando Claire enquanto derramava sua ira sobre Roth. Assim como a sede de sangue emudecera seu próprio vínculo com ela durante o dia, seu fogo havia agora arrasado quase todos seus sentidos. Quase tudo tinha sido arrancado dele, exceto sua fúria, que crescia mais e mais.

– Por que você fez isso? – Reichen perguntou asperamente. – Por que precisava ter Claire?

O sorriso de Roth se estendeu tenso atrás da pele de seus chamuscados lábios.

– Porque você a queria. E porque ela não podia ver que eu era um homem melhor. Você não é nada comparado comigo. Nunca foi. Eu até eliminei o único obstáculo que me separava de perseguir Claire...

– A mulher que você já tinha tomado como companheira – Reichen grunhiu.

– A mulher que você teve a audácia de mimar quando eu a tinha posto em seu devido lugar.

Roth olhava Reichen como se este devesse recordar o fato do qual falava. Reichen pensou de novo em seus entendimentos com Roth... e repentinamente recordou uma tímida Companheira de Raça que encontrara sentada na chuva durante uma reunião em um Refúgio.

– Eu a levei para dentro e lhe dei minha jaqueta – disse, relembrando o rosto afetado da mulher quando ele lhe fizera esse pequeno favor. – Ela estava gelada e chorando, então, pedi que meu motorista a levasse para casa.

– Você me humilhou na frente de meus amigos. Pior ainda, na frente de meus Escravos. Você e Ilsa, vocês dois me humilharam naquela tarde.

– E então você a assassinou? – Reichen grunhiu, incrédulo.

– Ela foi atacada por um vampiro Renegado – Roth disse levianamente. Deu de ombros. – Ninguém me perguntou sobre o incidente, já que foram meus amigos próximos que fizeram o relatório.

– Por uma besteira você assassinou uma mulher inocente que confiava em você acima de qualquer outra pessoa. Depois tomou Claire como sua companheira para se vingar de mim.

– Fiz mais do que isso – Roth adotou um ar depreciativo. – Arrumei tudo para me desfazer de você também. Você dcsapareceu por um ano sem nenhuma desculpa. Todos se perguntavam se estava morto. E, mesmo assim, Claire ainda queria *você*.

Ele virtualmente cuspiu a palavra. Ciúmes e orgulho, pensou Reichen, enojado de que algo tão insignificante tivesse causado tanta dor.

O olhar de Roth era afiado, cortante.

– Suponho que depois que me dei conta disso, meu ódio por Claire excedeu até mesmo o ódio que eu sentia por você. Eu teria gostado de matá-la, Reichen, assim como gostei de ordenar as mortes de seus familiares no Refúgio e de transformar aquela sua humana em minha Escrava.

Reichen rugiu de angústia e escândalo. Ele tinha de acabar com Roth agora. As sujas palavras do bastardo o enojavam até a morte. Ele colocou suas mãos para a frente e sentiu o fogo viajando de seu coração aos seus membros e às pontas de seus dedos, que se estendiam para Wilhelm Roth.

- Morra, maldito doente! - grunhiu. E então liberou uma rajada dupla de chama e calor no rosto de seu mais traiçoeiro inimigo. A morte de Roth foi instantânea, piedade que Reichen lhe concedeu apenas por causa de Claire.

Reichen estava ainda gritando com fúria animal, ainda incendiando o chão vazio onde as cinzas de Roth se empilharam, quando sentiu sob seus pés as primeiras agitações da explosão do edifício.

As paredes ao redor dele tremiam.

Então, a terra caiu violentamente com a força da detonação do laboratório.

Claire soube o preciso momento em que Wilhelm Roth deu seu último suspiro. Uma súbita avalanche de paz – uma sensação impossível de liberdade – iluminou-lhe as veias e deu a seus membros uma renovada força que a levou adiante enquanto corria os poucos metros que restavam para o velho celeiro de onde os guerreiros tinham fugido.

Roth estava morto.

E Andreas estava vivo.

Deus... podia o inferno dos dias anteriores, das décadas anteriores, que ela e Andreas passaram separados pelas maquinações de Roth, estar chegando de verdade a um fim?

Ela queria acreditar. *Precisava* acreditar.

Manteve a esperança, inclusive enquanto a terra sob seus pés urgia um prolongado estremecimento.

- Jesus Cristo! - gritou uma voz masculina por cima dela na escuridão. – Você sentiu isso? Essa porcaria toda está a ponto de arrebentar!

Claire continuou correndo, negando o que estava escutando. Não podia ser verdade. Aquilo não podia estar acontecendo. Não quando Andreas ainda não estava a salvo.

- Volte, volte! - o sotaque afogado de Rio soou de algum lugar próximo. O grande guerreiro vinha correndo em meio às árvores com

Renata, Hunter e outros dois guerreiros. Rio estendeu a mão para Claire, tentou arrastá-la com eles, mas ela se esquivou e continuou correndo. Houve mais gritos de aviso, mais movimentos urgentes nos bosques escuros como a noite, enquanto o estremecimento dentro da terra rugia mais alto.

Houve um violento tremor, e em seguida uma profunda e estrondosa explosão.

Boom!

Braços fortes e um grande corpo envolveram-se ao redor de Claire, virando-a para amortecer sua queda enquanto os destroços acertavam-lhe as costas e os pés. Ela gritou, mas mal pôde escutar sua própria voz enquanto o bosque se agitava e rugia com a força de uma maldita explosão que parecia interminável.

– Fique abaixada, Claire – a voz de Tegan soprou quente sobre sua orelha. – Prometi a Reichen que a tiraria daqui inteira.

– *Não*! – gritou ela, sem se preocupar se vivia ou morria, olhando horrorizada como o celeiro abandonado e em ruínas voava pelos céus em uma massa de chamas, calor, fumaça e cinzas. Os penachos de fogo saltavam em todas as direções, alcançando grandes partes do bosque, estilhaços e brasas queimando a relva próxima. Mais calor explodiu para fora do buraco fundo na terra junto ao celeiro, na entrada do esconderijo subterrâneo do qual Andreas ainda tinha de escapar.

– Ah, Santo Deus... não! Ele ainda está ali embaixo! Andreas, não! – ela se ergueu. A mão de Tegan era firme sobre seu braço, mas ela a afastou com um grito desesperado. – Deixe-me ir, maldito seja!

A adrenalina e o desespero a enviaram voando sobre os escombros espalhados pela terra, através das espessas árvores que eram iluminadas com a sobrenatural luz laranja do fogo que saía de onde o velho celeiro estivera não fazia um minuto. Ela sentiu Tegan seguindo-a. Os outros guerreiros também estavam vindo, silenciosos e cautelosos.

Uma das Companheiras de Raça murmurou uma oração baixa por Andreas, ternas palavras que Claire mal se atreveu a escutar.

Caminhou mais perto até o estrondoso calor. Era insuportável, golpeando-a como uma caldeira aberta diante de seu rosto. Ainda assim, ela continuava movendo-se para ele, paralisada apenas pela cratera com escombros de terra e cinzas que tinha onde o terreno implodira.

- Andreas... - ela chamou em voz baixa. Depois mais alto, esperando um milagre. - Andreas!

Quando chegou mais perto, perto o suficiente para que as chamas a tocassem, as mãos de Tegan pousaram devagar sobre seus ombros.

- Vamos, Claire. Não faça isso a si mesma.

- Andre! - gritou ela, teimosa em abandoná-lo.

Uma nova rajada de brilhos surgiu de dentro do coração da cratera, fazendo os escombros se moverem e grunhirem. Ela sentiu a tensa mão do guerreiro sobre si, e soube que estava preparado para levá-la dali se demorasse outro segundo.

Mas Claire não se moveu. Chamou de novo, sua voz presa em um soluço enquanto outro profundo ruído de escombros soava por baixo da terra.

Então se deu conta de que algo estranho acontecia no fosso de cinzas ardendo e chamas em movimento...

Lá no fundo, viu algo se movendo.

- Jesus Cristo - disse Tegan, obviamente descobrindo o mesmo que ela. – Santo Jesus Cristo... Não pode ser...

- Andreas... - ofegou Claire, atemorizada e incrédula, mas muito, muito aliviada.

Ela viu os escombros abrirem caminho e se misturarem ao redor de Andreas enquanto escalava para fora do centro do inferno e se elevava para a borda da cratera. Seu corpo brilhava com o poderoso calor branco de seu extraordinário e aterrador dom. A fumaça inchava sobre ele em grandes nuvens negras. As chamas rugiam e ondulavam atrás dele como um furioso vulcão, embora ele continuasse ali ileso.

– Graças a Deus... – ela sussurrou, seu coração palpitando enlouquecido.

Mas então deu-se conta de que algo não estava bem com ele.

O calor que o envolvia – o mesmo calor que o tinha feito insensível às balas na primeira noite em que ela o vira assim – poderia ter sido a única coisa que o salvara da assassina explosão, mas o brilho que o rodeava estava mais brilhante que nunca. Mais quente que as chamas da explosão que ainda rugiam ao redor dele.

Seu olhar estava vago enquanto viajava de Claire aos outros reunidos ali. Luz emanava de suas órbitas, abrasadora e desumana. Sem piedade.

Claire deu um passo em direção a ele, vacilante agora.

– Andreas? Andre... pode me ouvir?

Um olhar abrasador se voltou de novo para ela. O calor a golpeava, empurrando-a vários passos para trás. Ele não olhava para ela, Claire se deu conta, mas sim através dela. Ele não a via ali, tampouco via o resto dos guerreiros – seus amigos – de pé diante dele em um aturdido silêncio. Claire reconheceu o perigo que ele representava assim, mesmo que ele já estivesse longe de reconhecê-lo por si mesmo agora.

Ela precisava chegar até ele.

– Andre, sou eu, Claire. Fale comigo. Diga que me reconhece. Que você está bem.

Ele grunhiu, em voz baixa e letal, do fundo de sua garganta. Ela não deixou que isso a assustasse. Mantendo seus olhos fixos nele, ela deu um passo em sua direção.

– Jesus Cristo – Tegan sussurrou de perto. Ele se moveu para bloquear o caminho dela. – Claire, não acho que você deva...

Uma bola de fogo navegou pelo ar, aterrissando no chão junto ao pé de Tegan.

– Andre, não!

Tegan desviou-se de sua mira, levando Claire consigo. Andreas rugiu e deixou um repentino conjunto de círculos chamejantes. Pedaços de terra escura eram deslocados quando as rajadas de fogo do tamanho de bolas de beisebol golpeavam o chão, fazendo todos em volta recuarem. Claire gritou para ele se deter, e por um momento pensou que ele o faria. Ele a olhou, depois repentinamente levantou as mãos para os lados da cabeça e cambaleou vacilante sobre seus pés. O brilho ao redor dele se atenuou enquanto pressionava suas palmas fortes contra suas têmporas, seu rosto se contorceu em uma careta de dor.

Quando Claire olhou à sua volta, viu a razão daquilo.

Renata o segurava em um fixo e imperturbável olhar. Como a Companheira de Raça fizera com os assassinos Primeira Geração há pouco tempo, agora ela golpeava Andreas com o poder de sua mente. Ele caiu sobre um joelho, o tenso calor viajava por seu corpo como uma luz estroboscópica.

Quando ela relaxou, Andreas estava ofegando e estremecendo. Mas o brilho ainda o envolvia. E quando levantou a cabeça, o rugido que saiu de sua boca fez tremer o bosque inteiro com uma fúria animal e letal.

Capítulo 33

O fogo tomou conta de Reichen.

Ele sabia disso, sabia desde o momento em que o subsolo do celeiro tinha explodido ao seu redor, sepultando tudo menos ele. Sabia que estava muito fraco, embora tivesse saído intacto das cinzas e dos escombros, seu corpo sendo protegido pelo calor furioso que parecia crescer mais forte, mais brilhante, mais incontrolável. Ele tinha perdido a batalha contra sua terrível capacidade, como temera que ocorreria.

Os guerreiros que o olhavam banhar com chamas a escuridão dos bosques também sabiam. Especialmente ela, a mulher cujos olhos castanhos-escuros pareciam arrancar-lhe algo do fundo da alma. *Ele a amava.* Nem mesmo a loucura do calor implacável poderia queimar esse fato.

Ela vivia em seu coração, aquela mulher.

Sua mulher.

Sua companheira, algo primitivo e angustiado gritou dentro dele.

Ele a amava profundamente, completamente, mas sabia que não podia tê-la. Agora não mais.

Nunca mais.

Jogou a cabeça para trás e rugiu diante daquele terrível pensamento, sua voz emitindo uma esfera de chamas brancas que se elevou e em seguida estalou contra o chão a alguns metros dele, deixando um caminho de faíscas e terra queimada.

– Andreas, por favor – *sua* mulher soluçou. – Nós vamos ajudá-lo.

O fogo dançava ao redor dela. Seus olhos se encheram de lágrimas, as mãos trêmulas apareciam por trás da fumaça e da pálida cinza flutuante que se movia como flocos de neve do alto das copas das árvores.

– Andreas, olhe para mim. Ouça-me. Eu sei que você consegue – deu um passo em direção a ele, ignorando as advertências de mais de um dos guerreiros. – Não estou pronta para deixar você partir – disse com ferocidade, palavras que pareciam fazer eco ao voltar para ele como uma lembrança.

Ele tinha ouvido aquelas mesmas palavras, naquele mesmo lugar, mais cedo naquela noite? Tinha sido ele quem as disse?

Não importava. Ele não podia deixar que importasse. Ela e seus amigos não estavam seguros ao lado dele. Eles precisavam sair dali.

Mas ela não o deixaria ali. Ele podia ver com bastante clareza na inclinação de sua obstinada mandíbula. Grunhiu com fúria e sentiu o fluxo de outra bola, construindo-se no calor de suas vísceras.

Incrivelmente, ela aproximou-se ainda mais dele.

Uma visão passou por sua mente enquanto a via avançar para ele. Viu uma menina com tranças loiras avermelhadas e um suave sorriso estendendo sua mão para ele em um gesto de amabilidade. Viu um brilhante rosto de inocência oferecendo ajuda e compaixão... justo antes que o fogo dele saltasse para consumi-la.

Tinha matado algo precioso e puro, uma vez. Não, ele não faria aquilo novamente.

Berrando seu próprio desprezo, enviou uma pequena chuva de esferas de fogo ao chão diante de si. Uma baixa barreira de chamas se retorcia, fazendo-a retroceder. Não era suficiente. Ele precisava que ela partisse – precisava saber que ela estava muito longe de seu poder destrutivo.

Precisava que todos fossem *agora*.

Lançou mais fogo, obrigando todo o grupo a retroceder. À medida que se afastavam, viu o belo rosto de sua mulher banhado em lágrimas – sua mulher – fixo nele através da parede de chamas que os separava.

– Não, Andre – ela articulou. – Não, não vou deixar você fazer isso.

O calor das chamas soprava diante de Claire e dos outros. Atrás da parede de fogo, ela vislumbrava o rosto de Andreas. Seus olhos estavam cheios de tortura e dor. E também de loucura.

Uma decisão dilaceradora e triste ardia em seu olhar.

Ele estava se dando por vencido.

Estava tentando afastá-la, para poder lutar sozinho com seu sofrimento e sua morte.

Não, Claire pensou, rechaçando com firmeza a ideia. De nenhuma maldita maneira ela iria aceitar aquilo. Não depois de tudo o que tinham passado. Não quando esteve esperando por ele, sem nunca ter deixado de amá-lo esse tempo todo.

Tinha de haver uma maneira de chegar nele. Tinha de haver uma maneira de ajudá-lo.

– Renata – disse, voltando-se para a outra Companheira de Raça. – Você fez algo com ele usando sua mente. E isso ajudou a atenuar parte do calor...

– Sim – concordou Renata. – Eu percebi também.

– Preciso que faça a mesma coisa agora.

Nikolai se aproximou com a expressão grave.

– O talento de Renata é letal, Claire. Não é algo que gostaria que ela fizesse, confie em mim. Se ela fizer o mesmo de antes, talvez...

– Talvez o quê? Talvez o mate? – Claire sentiu a histeria em seu interior. – Olhe para ele. Ele está morrendo. Se não fizermos algo, o fogo o matará – olhou então para Renata, desesperada pela mínima oportunidade de salvar Andreas. – Por favor... por favor, eu lhe peço, tente.

Renata assentiu com a cabeça, então desviou o olhar para fixá-lo com atenção nas altas chamas que cobriam Andreas. Ela o olhou sem pestanejar, enfocando seus olhos como um laser. Claire sentiu que o ar se movia, quase imperceptível, como se uma corrente invisível saltasse da mente de Renata e se apoderasse de seu alvo.

Ele caiu para trás no instante em que o choque o golpeou.

O coração de Claire vacilou quando ele jogou a cabeça para trás e gritou, todos os seus músculos se esticando como cabos de aço. Ele agarrou ambos os lados da cabeça e o poder de Renata se duplicou conforme ela sustentou-o, usando sua força psíquica para debilitar Andreas. Ele estremeceu e rugiu... e, enquanto lutava, o brilho que o rodeava começou a desvanecer-se.

- Continue, Renata! Ah, Santo Deus, acho que está funcionando.

Claire escutou mais de um xingamento dos guerreiros próximos. Todos ficaram olhando, tão paralisados quanto ela, enquanto a explosão mental de Renata era lançada continuamente para apagar o calor de Andreas. Ele caiu de joelhos, dobrado sobre si, ainda com a cabeça entre suas mãos. Parecia estar em completa agonia, mas o calor que se estendia por suas extremidades e torso reduziu.

- Por favor, Andre... aguente – sussurrou com o coração destroçado por vê-lo sofrer tanto. Justo quando estava a ponto de dizer a Renata que parasse, Andreas caiu para frente e desabou em uma postura pesada e desossada.

- Claire, afaste-se! - gritou alguém, mas ela já estava correndo para ele.

Esquivou-se das chamas que ainda ardiam sobre o terreno e correu para o lado de Andreas. A energia rangia sobre sua pele, arrepiando-lhe os braços, mas o ardor se foi. O calor estava finalmente esfriando.

- Andre... – soluçou ela, dobrando as pernas, colocando-se ao seu lado no chão.

Ela levantou a cabeça do macho até seu colo e acariciou-lhe a bochecha, o maxilar e a testa. Ele estava frio.

Ah, Deus.

– Andre, você está me ouvindo? – disse, embalando-lhe os largos ombros e inclinando-se para pressionar o rosto contra o dele. – Andreas, por favor, não morra. Por favor... Volte para mim.

Beijou-o, abraçando-o firmemente, suplicando que tivesse feito a coisa certa, tendo fé de que ele ainda estivesse ali e de que a aposta que ela havia feito com sua vida não fora seu pior engano.

– Andre, eu amo você – murmurou, mal consciente de que Renata, Dylan e os guerreiros se reuniram ao redor deles. – Você não pode me deixar agora. Não pode.

Tegan se ajoelhou ao seu lado e pôs sua mão sobre o lado esquerdo do pescoço de Andreas.

– Ele está vivo. Está respirando; está frio, mas o pulso bate forte...

– Graças a Deus... – sussurrou Renata, apertando-se em Niko em um forte abraço enquanto olhava Claire com afinada e compartilhada preocupação.

– Temos de tirá-lo daqui – disse Tegan. Levantou o olhar para Renata. – Você consegue mantê-lo sob controle na viagem de volta a Boston?

Ela assentiu.

– Se necessário, posso repetir a dose.

– Vamos, Claire – o guerreiro a empurrou brandamente, levando Andreas carregado em seus ombros, como faria com qualquer irmão caído em combate. – Vou levá-lo ao Rover. Tudo vai ficar bem agora.

Claire assentiu aturdida e caminhou junto dele. Todos fizeram a curta viagem do bosque ardente e do celeiro destruído até os veículos.

Ela queria acreditar em Tegan, mas quando olhou o rosto de Andreas cinza e entorpecido, não pôde deixar de pensar que, quando se tratava de Andreas, tudo estava ainda a uma longa distância de estar bem.

Capítulo 34

Dragos fechou o celular e o meteu no bolso de seu casaco de caxemira.

Ficou olhando o céu estrelado sobre um parque industrial da estrada I-90 em Albany, Nova York, e soltou um xingamento. Wilhelm Roth não estava respondendo suas chamadas.

O que significava que Wilhelm Roth estava morto.

O fato de as câmeras e sistemas de comunicação de sua sede de Connecticut terem ficado fora de linha e parado de funcionar significava que o celeiro tinha sido explodido, como estava previsto. Ele esperava que Roth tivesse se assegurado de que um bom número de membros da Ordem tivesse explodido em pedaços junto ao laboratório abandonado.

Quanto a Roth, Dragos não se importava realmente se seu tenente alemão sobrevivera à destruição do laboratório; era questão de tempo até encontrar outro braço direito que levasse sua missão à cabo.

E assim o fez.

Afastou-se de seu sedan dirigido por um Escravo para inspecionar o trabalho do substituto de Roth. O macho da Segunda Geração da Raça, que viera da costa Oeste, estava fiscalizando o movimento dos bens de Dragos – uma diversificação necessária devido à persistente e cada vez maior interferência da Ordem.

Dragos não tinha chegado tão longe sem antecipar alguns transtornos em sua operação.

Alternativas foram estudadas e testadas ao longo dos anos, e agora era apenas uma questão de reordenar as peças que estavam em jogo. A Ordem o atrasara apenas alguns dias – se muito, algumas semanas –, mas ele logo estaria de volta aos negócios.

Mais forte que antes.

Incansável, sem importar que coisas inquietantes tinha visto nos olhos da menina vidente naquelas semanas em Montreal.

– Já estamos preparados para sair? – ele perguntou a seu novo tenente.

O grande vampiro assentiu brevemente de onde estava, atrás de um dos vários caminhões semirreboque que esperavam carregados para ir ao seu destino no parque industrial. As portas duplas do caminhão mais próximo de seu tenente estavam parcialmente abertas, revelando os rostos ansiosos das Companheiras de Raça que tinham sido removidas de suas celas do laboratório para serem transportadas a outro lugar. Elas sabiam que não convinha gritar ou tentar escapar. O parque industrial pertencia a Dragos, e era atendido por seus Escravos.

Além disso, as algemas e os grilhões que atavam as mulheres entre si impediriam que qualquer uma delas chegasse muito longe, mesmo se fossem tolas o suficiente para tentar.

– Fechem-nas e tirem-nas daqui – disse Dragos, observando com satisfação enquanto seu tenente fechava e trancava as portas. Um golpe rápido do punho do vampiro na parte traseira do caminhão o enviou rodando com um dos Escravos de Dragos ao volante.

Mais adiante no pátio, vários outros caminhões esperavam suas ordens de saída. Dragos passou diante dos que continham seus muitos milhões de dólares em equipamentos de laboratório de última geração, seu olhar fixo no grande reboque branco no outro extremo da fila.

Era o que carregava um contêiner refrigerado, especialmente equipado para a conservação da carga frágil que estava fechada e selada no interior. Dois assassinos Primeira Geração ficariam no contêiner para montar guarda sobre a carga; outro par iria adiante com o condutor e o sócio de Dragos para garantir que não encontrassem problemas no caminho até a estação ferroviária, onde a etapa seguinte da viagem do contêiner começaria.

- Está tudo preparado, senhor.

- Excelente - disse Dragos. – Entrem em contato assim que chegarem a Seattle para fazer a conexão.

- Sim, senhor.

Dragos viu a frota de caminhões cambalear em marcha e sair pelo pátio.

A Ordem podia ter interrompido sua operação, mas estava longe de derrotá-lo.

Com um sorriso de segurança nos lábios, Dragos caminhou de volta ao seu automóvel. Subiu no assento traseiro e esperou com aborrecimento enquanto o motorista fechava a porta atrás dele e se apressava a dar a volta, ficando atrás do volante.

Esta noite o laboratório pelo qual ele fizera grandes esforços e despendera enorme quantia havia desaparecido, mas Dragos preferia pensar nisso como um passo necessário na evolução de seus planos. Agora começaria uma nova fase em sua operação, e ele mal podia esperar por isso.

Dragos apoiou a cabeça contra o assento de couro suave e viu através da janela traseira como um fio de nuvens pálidas deslizava em frente à leitosa lua.

Andreas não despertou nenhuma vez durante as mais de três horas que levou para retornar à sede da Ordem. Tampouco no dia seguinte.

Claire ouviu Tess usar a palavra "coma" em uma conversa com Gabrielle e Savannah de manhã, quando as três mulheres estiveram preparando o apartamento privado para ele no complexo. Não podia fingir que não se preocupava, e quanto mais ele permanecia inconsciente, mais profundo ficava seu pavor.

Aquela lenta e indefesa espera era ainda pior que vê-lo lutar contra sua pirocinese. Claire segurava-lhe a mão enquanto ele jazia imóvel na cama. Ela sabia que ele estava ali. Podia sentir seu sangue em movimento debaixo da pele, podia ver o movimento ocasional de suas pálpebras fechadas quando ela falava com ele.

– Precisa de alguma coisa? – perguntou Tess amavelmente, secando as mãos com uma toalha de papel. A companheira de Dante era treinada em Medicina Veterinária e possuíra um dom ainda maior, o de curar com o toque, antes que sua atual gravidez inibisse seu talento. Agora ela punha a mão brandamente sobre Claire e oferecia um sorriso compassivo. – Você deveria comer, sabia? E descansar um pouco.

– Eu sei – disse Claire, dando uma olhada na intacta bandeja de comida sobre a mesinha gasta da enfermaria que agora permanecia ao lado da cama. – Estou bem. Daqui a pouco como alguma coisa. A verdade é que não tenho fome. Só quero ficar com ele mais um pouquinho.

Tess não parecia convencida.

– Voltarei para vê-la em algumas horas. Prometa que o sanduíche não estará mais naquele prato.

Claire sorriu com uma segurança que apenas sonhava ter.

– Por favor, não se preocupe comigo. Estou bem.

Tess anuiu de maneira quase imperceptível.

– Avise alguém se houver alguma mudança no estado dele, tudo bem? Todos estamos torcendo por vocês dois agora, Claire.

– Obrigada – murmurou ela, tocada pela amabilidade que todos no Complexo haviam mostrado. Eles amavam Andreas como um dos seus, tratavam-no como um, e por isso ela também amava a todos.

– Volto em algumas horas – disse Tess brandamente enquanto fechava a porta atrás de si.

Claire virou-se para Andreas e deslizou a mão sobre sua testa, acariciando-lhe os cabelos revoltos. Observou-o, perguntando-se onde estaria em meio àquele profundo sono induzido pelo trauma. Perguntando-se quando – e *se* – encontraria força para retornar para ela.

– Ah, Andre... – sussurrou, olhando o belo e orgulhoso rosto que havia amado por tanto tempo. Encostou de leve os lábios sobre os dele e o beijou, incapaz de deter a lágrima que rolou por sua bochecha quando sua boca se pressionou cálida e suave, mas sem resposta, contra a do macho inconsciente.

Claire subiu na cama ao seu lado, precisando estar mais perto. Estreitou-se junto a ele, pousou a cabeça contra o ombro largo de Andreas e colocou a palma da mão sobre o firme batimento do coração dele. Fechou os olhos e deixou aquele pulso natural fundir-se a seus pensamentos.

Andreas estava vivo. Enquanto pudesse tocá-lo, respirá-lo, ela não se daria por vencida, não abandonaria a esperança de que ele estaria com ela mais uma vez.

E se ele não estivesse preparado para voltar para ela, então ela iria até ele.

– Para sempre desta vez – murmurou.

Deixando que seus olhos se fechassem, buscou-o no sonho profundo.

Não foi difícil encontrá-lo. Claire caminhou por um inóspito e escuro vazio, desenhado no brilho de um incêndio queimando fortemente à distância. Ela estava sozinha e nua, seus pés descalços percorrendo um caminho de pedra fria e escura que parecia seguir por intermináveis quilômetros... terminando no lugar onde as chamas dançavam como serpentinas alaranjadas muito mais adiante.

Andreas também estava ali.

Claire podia apenas distinguir o vulto de um grande macho, deitado no chão em frente à estrondosa parede de fogo. Ele estava nu também, caído de lado como estivera no chão do bosque depois que Renata o colocara em estado de inconsciência.

Claire se aproximou, dando-se conta de que o caminho de pedra escura sob seus pés era somente uma estreita faixa de superfície, uma traiçoeira linha que apenas deixava um par de pés deslizar de cada lado dela. O caminho de pedra negra flutuava no mar da escuridão, um abismo, cujo centro queimava como minas do inferno.

E Andreas jazia no final do comprido caminho de pedra fria.

– Ah, Deus... – sussurrou enquanto se aproximava, notando como era precária sua posição. Um movimento descuidado, um escorregão inconsciente, e cairia no inferno abaixo.

Claire se aproximou dele cuidadosamente e se ajoelhou ao seu lado no verdadeiro precipício de pedra. Delicadamente, com medo de despertá-lo de repente, acariciou-lhe a bochecha com as pontas dos dedos. Ele não se moveu. Sua pele estava muito fria, sua respiração, lenta e baixa.

Ele continuou dormindo, nem sequer sabia que ela estava ali.

– Está tudo bem, Andre – disse ela brandamente enquanto se movia pela escura e fria superfície saliente.

Aconchegou-se atrás dele, envolvendo o braço ao redor de seu corpo para evitar que ele caísse e colocando o corpo contra o dele para lhe dar um pouco de seu calor.

– Dormiremos juntos aqui por um tempo. Vou esperar com você até que esteja preparado para voltar para mim.

Capítulo 35

– Já se passaram cinco dias, Lucan. Há algumas decisões que precisamos tomar, e rápido.

Lucan assentiu solenemente e retribuiu o preocupado olhar da companheira de Dante, Tess. Fora ela que descobrira Claire inconsciente ao lado de Reichen um dia depois da explosão no refúgio subterrâneo de Dragos. Nesse tempo, Tess mantivera uma estreita vigilância de ambos, Reichen e Claire, assegurando-se que se mantivessem quentes e cômodos na cama que compartilhavam, e procurando alguma maneira de ajudar um ou ambos. Mas, até agora, nada tinha funcionado.

– O metabolismo de Andreas é mais forte do que o de Claire, humano – ela disse. – Provavelmente ele pode sobreviver algumas poucas semanas ou mais sem alimento, mas Claire está se desidratando rápido. A menos que a coloquemos no soro, seus órgãos vitais logo vão começar a falhar.

Lucan olhou para baixo, para a mulher dormindo na cama. Sua pequena figura estava descansando contra o corpo de Reichen, seus braços carinhosamente ao redor dele, envolvendo-o no que parecia ser um abraço ferozmente protetor. Seu sono parecia muito diferente do de Reichen. Enquanto ele se estendia imóvel e insensível, os olhos de Claire moviam-se rapidamente atrás das pálpebras fechadas, seus finos músculos tremiam uma vez ou outra, como se estivesse presa em um breve torpor, e não morta para o mundo.

– Tentou tudo para despertá-la? – ele perguntou a Tess.

– Tudo, Lucan. É como se o corpo dela, como se o coração e a mente dela simplesmente se recusassem a retornar do estado de inconsciência. Ela quer se manter adormecida, estou segura disso.

Ele franziu a testa, vendo as pálpebras de Claire se retorcerem com o movimento de seus olhos.

– Ela esteve sonhando todo o tempo?

– Sim, desde que a encontrei assim. Tenho de acreditar que ela está usando seu talento para ficar com Andreas.

Lucan soprou um pesaroso suspiro.

– Mesmo se ela morrer no processo?

–Você os viu juntos, não viu? – a voz de Tess era gentil com simpatia e com um pouco de admiração. – Acho que posso entender a profundidade da devoção, de puro e infinito amor que inspiraria esse tipo de sacrifício. Se fosse Dante que estivesse nessa cama e eu pensasse que poderia alcançá-lo de algum jeito, de qualquer maneira, eu também estaria lá. Por mais tempo que levasse. Sei que se fosse sua amada Gabrielle, você faria o mesmo.

Ele dificilmente negaria. Todavia, tampouco podia manter-se à margem e permitir isso sabendo que aquilo estava fazendo Claire, ou Reichen, morrerem enquanto ele observava.

Ele olhou de novo Tess e deu à Companheira de Raça um tenso assentimento.

– Procure o que for preciso na enfermaria para mantê-la hidratada. Vou informar a todos da situação.

Milhares de quilômetros longe de Boston, em um remoto trecho da ferrovia que se dirigia ao congelado interior do Alaska, os restos destruídos de um grande e refrigerado recipiente de carga estava aberto e abandonado à intempérie.

Ele tinha feito a viagem do campo industrial em Albany, Nova York, até a estação de trens que o enviaria para o oeste através do país, chegando ao porto de Seattle há dias, como planejado. Dali, tinha sido carregado sem incidentes em um navio e enviado para o norte, onde deveria chegar ao seu destino final, cerca de dezoito horas mais tarde.

No momento em que o primeiro pressentimento de problemas fora detectado pelo tenente de Dragos e pelos Primeira Geração que escoltavam a perigosa carga, já era tarde demais para impedir o que estava prestes a ocorrer.

Agora, aquela perigosa carga já não estava mais lá.

O contêiner estava vazio e rodeado pelos corpos grosseiramente ensanguentados que cobriam o chão e a terra coberta de neve.

E, afastando-se dos trilhos iluminados pela lua, seguindo em direção às árvores congeladas mais distantes dali, estava uma trilha de enormes marcas de pegadas feitas por uma criatura selvagem e mortal que de forma alguma pertencia a este mundo.

Uma criatura que estivera aguardando seu momento durante semanas de fome e drogas, fingindo letargia e submissão, enquanto esperava a oportunidade de escapar.

Capítulo 36

A escuridão sem fim negava-se a libertá-lo. Os pulmões de Reichen se expandiam e inalavam o ar como se ele estivesse submerso e acabasse de subir à superfície depois de meio ano se afogando na maré. Ficou sem fôlego bruscamente e em seguida começou a afogar-se com o sabor amargo de enxofre, fumaça e cinzas.

Sentiu um leve peso envolvendo-o na escuridão.

Os braços de Claire mantinham-no por perto.

O corpo suave e tenro dela permanecia curvado em suas costas.

Em meio ao inóspito vazio que o envolvia, ele nunca havia sentido algo tão perfeito e correto. Sabia que estava sonhando, mas por quanto tempo? Não conseguia se livrar da sensação de que estivera perdido nas trevas deste outro reino por um longo tempo. E Claire estivera com ele.

Santo Cristo... ela esteve ali com ele o tempo todo?

Ele passou a mão ao longo do braço aveludado dela. A pele estava fria ao tato – fria de forma alarmante.

Ela não se moveu nem um pouco quando ele brandamente a acariciou. O que mais o preocupava era o arquejo da respiração fraca dela em seu ouvido, a flacidez notável de seus dedos frios quando ele os tomou entre os seus e tentou despertá-la.

– Claire... – murmurou, com a língua seca, a voz lenta e oxidada no manto pesado daquele sonho de cinzas e de fumaça. – Claire?

Mas ela não lhe respondia.

O pânico o agarrou, abrindo-lhe os olhos. Foi então que ele se deu conta do resplendor das chamas elevando-se por baixo da pedra dura e fria, onde ele e Claire estavam deitados. À medida que se levantava, as chamas cresceram, como se também tivessem estado descansando, mas agora revolviam-se com vida renovada.

Além do caminho havia uma estreita borda para um grande abismo. Uma fossa de fogo e lava se revolvia nessa queda infernal.

As chamas subiram violentamente, girando e caindo, quase cegando-o com a intensidade de seu calor.

Como uma besta soltando-se de suas correntes, o fogo se equilibrou sobre ele. Brilhantes gavinhas agarraram de súbito a borda da pedra, estendendo dedos ávidos de fogo para o lugar onde ele e Claire estavam.

Reichen rapidamente cobriu o corpo de Claire com o seu, passando por cima dela quando o calor rugiu em todo seu redor. O ardor lambeu sua pele nua, abrasador e implacável. Mas não podia tocá-la. Ele não ia permitir.

De maneira nenhuma deixaria que o maldito fogo se aproximasse dela.

Ele gritou com fúria quando a força de sua pirocinese rodou dentro e ao redor de seu corpo. Aquele calor infernal lhe pertencia – aquele calor *era* ele, sua terrível maldição desde o nascimento.

O mesmo poder que o tinha protegido da explosão no laboratório subterrâneo de Dragos.

As memórias daquele momento bateram contra ele em um instante. Recordou como tivera de convocar cada gota de sua fúria a fim de se proteger do inferno que explodira ao seu redor. A pirocinese o tinha liberado da morte na explosão, mas não tinha se esgotado, ainda ardia em seu interior.

Preparada para consumi-lo, exatamente como Claire tentara advertir.

Assim como ele mesmo sempre soubera, desde que a primeira faísca se acendera em seu interior naquele campo em Hamburgo.

Se ele desistisse agora – se abdicasse de fração que fosse de sua vontade de manter Claire a salvo do calor –, a maldição que o tinha infestado por tanto tempo o consumiria. E destruiria Claire no processo. Sentiu o fogo em busca dela, assobiando e estalando como línguas de serpentes, com fome para degustar o tesouro que ele estava negando.

– Não – ouviu-se grunhir. – Maldito seja, não.

Com os braços e o corpo envoltos ao redor dela para protegê-la, Reichen devolveu toda sua ira para seu interior. Ele se centrou no calor que vivia no fundo de seu ser. Forçou sua mente – com toda a sua vontade –, sentindo que a pirocinese tentava deslizar para fora de seu alcance e se aferrando a ela, batendo com a força do punho de sua determinação.

Ele não podia deixá-la ganhar.

Ele tinha de finalmente tomar o controle da besta.

Tinha de domá-la, aqui e agora.

Para sempre.

Fortaleceu aquele golpe mental contra a espiral de fogo dentro dele. Ao seu redor, ouviu o assobio das chamas, o chiado da luta quente que pouco a pouco estava sendo vencida, extinta. Na periferia de seu olhar, viu as colunas de chamas retorcendo-se e retrocedendo, de volta ao profundo abismo de onde tinham irrompido.

E ainda assim ele não a soltou.

Voltou o rosto para os enrolados e rangentes incêndios que ainda estavam tentando saltar fora do buraco. Mostrando as presas e os dentes apertados, rugiu com poder e determinação furiosos.

– Não! – rugiu. – Eu sou seu mestre. Submeta-se a mim!

Foi seu amor por Claire que lhe deu a solução de que ele precisava naquele momento. Sua necessidade de protegê-la – de mantê-la a salvo acima de tudo – foi a força motriz que lhe assegurou que poderia derrotar a maldição de seu poder destrutivo.

Foi o amor que Claire lhe oferecera em troca, o amor que sentia pulsar nele, em suas veias, no laço de sangue que o relacionava com ela agora e sempre, o que o fez aferrar-se à esperança de que um dia poderia não apenas dominar sua habilidade infernal, mas talvez até chegar a vê-la como algo além de *apenas* uma maldição.

Ele sabia, com uma repentina certeza, que a maldição temida durante tanto tempo podia um dia converter-se em um talento que o serviria, em lugar de destruí-lo.

Reichen se aferrou à esperança e ao seu amor por Claire enquanto mandava o fogo sufocar. Ele o enviou de volta para o abismo, não por medo ou desprezo de si mesmo, mas sim pela força de uma florescente e inquebrável sensação de controle.

Um grito de triunfo explodiu nele quando a última chama brilhante começou a ofegar sua morte.

Os incêndios se obscureceram no buraco.

A cinza e a fumaça asfixiante desapareceram.

Seus olhos piscaram abertos e Reichen levantou a cabeça e se encontrou não mais isolado na estreita ponte de pedra negra e fria, mas no centro de uma grande cama. Estava enroscado sobre a pequena forma do corpo de Claire, ainda protegendo-a, embora tivesse finalmente se libertado do sonho sombrio.

Acariciou-lhe a bochecha.

– Claire, você está bem? Abra seus olhos para mim, meu amor.

Não houve resposta.

O pânico tomou conta de suas vísceras enquanto ele dizia novamente o nome de Claire, desta vez mais afogado pelo aspecto alarmante dela, que jazia imóvel sobre suas pernas, os cabelos negros e sedosos caindo soltos sobre a testa fria e pálida. Ele segurou seus ombros magros e deu uma leve sacudida em seu corpo.

– Claire. Acorde.

Uma dor de frio o apunhalou quando se inclinou e beijou seus lábios ressecados e partidos. Ela estava tão fraca... morrendo de fome. A espetada que sentia agora era dela. Sentiu a gravidade de sua fome fazendo eco em seu sangue, um lamento em suas veias.

Ele pensou no sono sem fim e no inundante e implacável peso que aquele estado teria. Quanto tempo havia se passado desde que estivera acordado pela última vez? Lembrava-se de atacar com a Ordem o esconderijo vazio de Dragos. Lembrava-se de matar Wilhelm Roth. Lembrava-se da explosão no complexo subterrâneo e do olhar de medo no rosto de Claire quando saiu dos escombros envolto em fogo infernal. Ele se lembrou da coragem dela quando o encarou com determinação obstinada, negando-se a deixá-lo morrer.

Então... um nada sem fim.

Poderiam ter se passado dias desde que perdera a consciência. Talvez uma semana, talvez mais. Quanto tempo Claire estivera com ele no universo de sonhos, passando por cima de seu próprio bem-estar para consolá-lo através da escuridão?

– Claire, por favor. Abra os olhos. Diga que consegue me escutar – ele passou a mão pelo rosto e pelos cabelos dela, sentindo que seu coração se rachava enquanto segurava aquele corpo debilitado contra o dele. – Deixe-me saber que você ainda está comigo, que eu não a perdi.

Deus o ajudasse, mas ela não respondia de forma alguma. Estava fria e imóvel, a respiração muito leve e fraca.

Reichen registrou vagamente o som de pegadas se aproximando da porta aberta do quarto, mas todo seu enfoque estava em trazer Claire de volta. O som de uma pessoa no corredor ficando sem fôlego foi seguido por mais vozes quando um pequeno grupo de guerreiros e suas companheiras se reuniram na frente da porta.

– Jesus Cristo! – murmurou Tegan, uma exclamação que ecoou pelo ambiente.

Reichen não sabia se aquela reação de surpresa era pelo fato de que ele estava acordado e sem a pirocinese ou pela condição perturbadora de Claire, estendida em seus braços. Virou a cabeça para Lucan, Tegan e vários outros membros da Ordem que estavam fora do quarto com Tess e o resto das Companheiras de Raça. Tess e Savannah estavam segurando tubos e bolsas cheias de um líquido claro. Atrás deles, Gideon trazia uma maca da enfermaria.

- Algo está errado com Claire - murmurou com a garganta seca. Uma rajada fria parecia soprar através de seu corpo, indo depositar-se atrás de seu esterno.

- Vamos ajudá-la - disse Tess brandamente, mostrando os fornecimentos médicos que trouxera.

- Não. É muito tarde para isso - murmurou, sabendo por instinto que ela estava além da necessidade de qualquer intervenção "humana".

Ela precisava de sangue.

Por mais que tivesse temido machucá-la, que seu amor não seria suficientemente forte para mantê-la a salvo do que a pirocinese poderia lhe causar, Reichen sentia sem qualquer sombra de dúvida que ele era o único que podia salvá-la agora. Grunhiu quando um par de guerreiros começaram a entrar no quarto, como se quisessem afastar Claire dele.

Ela era *dele* - agora e sempre.

- Volte para mim - sussurrou. Então levantou o próprio pulso à boca e afundou suas presas profundamente na carne.

O sangue disparou por suas veias enquanto levava a ferida aos lábios dela e apertava as punções contra sua língua.

- Beba, Claire - sussurrou em voz baixa, segurando a cabeça dela erguida e obrigando-a a viver. Não lhe importava se tivesse de implorar. Não lhe importava que houvesse um público solene os observando em silêncio incerto a alguns metros de distância. – Beba por mim agora. Por favor, Claire...

A primeira varrida da língua dela contra sua pele fez Reichen respirar fundo. Logo, ela começou a engolir, fixando os lábios com mais firmeza na fonte de calor, no sangue que dava vida. O sangue dele, que se misturaria dentro dela, fortalecendo-a e prolongando sua vida.

O sangue dele, que a uniria a ele como *sua* companheira, agora e sempre.

- Andre... – murmurou, sonolenta, levantando o olhar escuro para ele. - Tive tanto medo. Pensei que tinha te perdido.

- Nunca – respondeu ele. - Nunca mais.

A boca dela se curvou em um sorriso débil quando ela voltou a sugar-lhe do pulso.

- Tome tudo o que precisar de mim, meu amor – animou-a com ternura, com a garganta obstruída pela emoção. E ele não se importava com o fato de sua voz e de suas mãos estarem trêmulas enquanto a puxava para mais perto. Não tinha vergonha alguma da profundidade de seus sentimentos por aquela mulher.

Sua mulher.

Sua companheira.

Sua amada, finalmente, e para todo o resto de suas vidas.

Quando olhou para onde seus amigos estavam reunidos, surpreendeu-se ao ver que haviam desaparecido. A porta do quarto estava fechada, deixando-os na intimidade de seu reencontro. Reichen não a apressou nem um segundo. Ele a deixou beber por um longo tempo, contente com simplesmente mantê-la em seus braços e ver como o sangue dava brilho a suas bochechas e vida renovada a seu corpo.

E muito tempo mais tarde, depois que ela estava finalmente saciada e forte, recostou-se na cama com ela e a envolveu em um abraço protetor, fazendo solenes promessas que estava muito ansioso para cumprir: amá-la com toda a reverência e adoração de um macho unido pelo sangue que havia encarado o inferno e agora compreendia que estava segurando o paraíso nos braços.

Epílogo

Newport, Rhode Island.
Uma semana depois.

Reichen estava de pé, sozinho na orla iluminada pela lua em Narragansett Bay, perdido em uma profunda meditação que se tornara seu ritual noturno desde que ele e Claire tinham deixado Boston. Atrás dele, os sons da suave música dela ao piano flutuavam sobre a casa e ele deixava que as consoladoras notas o banhassem enquanto concentrava toda sua energia mental na esfera brilhante de fogo que mantinha suspensa entre suas mãos.

A esfera girava mais rápido enquanto ele lentamente erguia as mãos e as aproximava. A luz ficava mais quente, passando do brilho laranja da chama a um intenso azul esbranquiçado. E Reichen o apertava com mais força, comprimindo o poder do fogo em uma área pequena que estava completamente sob seu controle.

Sua pirocinese, que uma vez percorrera seu corpo inteiro como um rajada de fogo selvagem, estava lentamente sendo disciplinada. Finalmente cedendo à sua vontade, obedecendo às suas ordens.

O exercício era exaustivo, mas cada vez que trabalhava com o fogo progredia mais. Naquela noite, ele mantivera a esfera flutuante durante dois minutos seguidos – duas vezes mais do que conseguira na noite anterior. Estava decidido a transformar sua habilidade em um verdadeiro talento, e tinha de agradecer a Claire por ajudá-lo.

Ela era sua fortaleza interna. Seu sangue o mantinha estável e seu amor o mantinha inteiro. Finalmente estava aceitando a si mesmo como era – tudo o que era, incluindo esta parte dele, que havia tentado tanto negar. Passara três décadas vivendo uma existência superficial, fechando-se à emoção verdadeira por medo de tornar-se fraco. Agora sentia tudo exponencialmente em maior medida. Com Claire ao seu lado, estava finalmente aceitando tudo o que realmente significava estar vivo.

Distante, enquanto reduzia o círculo do fogo em uma esfera menor, mais brilhante, registrou que a música dentro da casa se deteve, mas estava tão concentrado em manter a bola girando entre suas mãos que não escutou ninguém se aproximando até que uma voz profundamente masculina murmurou um vívido xingamento atrás dele.

– Está tudo bem, Tegan – disse Claire, enquanto Reichen se virava lentamente de frente para eles. Seu sorriso era divertido, e sem nem um pouco de vaidade enquanto encontrava o olhar de seu companheiro. – Está melhorando nisso. Da última vez, o círculo só tinha atingido o tamanho de uma laranja.

Reichen arqueou uma sobrancelha para ela enquanto apertava as mãos e extinguia as chamas completamente. Seu corpo estava exausto pelo esforço exigido para administrar seu talento, mas seu coração se elevou ao ver a confiança de Claire. E se alegrava também por ver seu amigo de Boston.

– Tegan – disse ele, estendendo a mão ao guerreiro em sinal de saudação.

O Primeira Geração lhe deu uma prudente inclinação de cabeça enquanto apertava sua mão, justamente a que estivera acesa com calor sobrenatural.

– Impressionante – disse ele, sorrindo agora. – Obviamente alguém esteve fazendo sua lição.

Reichen riu.

– Tenho algo muito melhor para fazer, meu amigo.

Claire se aproximou e envolveu o braço ao redor dele, enroscando-se ao seu lado. Nunca se cansaria de senti-la apertada junto a si, e a semana que tinham passado juntos em Newport fora a melhor reabilitação que poderia ter pedido. Estava mais satisfeito que poderia imaginar em suas fantasias selvagens, mas, vendo Tegan agora, tinha de admitir que um crescente comichão crescia para retornar ao centro da ação com seus amigos da Ordem.

– Alguma pista de Dragos desde que nos falamos? – perguntou ele, ciente de que o guerreiro não havia percorrido todo o caminho até Rhode Island apenas para uma visita familiar.

– Continuamos rastreando algumas coisas, mas o filho da puta parece ter limpado a área toda. Sabia claramente que cercaríamos sua área em Connecticut, e não consideramos o fato que ele poderia ter estabelecido posições alternativas muito antes. Nossa melhor aposta no momento é perseguir sua rede de sócios da Agência.

– Farei o que puder para ajudar – disse Reichen. – Diga-me se precisar de mim. Sabe que estou disponível para a Ordem.

– Você já ajudou o bastante, cara. Sem você e Claire, não teríamos conseguido encontrar os laboratórios de Dragos. Agora muitas de nossas suspeitas sobre suas operações estão confirmadas. Encontrar Dragos é mais importante que nunca, mas também é necessário encontrar o Antigo que ele vem mantendo esse tempo todo. Não temos nada contundente sobre o local para onde o bastardo possa ter transferido a criatura, mas o fato de que está aí fora em algum lugar é um desastre.

Reichen assentiu moderadamente.

– Parece que agora a Ordem tem mais trabalho do que nunca.

– Sim, temos – Tegan concordou. – Na verdade, Lucan e o resto de nós estão de acordo que poderíamos utilizar um enviado especial para nos ajudar a conseguir apoio entre a população europeia. Sua reputação vale ouro entre os Refúgios de lá, e também entre as Agências. Vamos precisar de alguém com cabeça fria e excelentes instintos para nos ajudar a formar nossas próprias alianças e ao mesmo tempo arruinar qualquer possível aliança de Dragos com aqueles grupos. Há alguma possibilidade de vocês estarem dispostos a deixar esse agradável ninho de amor aqui em Newport para fazer algum trabalho diplomático para nós de vez em quando?

Reichen olhou para baixo, para Claire. Eles tinham concordado em fazer da casa em Newport seu lar, possivelmente começar uma família em pouco tempo. Estava ansioso pela vida que estavam planejando juntos, mas o dever e a lealdade à Ordem também o chamavam.

Ela entendeu aquele fato, ele viu a aceitação em seus olhos. Claire sorriu e deu uma pequena anuência.

– Do jeito que as coisas vão, antes da próxima semana você já estará entediado de ficar fazendo malabares com fogo. Vai procurar novos desafios, talvez ambos procuremos. Talvez haja bastante trabalho para nós com a Ordem – disse ela, lançando um olhar inquisidor a Tegan.

O guerreiro sorriu.

– Ficaríamos honrados em contar com vocês dois.

– Não deixei as coisas na Alemanha exatamente nas melhores condições – murmurou Reichen. – A Agência de lá pode me ver como um fugitivo, não como um amigo.

– Na verdade – disse Tegan –, para todos os efeitos, você é um homem morto. Morreu no verão passado, no incêndio que destruiu seu Refúgio. E, agora, Roth e todos em seu círculo também estão mortos. Para todos, você é um fantasma, Reichen, o que lhe dará maior oportunidade de se aproximar de nossos objetivos e descobrir alianças ocultas.

– Um espião da Ordem? – disse Reichen, já animado com a ideia.

– Não estou dizendo que vai ser fácil. Às vezes, vai ser um maldito trabalho duro. E mortalmente perigoso também. Acredita que pode fazer isso? – Tegan perguntou.

Reichen olhou novamente para Claire, sentindo-se mais forte que nunca quando viu a fé e a admiração brilharem em seus olhos castanhos.

- Sim - disse ele. - Acredito que posso fazer isso.

Com Claire ao seu lado, amando-o – acreditando nele –, ele definitivamente poderia fazer qualquer coisa.

Este livro foi composto na fonte Adobe Garamond Pro e BlackChancery, e impresso em papel *Norbrite* 66,6g/m^2 na Imprensa da Fé.